轻轻掐了她几下

万卷出版公司

中西之间:随笔与散文

在《牛津英语词典》里,"散文"(prose)一词的意思是"诗歌以外的语言"(language not in verse form),它包括小说、戏剧、随笔、杂文,等等。这与汉语里的"散文"意思不尽相同,后者虽说有两种含义,其一也包括韵文以外的所有文体,但那主要是受西文的影响才出现在《现代汉语词典》里的;而在一般汉语读者眼里,散文无疑特指这样一种不分行的文字,它以抒情为基调,现实和往昔相互交织,包含了较多的情感因素。从这个意义上讲,随笔就有所不同了,虽然它并不排斥抒情的成分,却以叙事、引述、评论为主,文笔也较为朴素、流畅。

追根溯源,英文里的随笔(essay)一词来源于法文,1580年,法国人文主义者蒙田出版了两卷本的处女作,以essai一词命名,本义是"尝试"。我个人猜测,中国新文化运动的领袖胡适的处女作《尝试集》(1920)其标题应是受蒙田的影响,后者是第一部用白话文写的诗集。正是由于蒙田著作的重要影响(也由于其家族的地位),次年正在意大利旅行的作家被以盛产葡萄酒闻名的故乡波尔多人民推选为一市市长。尽管蒙田本人以健康为由极力推辞，但在国王亨利三世的请求之下，他接连担任了两届市长。卸下官职以后，蒙田回归自己的庄园，全身心地投入随笔写作。

蒙田的随笔通常以一种非正式的甚或个人化的方式论述某一特定的主题，内容之广涉及社会、政治、宗教、伦理和哲学的各个方面。同时，他还依据自己在欧洲大陆的游历，用生动的笔触写下了《旅行日记》（此书将近两个世纪以后才得以出版）。虽然帕斯卡尔（他的散文集《思想录》达到了法国文学的另一个高峰）对蒙田的怀疑主义表示惋惜，认为它是反基督教的，并因为他"描述了自己的外表和爱好"而批评他过于自我专注。可是，伏尔泰和狄德罗却予以推崇，并称赞蒙田是启蒙主义思想的先驱，而卢梭则认为他是自我写照的大师。

诚然，类似于随笔的文字在蒙田之前早就有了，例如波斯作家昂苏尔·玛阿里的《卡布斯教诲录》，可是，蒙田深沉、直率和恳切的文笔却为这种文体树立了标准。他以卓越的技巧捕捉人生的奥妙，并栩栩如生地把它们记录下来。从福楼拜到罗兰·巴尔特，法国作家无不从中受益。1603年，蒙田的著作被译成了英文，包括培根、莎士比亚、拜伦、萨克雷、爱默生、伍尔芙、艾略特和赫胥黎在内的英美作家都成为他的热心读者。尤其是培根，他成了英国第一个伟大的随笔作家，并在人文和科学两方面都发表了非常精辟的言论。稍后，伦敦有了《闲谈者》和《旁观者》两本杂志，以及毛姆的《伊利亚随笔集》。

值得一提的是，尽管蒙田之后法语和英语里相继诞生了两个新词：essai（essay）和essayiste（essayist），即随笔和写作随笔的人（或随笔家），可是在中文里，作家的分类却只有散文家（甚至连杂文家也有了），而无随笔家，后者被称为随笔作家。这与西文正好相反，例如英语里仅有散文作家（prosewriter）而无散文家。即使到了21世纪，包括标榜先锋派的《今天》在内的文学期刊都只设散文而没有随笔栏目，而无论官方的鲁迅文学奖，还是相对民间的《南方都市报》传媒文学奖，也只设散文家奖，被奖励的作品无一例外的都是传统意义上的散文。

在我看来，随笔可谓是散文的现代形式，就如同自由诗之于旧体诗。它因为驱除了华而不实的成分，更适合节奏日渐加快的生活和写作方式。当然，散文在情感抒发上也有所长。可是，在读者提高了对艺术性的要求之后，我认为关于痛苦和狂喜的描述更应该通过小说或戏剧来进行。这方面画家无疑走在前头，对具体事物的仿制早已经是他们不好意思做的事情了，更不要说莫扎特那样的音乐大师，他可以把苦难转化为一种喜悦。写到这里，我不得不说，比起散文来，随笔是一种更为质朴、宁静的文学形式，也更值得我们阅读和关注。与此同时，也倡导使用"随笔家"这个称谓。

蔡天新

2016年12月，改定于杭州

目 录

自序
中西之间：随笔与散文 　　001

爱的世界
纳什，两个世界里的爱　　003
欧玛尔·海亚姆的世界　　017
阮元、阮公墩与诂经精舍　　036

旅行记
在河流之间：巴格达纪行　　055
从马里到车臣　　077
从看见到发现　　091

梦之旅
西湖，或梦想的五个瞬间　　099
春风又绿江南岸　　112
在天国旅行　　117

朗诵记
哈瓦那朗诵记　　123

热带丛林朗诵记　　**136**
　　纽约朗诵记　　**144**

才女们

　　弗里达，轻轻掐了她几下　　**159**
　　伊丽莎白·毕晓普：诗歌与旅行　　**170**
　　皮扎尼克：失眠的女人　　**183**

画家们

　　赵无极：朝向天空和云雾的心灵　　**211**
　　朱德群：离乱未必失故乡　　**219**
　　戴圆顶礼帽的大师　　**228**
　　归来的厄尔·格列柯　　**237**

作家们

　　闻所未闻的戈尔·维达尔　　**249**
　　奇异的旅行者：詹姆斯·乔伊斯　　**263**
　　另一个布莱尔　　**278**

诗人们

　　雅克·鲁波与乌力波　　**291**
　　我们必须相亲相爱否则不如死亡　　**296**
　　斯蒂文斯和无所不在的混沌　　**303**

朋友们

会见美国诗人　　　　　　　　315
希尔伯特的书房　　　　　　　329
约翰和安的故事　　　　　　　336

新诗选

最高乐趣　　　　　　　　　　351
棕　榈　　　　　　　　　　　352
从　前　　　　　　　　　　　353
故乡的美人　　　　　　　　　354
罗马古道　　　　　　　　　　355
诗人的心　　　　　　　　　　356
卡瓦菲　　　　　　　　　　　357
乞力马扎罗　　　　　　　　　358
夏　天　　　　　　　　　　　359
谢灵运　　　　　　　　　　　360

访谈录

"父亲准备了一套木工家伙
　想让我做徒弟"　　　　　　365
一位漫游者的毕达哥拉斯与缪斯　375
火车上最富诗意的地方　　　　383

爱的世界

纳什，两个世界里的爱

> 对话可以增强理解力，但是孤独却是天才的摇篮。
>
> ——［英］爱德华·吉本

2002年，为了弥补诺贝尔奖不授予数学家的遗憾，挪威设立了以数学家阿贝尔命名的奖项，那年是这位26岁死于营养不良的天才诞辰200周年。美国数学家约翰·纳什是2015年度阿贝尔奖的两位获奖人之一，但这不是他第一次去北欧。1994年他因为博弈论方面的卓越贡献，领取了诺贝尔经济学奖。5月19日，纳什偕夫人从挪威国王手中领取了这份荣誉。四天以后他们返抵纽约，搭乘出租车回普林斯顿家中，不料却因车祸身亡。

西弗吉尼亚，天才的童年

回想起来，笔者恰好在纳什获诺贝尔奖的那年夏天，第一次游历了普林斯顿。四年以后,又与友人结伴,驱车沿卡诺瓦河,听着乡村歌手约翰·丹佛的《乡路带我回家》来到西弗吉尼亚。歌中唱道:"乡路带我回家,到我生长的地方——西弗吉尼亚,我的山峦妈妈。"

1928年6月13日,纳什出生在西弗吉尼亚南部的一座山区小镇。父亲曾是步兵中尉,退役后回故乡做了电气工程师。母亲出身名医世家,婚后她按当地的习俗做了家庭主妇。她毕业于西弗吉尼亚大学的语言学专业,曾花几个暑假与女伴出游,并在包括伯克利、哥伦比亚等名校听过课,可谓见多识广。

少年时代的纳什

纳什幼时寄居在外祖母家,常听到老人家在客厅里弹奏钢琴。他不是神童,但自小性格孤僻,不愿与人交往,喜欢向父亲提出各种问题,且热衷于做实验。当地重商主义风气较浓,镇上有一个科学兴趣小组。或许,这让纳什既重视较为实用的经济学,同时又对科学产生了浓郁的兴趣。

多年以后,纳什妹妹这样回忆哥哥:"他永远与众不同。父母知道他不同寻常,也知道他很聪明。他总是按照自己的方式做事。母亲坚持要我帮助他,给他介绍女朋友,但我并不十分乐意。"少年纳什喜欢恶作剧。有一次他制作了一张摇椅,通上了电,想让妹妹坐上去。还有一次他与街坊男孩一起造出土炸药,结果炸弹在那男孩的膝盖上爆炸了……

对纳什来说,最好的最温暖的朋友是书本。每天最美好的时光是晚餐以后,他听收音机里的古典音乐和新闻报道,然后一个人看书,或者翻阅旧杂志。13岁那年,他第一次读到数学家E.T.贝尔的《数学精英》。此书讲述了34位数学家的故事。这些传略生动有趣、栩栩如生,数学家们个个活力非凡,充满冒险精神。

让纳什尤感兴趣的是费马,他的研究领域包含了数论。这位17世纪的法国数学家是一个因循守旧的执法官吏,平日里生活乏善可陈,却把夜晚奉献给数学研究。纳什曾悄悄地推导出费马小定理的结果:如果n是任意整数,p是任意素数,n自乘p次后减去n,所得的值恰好是p的倍数。

从匹兹堡到普林斯顿

中学毕业后,纳什获全额奖学金进入匹兹堡的卡内基技术学院,他读的是化学工程专业。匹兹堡是一座钢铁城市,处处可见冶炼厂、发电厂和污染的河流,浓浓的含硫烟雾吞没了市区。学院最初的目标是"为匹兹堡的工人阶级子女提供良好的职业培训",不过,战后院方努力使之变成一流的大学,并取得了成功,现已易名卡内基–梅隆大学。

在几位新招募来的年轻教员熏陶下,纳什最终放弃了工程学科,转向了数学和经济学,并提前获得学士学位。有意思的是,纳什的同龄人安迪·沃霍尔也同年进入该学院。他出生于本地的煤矿工人家庭,是斯洛伐克移民的后裔,后来成为波普大师,以《玛丽莲·梦露》和《毛泽东》闻名,批评家认为他是20世纪后半叶最重要的艺术家。

沃霍尔起初学的是艺术教育学,预备做一名中小学校的教师,后来他获得图形设计学士学位,随后便去纽约闯天下。1987年,沃霍尔因为一起医疗事故在曼哈顿去世,年仅58岁,他的遗体被运回故乡安葬。如今,安迪·沃霍尔艺术馆已成为匹兹堡最吸引游客的地方。

1948年春天,纳什仍在匹兹堡念三年级,普林斯顿给了他读研的肯尼迪奖学金。普林斯顿是纽约和费城远郊的一座大学城,曾幸运地获得两笔财富,石油大亨洛克菲勒选择它作为巨额资助的三所大学之一,百货巨子班伯格创建了普林斯顿高等研究院，与普大数学系仅隔两公里。

纳什的学习方法很特别，主要通过下午茶交谈和学术讲座。没人见他拿过一本书，与他同年入校的意大利人卡拉比（丘成桐因证明了卡拉比猜想获得菲尔兹奖）回忆说：纳什为自己不读书辩护的理由是，学习二手知识会损害创造力和创新精神。但纳什随时携带一个笔记本，不时在上面写点什么，字迹无人可以辨认。

纳什喜欢独自散步、骑车，躺在休息室地板上思考。那时，上海出生的杭州人钟开莱刚在普林斯顿留校做讲师。有一回他推开休息室大门，发现桌子上铺满稿纸，上头卧着一个高个男孩，那正是研究生新生纳什。钟开莱早年就读于西南联大，后来做了斯坦福大学数学系主任，他是20世纪概率论的教父级人物。

纳什还发明了六角棋，这也是一种两人零和博弈。国际象棋常以和局告终，纳什证明了，六角棋的先行者总可以取胜。这为他带来不少崇拜者，其中包括米尔诺（1962年菲尔兹奖得主）和库恩。40多年以后，库恩成了纳什获诺贝尔奖的积极推动者。那时库恩和加拿大人塔克共同主持一个博弈论讨论班，不久塔克成为纳什的博士导师。

博弈论，或纳什均衡定理

纳什在匹兹堡念书时修过经济学课程，这促使他在普林斯顿写出了第一篇论文《讨价还价问题》，这篇论文让他对博弈论产生了兴趣。虽说交易的概念几乎与人类历史一样悠久，但即便亚当·斯密的《国富论》出版两个世纪以后，仍然没有一个经济学理论可以说明讨价还价各方怎样相互作用、划分利益。

19世纪后期，英国经济学家才想到用数学来替代传统的历史和哲学方法。纳什的博士论文《非合作博弈》引入了非合作博弈均衡即"纳什均衡"，对经济学产生了巨大影响。多年以后，纳什自己这样评价，"它利用了拓扑学中的布劳威尔不动点定理……它与空间有关，是那种维数可以无限多的空间。"

博弈论又称对策论，是现代数学的一个分支，它是研究具有斗争或竞争性质现象的数学理论和方法。博弈论考虑游戏中的个体的预测行为和实际行为，研究它们的优化策略。经济学家用它作为经济学的标准分析工具，生物学家用它来理解和预测进化论的某些结果。

1932年，从匈牙利移居美国的数学家冯·诺伊曼在普林斯顿的一个数学研讨班上，作了一次没有讲稿的演讲。他从数学的角度指出了经济问题的解决方案，"所有商品以尽可能低的成本和尽可能大的量生产"。这是一种理想的模型，一旦达到最大的增长率，就会自动产生动态平衡。

这正是博弈论的基本原理，现在冯·诺伊曼已被公认为这门学科的创立者，他同时也是数理经济学的开创者。迄今已有萨缪尔森等六位诺贝尔经济学奖得主承认自己的工作受到了冯·诺伊曼的影响，还有十几位获奖者的工作是对博弈论的直接应用或发展,纳什是其中最早、最具创新性的一位,最近的一位是2014年获奖的法国人梯若尔。

在冯·诺伊曼提出博弈论的时候,纳什还只是一个四岁男孩。他们至少有几个共同点,上大学时都学化学,都取得数学博士,都对经济学和博弈论入迷,也都与普林斯顿有缘。对纳什来说,近水楼台的高研院有几位让他膜拜的大人物。除了爱因斯坦,便是冯·诺伊曼,他们都曾与其相约见面交谈。

在1994年秋天诺贝尔经济学奖揭晓的那天下午,普林斯顿大学为纳什举行了一个小型香槟酒会。当初,没有人意识到那篇论文的重要性,包括他的导师塔克,就连自信满满的纳什本人也不例外,还有那位激励了作者的冯·诺伊曼,他在诺贝尔经济学奖开始颁发前11年便已过世。

波士顿和纽约:嵌入定理

1951年,23岁的纳什获得了普林斯顿大学博士学位,受聘麻省理工学院。其时,这所学院最重要的数学家是"控制论之父"维纳,这位神童出身的俄裔犹太人在纯粹数学和应用数学领域都有卓越贡献,并有两部传记《昔日神童》和《我是一个数学家》出版。当纳什来到麻省理工学院时,维纳给了他一个深情的拥抱。

还有两位波兰犹太移民的后裔,一位是后来证明了康托尔连续统假设与ZF集合公理系统彼此独立的柯恩,他因

纳什（左一）最后一次出游，在挪威领取阿贝尔奖

此获得了1966年的菲尔兹奖。在经济学系，最重量级的人物是萨缪尔森，他发展了数理和动态经济理论，将经济科学提高到新的水平，被认为是经济学界最后一位通才。

在波士顿，纳什研究了流形等距嵌入n维欧氏空间问题，得到了两个嵌入定理，指出每个黎曼流形都可以等距嵌入到欧几里得空间。据说当年若不是菲尔兹奖只给两位获奖人，他已经获奖了。多年以后，一位法国同行指出，"纳什在几何方面的作为远远超出他在经济学的作为好几个数量级。"半个世纪以后，他终于凭借嵌入定理获得了阿贝尔奖。

1956年，纳什获得了斯隆研究基金，这使他至少有一年时间不必从事教学工作，去到他喜欢的任何地方。纳什选择了普林斯顿，却在纽约租住公寓，或许纽约的夜生活更吸引他。那里有着狂野和令人兴奋的美丽，尤其是华盛顿广场周围，有一种魔力吸引着对自由、性爱或精神方面有特别需求的人。

可是不久，纳什父亲心脏病发作，母亲花了好大力气才通知到儿子。当她终于联系上儿子时，丈夫已经过世。纳什立即赶往故乡参加父亲葬礼，对内心尚未成年的纳什来说，这是一次沉重打击。幸运的是，纳什适时地找到一处避难所。那一年他有相当时间待在应用数学的天堂——库朗数学研究所，在那里研究椭圆形偏微分方程问题。

1935年成立的库朗研究所以它的主要创建人、德国数学家库朗命名，设在一座19世纪旧建筑的顶楼，起初纳什只是在驱车去普林斯顿的路上，在那里待上一两个小时，后来逐渐把更多时间留在那里。那时库朗已有不少与纳什兴趣相投的人，拉克斯和莫泽（1987年和1995年沃尔夫奖得主），还有来访的瑞典人赫尔曼德（1962年菲尔兹奖得主）。

果然，纳什在非线性偏微分方程理论以及应用该理论于几何分析方面也做出了卓越的贡献。这一新成果立即引起人们的注意，甚至超出了他的嵌入定理。可惜第二年暮春，人们发现，有一个叫蒂·乔治（1990年沃尔夫奖得主）的意大利人比他早几个月得到了这一结果。这件意外的事故，又一次几乎让纳什垮掉。

两个世界里的爱

20世纪60年代，库朗研究所的一位数学家曾经说过，"所有数学家都生活在两个不同的世界里。一个是由完美的理想形式构成的晶莹剔透的世界，一座冰冷的宫殿；另一个是凡人生活的普通世界，事物因其发展或转瞬即逝，或朦胧不清。数学家们穿梭于这两个世界中，在透明的世界里，他们是成人；在现实世界里，他们是婴儿。"

　　这个说法对一流名校来说更为准确，那里男性占统治地位，那里不乏竞争和冷酷的私心，那里感受不到友情和同情心，那里不时出现令人仰慕的天才。正因为缺乏精神寄托，一旦遇到合适的倾诉对象，便有可能产生情感上的依附。按照乌兹别克裔美国记者西尔维娅·娜萨撰写的《纳什传》（上海科教出版社，王尔山译，2014年），纳什第一次对男性产生爱慕之情便是在普林斯顿。

　　那年纳什只有22岁，有一位比他年长五岁的师兄沙普利。二战期间，他是驻扎在成都的美军航空兵士官，因破译了日本人的密码获得一枚铜质勋章。战后他回哈佛完成了学士学位，随后来到普林斯顿，与纳什一同参加博弈论讨论班。沙普利出身高贵，才华横溢，又是战斗英雄，且成熟、宽容、耐心，这是特别吸引纳什的地方。但这种情感是单方面的，后来他们成为竞争对手。2012年，沙普利也获得了一枚迟到的诺贝尔经济学奖章。

　　除此以外，纳什还与多名男性有过情感纠葛。麻省理工的同事纽曼回忆说，纳什总想与男性建立浪漫色彩的友谊。有一次他正开车，坐在副驾驶座上的纳什试图在他身上撒娇。相比之下，对纳什一见倾心的另一位同事陷入真正的麻烦，很久以后才得以摆脱。在西海岸，纳什还有过两次恋情，对象分别是洛杉矶的一位航空工程师和西雅图的一位昔日校友。

相比之下，在与女性的交往中，纳什更有魅力。1米85的身高，阳刚之气的身躯，酷似英国贵族的容貌，他像天神一样英俊。在波士顿，纳什认识了后来的终身伴侣艾丽西亚·拉迪，一位出生在萨尔瓦多的年轻貌美、气质优雅的女生，从小她的理想便是成为居里夫人。艾丽西亚是当年麻省理工物理系录取的仅有的两位女生之一，纳什是她的微积分老师。

拉迪一家原来是法国贵族，祖上是香槟地区的酿酒商，法国大革命期间来到美国，落脚在路易斯安娜首府。其中一支后裔去了中美洲，先是在危地马拉，继而来到圣萨尔瓦多，经营旅馆业。那正是艾丽西亚的先祖，她本人1933年生于圣萨尔瓦多，11岁那年，一场反独裁统治的群众运动促使他们全家迁回美国。

可是，纳什首先遇见并坠入情网的却是校医院女护士艾莱娜，她比他年长五岁。当时纳什因为静脉曲张，做了一个小手术。艾莱娜妩媚迷人、心地善良，之前宁愿跟椅子而不是女孩跳舞的纳什被她迷住了，两人很快好上。她和纳什生过一个儿子。可就在艾莱娜分娩前夕，纳什离开了她，这在2002年成了电影《美丽心灵》获奥斯卡奖的障碍，有人抨击纳什是因为她社会地位低才分手。

接下来的故事因电影广为人知，纳什而立之年又一次做了父亲，几乎同时他得了妄想型精神分裂症。失踪两周之

电影《美丽心灵》剧照

后，纳什来到同事身边，神秘兮兮地指着手中的《纽约时报》说，外太空的组织正通过它跟他交流。其时芝加哥大学为纳什准备了永久职位，数学系主任却收到纳什的信，告知他即将出任南极洲皇帝。纳什还给驻华盛顿的各国使馆去信，声称自己正在组建世界政府。在1962年夏病情最重时，纳什给母校普林斯顿寄去一张让其转给毛泽东的明信片，上边仅用法语写了一句哑谜。

纳什多次被强制送进精神病院，最受伤害的无疑是深爱他的妻子艾丽西亚。尽管纳什在许多人看来孤僻、怪异，不好相处，这也使得他迟迟未能取得麻省理工的终身职位。但在艾丽西亚眼里，"他非常英俊、聪明……"这有点儿像英雄崇拜。"落花流水春去也"，艾丽西亚必须面对一个痛苦的现实：她的丈夫变得越来越冷漠，难以捉摸，甚至威胁说要伤害她。终于，他们在1963年分道扬镳了。

"穿着蓝色制服醒来"，美国大诗人洛厄尔在《人生写照》里写道。这位两度普利策诗歌奖得主也是哈佛大学教授，早已享誉文坛，却在纳什首次住院两周后，来到马萨诸塞的麦克莱恩医院，成为纳什的病友，他得的是狂躁抑郁症。据当年前往探视的学院同事回忆，洛厄尔常与纳什在一起。1977年，洛厄尔因心脏病发作，在纽约的出租车内（与纳什一样）去世。

随后的30多年里，无论数学界还是经济学界，无论在美国还是在欧洲，同行们都对纳什予以关切和帮助，包括普林斯顿的大牛赛尔贝格、波士顿的大牛萨缪尔森、法国数学界的大牛格罗滕迪克。难能可贵的是,离婚后艾丽西亚仍保持了非同寻常的爱心和耐心。她觉得要对纳什负责,相信自己可以给予他医生无法给予的东西。1970年,艾丽西亚提出并将纳什收留在自己家中。

在漫长的岁月里,艾丽西亚那温柔的目光和举止,对纳什的康复起到了极其重要的作用。人们注意到:纳什去听讲座了,跟人讨论学术问题了,可以外出旅行了……在经历幻想的破灭、艰难困苦和一次次失望之后,艾丽西亚那始终如初的少女般的爱恋始终未消失,终于等到了花好月圆的一天。2001年,在相隔38年以后,纳什与艾丽西亚正式复婚。而如今,他们正携手去往天国的途中。

2015年5-8月,杭州莲花街

欧玛尔·海亚姆的世界

> 伊斯法罕：世界的一半。
>
> ——波斯谚语
>
> 我的灵魂充满了哀怨，心房却燃起了欢乐。
>
> ——［波斯］鲁达基

身体的世界

要了解波斯诗人、数学家欧玛尔·海亚姆的生活轨迹，我们必须先来谈谈他的故乡霍拉桑（Khorasan）这个历史地名，它的另一个中文译名是呼罗珊。这个词在波斯语里的含义是"太阳之地"，意即东方。虽然霍拉桑如今只是伊朗东北部的一个省份（其省会马什哈德是什叶派穆斯林的朝圣之地），以制作图案精美的手织地毯闻名。但从前它包含的地域却要宽广许多，除了霍拉桑省以外，还包括土库曼斯坦南部和阿富汗北部的广大地区。确切地说，北面从里海到阿姆河，南面从伊朗中部沙漠的边缘到阿富汗的兴都库什山脉，有些阿拉伯地理学家甚至认为，该地区一直延伸至印度边界。

　　说到阿姆河（Amudarya）这支中亚流量最大的河流，它蜿蜒于阿富汗、塔吉克斯坦、乌兹别克斯坦、伊朗之间，最后注入了咸海。传说9世纪的阿拉伯数学家花拉子密就出生在此河下游炎热的古城希瓦（Khiva，今属乌兹别克斯坦），他是代数学的命名人。而兴都库什山区则是当年玄奘西天取经路过的地方，他在《西域记》里称之为大雪山，如今成为布什政府悬赏缉拿的本·拉登可能的藏身之地。欧玛尔·海亚姆的足迹超出了霍拉桑的地域范围，他向北到达了乌兹别克斯坦的中心城市撒马尔罕，向南直抵伊朗高原上的伊斯法罕，甚至阿拉伯半岛的西端——麦加。

　　作为一个数学家，海亚姆生活过的国家之多（依照今天的行政划分是四个，不含朝圣地沙特）恐怕只有古希腊的毕达哥拉斯可以超出，后者居留过的地方包括希腊、黎巴嫩、埃及、伊拉克和意大利。而综观古代世界的诗人，尽管职业需要他们浪迹天涯，却似乎无人有此等幸运。大概正因为如此，荷马在他的史诗《奥德修斯》里让主人公历尽十年的海上迷途才返回故乡，而但丁则在他的《神曲》里亲身经历了地狱和天堂。海亚姆之所以能云游四方，恐怕与他出身于手工艺人家庭有关，也得益于伊斯兰的势力范围之广。

　　1048年5月18日，海亚姆出生在古丝绸之路上的内沙布尔，如今它是一座只有十几万人的小城，距离马什哈德仅70多公里，以制陶艺术闻名。他先在家乡，后在阿富汗北

内沙布尔的海亚姆塑像

部小镇巴尔赫接受教育，巴尔赫位于喀布尔西北约三百公里处，离他的故乡有千里之遥。正如"海亚姆"这个名字的含义"帐篷制作者"那样，欧玛尔的父亲是一位手工艺人，他经常率领全家从一座城市迁移到另一座城市。加上时局动乱，如同海亚姆在《代数学》的序言中所写的，"我不能集中精力去学习代数学，时局的变乱阻碍着我"。尽管如此，他仍写出了颇有价值的《算术问题》和一本关于音乐的小册子。

大约在1070年前后，20岁出头的海亚姆离家远行，他向北来到中亚最古老城市之一的撒马尔罕。曾被亚历山大大帝征服的撒马尔罕那会儿正处于（土耳其）突厥人的统治之下,其时"一代枭雄"成吉思汗和意大利旅行者马可·波罗均未出世,他们后来从不同的方向以不同的方式踏上这块土地。海亚姆来此是应当地一位有政治地位的大学者的邀请,他在主人的庇护下,安心从事数学研究,完成了代数学的重要发现,包括三次方程的几何解法,这在当时算最深奥、最前沿的数学了。依据这些成就,海亚姆完成了一部代数著作《还原与对消问题的论证》,后人简称为《代数学》。

不久,海亚姆应塞尔柱王朝第三代苏丹马利克沙的邀请,西行至都城伊斯法罕,在那里主持天文观测并进行历法改革,他并受命在该城修建一座天文台。塞尔柱人本是乌古思部落的统治家族,这个部落是居住在中亚和蒙古草原上突厥诸族的联盟,其中的一支定居在中亚最长的河流——锡尔河下游,即今天哈萨克斯坦境内靠近咸海的地方,并加入了伊斯兰教逊尼派。11世纪时他们突然离开故土,向南而后向西,成为一个控制了从阿姆河到波斯湾,从印度河到地中海的大帝国。一个世纪以后蒙古人的远征无疑是受此鼓舞,他们和突厥人本是同宗,不同的是,蒙古人只有一部分皈依了伊斯兰教。

由于塞尔柱人没有自己的文化传统,他们接受了辖内波斯经师们的语言,波斯文学广为流传,波斯的学者和艺术家也得到了尊重,这一点与马其顿人对希腊的征服如出一辙。正因为如此,海亚姆才有机会去首都。现在我们必须要说说伊斯法罕这座城市,它是今天伊朗仅次于首都德黑兰的第二大城市,有一百多万人口,以宏伟的清真寺、大广场、水渠、林荫道和桥梁闻名（这一景象在我于公元2004年夏末抵达时依稀可辨）。除了塞尔柱王朝以外，波斯帝国的国王阿拔斯一世也曾定都此城，使其成为17世纪世界上最美丽动人的城市。有一句波斯谚语流传至今，"伊斯法罕：世界的一半"。

马利克沙是塞尔柱王朝最著名的苏丹，1072年，年仅17岁的他便继承了王位，得到了老丞相穆尔克的鼎力辅助。马利克沙在位期间，继承了父亲的事业，征服了美索不达米亚和阿塞拜疆的藩主，吞并了叙利亚和巴勒斯坦的土地，并控制了麦加、麦地那、也门和波斯湾地区。据说他的一支军队抵达并控制了君士坦丁堡对岸的尼西亚，拜占庭帝国遂遣使向西方求救，于是才有了几年以后十字军的首次东征。与此同时，国内的人民安居乐业，苏丹本人对文学、艺术和科学均表现出了极大的兴趣，他广邀并善待学者和艺术家，兴办教育，发展科学和文化事业。

在历史学家看来，马利克沙统治下的伊斯法罕以金光灿烂的清真寺、欧玛尔·海亚姆的诗篇和对历法的改革闻名，其中后两项与海亚姆直接有关。无疑这是海亚姆一生最安谧的时期，他仅担任伊斯法罕天文台台长就达18年之久。遗憾的是，到了1092年，马利克沙的兄弟、霍拉桑总督发动了叛乱，派人谋杀了穆尔克，苏丹随后也（在巴格达）突然去世，塞尔柱王朝急剧衰退了。马利克沙的第二任妻子接管了政权，她对海亚姆很不友善，撤销了对天文台的资助，历法改革难以继续，研究工作也被迫停止。可是，海亚姆仍留了下来，他试图说服和等待统治者回心转意。

　　大约在1096年，马利克沙的第三个儿子桑贾尔成为塞尔柱王朝的末代苏丹，此时帝国的疆土早已经收缩，他更像是霍拉桑的君主了。尽管成年以后，桑贾尔也曾征服阿姆河和锡尔河之间的河间地带，并到达印度边境，但最后仍兵败撒马尔罕。1118年，他不得不迁都至北方的梅尔夫，那是中亚细亚的一座古城，其遗址位于今天土库曼斯坦的省会城市马雷。海亚姆也随同前往，在那里他与他的弟子们合写了一部著作《智慧的天平》，用数学方法探讨如何利用金属比重确定合金的成分，这个问题起源于阿基米德。

　　晚年的海亚姆独自一人返回了故乡内沙布尔，招收了几个弟子，并间或为宫廷预测未来事件（梅尔夫离内沙布尔不远）。海亚姆终生未娶，既没有子女，也没有遗产，他死

海亚姆的生活区域（截自中国地图出版社所出地图）

后,他的学生将其安葬在郊外的桃树和梨树下面。海亚姆的四行诗在19世纪中叶被译成英文以后,他作为诗人的名声传遍了世界,至今他的《鲁拜集》已有几十个国家的一百多种版本问世。为了纪念海亚姆,1934年,由多国集资,在他的故乡修建了一座高大的陵墓。海亚姆纪念碑是一座结构复杂的几何体建筑,四周围绕着八块尖尖的棱形,棱形内部镶嵌着伊斯兰的美丽花纹。

智力的世界

海亚姆早期的数学著作已经散失,仅《算术问题》的封面和几片残页保存在荷兰的莱顿大学。幸运的是,他最重要的一部著作《代数学》流传下来了。1851年,此书被F.韦普克从阿拉伯文翻译成了法文,书名叫《欧玛尔·海亚姆代数学》,虽然没赶上12世纪的翻译时代,但比他的诗集《鲁拜集》的英文版还是早了8年。1931年,在海亚姆诞辰800周年之际,由D.S.卡西尔英译的校订本《欧玛尔·海亚姆代数学》也由美国哥伦比亚大学出版了。我们今天对海亚姆数学工作的了解,主要是基于这部书的译本。

在《代数学》的开头,海亚姆首先提到了《算术问题》里的一些结果。"印度人有他们自己开平方、开立方的方法……我写过一本书,证明他们的方法是正确的。我并加以推广,可以求平方的平方、平方的立方、立方的立方等高次方根。这些代数的证明仅仅以《原本》里的代数部分为依据。"这里海亚姆提到他写的书应该是指《算术问题》,而《原本》即欧几里得的《几何原本》,这部希腊数学名著在9世纪就被译成阿拉伯文,而意大利传教士利玛窦和徐光启合作把它部分译成中文已经是17世纪的事情了。

海亚姆所了解的"印度算法"主要来源于两部早期的阿拉伯著作《印度计算原理》和《印度计算必备》,然而,由于他早年生活在连接中亚和中国的古丝绸之路上,很可能也受到了中国数学的影响和启发。在至迟于公元前1世纪就已问世的中国古代数学名著《九章算术》里,给出了开平方和开立方的一整套法则。在现存的阿拉伯文献中,最早系统地给出自然数开高次方一般法则的是13世纪纳西尔丁编撰的《算板与沙盘算术方法集成》。书中没有说明这个方法的出处,但由于作者熟悉海亚姆的工作,因此数学史家推测,极有可能出自海亚姆。可是,由于《算术问题》失传,这一点已无法得到证实。

海亚姆在数学上最大的成就是用圆锥曲线解三次方程,这也是中世纪阿拉伯数学家最值得称道的工作。所谓圆锥曲线就是我们中学里学到过的椭圆(包括圆)、双曲线和抛物线,可以通过圆锥与平面相交而得。说起解三次方程,最早可追溯到古希腊的倍立方体问题,即求作一立方体,使其体积等于已知立方体的两倍,转化成方程就成了$x^3=2a^3$。公元前4世纪,柏拉图学派的门内赫莫斯发现了圆锥曲线,将上述解方程问题转化为求两条抛物线的交点,或一条抛物线与一条双曲线的交点。这类问题引起了伊斯兰数学家极大的兴趣,海亚姆的功劳在于,他考虑了三次方程的所有形式,并一一予以解答。

具体来说,海亚姆把三次方程分成14类,其中缺一、二次项的1类,只缺一次项或二次项的各3类,不缺项的7类,然后通过两条圆锥曲线的交点来确定它们的根。以方程$x^3+ax=b$为例,它可以改写成$x^3+c^2x=c^2h$,在海亚姆看来,这个方程恰好是抛物线$x^2=cy$和半圆周$y^2=x(h-x)$交点C的横坐标x,因为从后两式消去y,就得到了前面的方程。不过,海亚姆在叙述这个解法时全部采用文字,没有方程的形式,让读者理解起来非常不易,这也是阿拉伯数学后来难以进一步发展的原因之一。

海亚姆也尝试过三次方程的算术(代数)解法,却没有成功。但他在《代数学》中预见到,"对于那些不含常数项、一次项或二次项的方程,或许后人能够给出算术解法。"五个世纪以后,三次和四次方程的一般代数解法才由意大利数学家给出。而五次或五次以上方程的一般解法,则在19世纪被挪威数学家阿贝尔证明是不存在的。值得一提的是,解方程在欧洲的进展并不顺利。意大利几位数学家因为抢夺三次和四次方程的发明权闹得不可开交,甚至到了反目成仇的地步,而阿贝尔的工作至死都没有被同时代的数学家认可。

在几何学领域,海亚姆也有两项贡献,其一是在比和比例问题上提出新的见解,其二便是对平行公理的批判性论述和论证。自从欧几里得的《几何原本》传入伊斯兰国家以后,第五公设就引起数学家们的注意。所谓第五公设是这样一条公理:"如果一直线和两直线相交,所构成的两个内角之和小于两直角,那么,把这两条直线延长,它们一定在那两内角的一侧相交。"这条公理无论在叙述和内容方面都比欧氏提出的其他四条公设复杂,而且也不是那么显而易见,人们自然要产生证明它或用其他形式替代的欲望。需要指出的是,18世纪的苏格兰数学家普莱菲尔将其简化为如今的形式,即过直线外一点能且只能作一条平行线与此直线平行,但仍然不那么自明。

1077年,海亚姆在伊斯法罕撰写了一部新书,书名就叫《辨明欧几里得几何公理中的难点》,他试图用前四条公设推出第五公设。海亚姆考察了四边形ABCD,如图所示,假设角A和角B均为直角,线段CA和DB长度相等。海亚姆意识到,要推出第五公设,只需证明角C和角D均为直角。

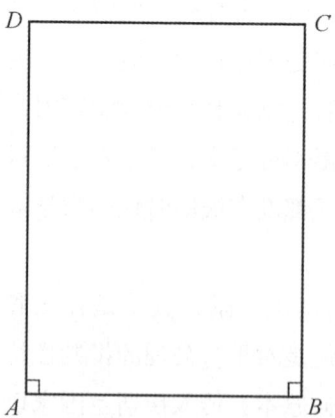

用以证明平行公理的四边形

为此，他先后假设这两个角为钝角、锐角和直角，前两种情况均导出矛盾。有意思的是，这种处理问题的方式与19世纪才诞生的非欧几何学有着密切的联系。事实上，假设前两种情况为真，就可以直接导出非欧几何学，后者是现代数学最重要的发现之一。

遗憾的是，海亚姆并没有意识到这一点，他的论证注定也是有缺陷的。他所证明的是，平行公设可以用下述假设来替换：如果两条直线越来越接近，那么它们必定在这个方向上相交。值得一提的是，非欧几何学发明人之一的俄国人罗巴切夫斯基也生活在远离西方文明的喀山。喀山是少数民族聚集的鞑靼自治共和国的首府，与伊斯法罕同处于东经50度附近，只不过喀山在里海的北面，而伊斯法罕在里海的南面。尽管海亚姆没有能够证明平行公设，但他的方法通过纳西尔丁的著作影响了后来的西方数学家，其中包括17世纪的英国人、牛顿的直接前辈——沃利斯。

除了数学研究以外，海亚姆在伊斯法罕还领导一批天文学家编制了天文表，并以庇护人的名字命名之，即《马利克沙天文表》，现在只有一小部分流传下来，其中包括黄道坐标表和一百颗最亮的星辰。比制作天文表更重要的是历法改革，自公元前1世纪以来，波斯人便使用琐罗亚斯德教（创立于公元前7世纪）的阳历，将一年分成12月365天。被阿拉伯人征服以后，被迫改用回历，即和中国的阴历一样：大月30天，小月29天，全年354天。不同的是，阴历有闰月，因而与寒暑保持一致；而回历主要为宗教服务，每30

年才加11个闰日，对农业极为不利，盛夏有时在6月，有时在1月。

马克利沙执政时，波斯人已经重新启用阳历，他在伊斯法罕设立天文台，并要求进行历法改革。海亚姆提出，在平年365天的基础上，33年闰8日。如此一来，一年就成了365又8/33天，与实际的回归年（地球绕太阳自转一圈所用时间）误差不到20秒，即每4460天才相差一天，比国际上现行普遍使用的公历（又称格里历，400年闰97日，1582年由罗马教皇格里高利十三世颁布，但非天主教国家如英、美、俄、中等国迟至18、19甚或20世纪才开始实行）还要精确，后者每3333年相差一天。特别值得注意的是，如果把回归年的小数部分按数学的连分数展开，其渐近分数分别为

$$1/4, 7/29, 8/33, 31/128, 132/545, \cdots\cdots$$

第一个分数1/4相当于四年闰一日，对应于古罗马独裁者凯撒颁布的儒略年，每128年就有一天误差。海亚姆的历法对应的是第三个分数，即8/33。由此可见，海亚姆制定的历法包含了最精确的数学内涵，如果限定周期少于128年，则33年闰8日可能是最好的选择。他以1079年3月16日为起点，取名"马克利纪年"，可惜随着庇护人的去世，历法工作半途夭折了，而那个时候世界各国使用的阳历误差已多达十几天了。海亚姆感到无奈，他在一首四行诗中发出了这样的叹息（《鲁拜集》第57首）：

啊，人们说我的推算高明
纠正了时间，把年份算准
可谁知道那只是从旧历中消去
未卜的明天和已逝的昨日

精神的世界

如果海亚姆仅仅是个数学家和天文学家（据说他还精通医术，兼任苏丹的太医），那他很可能不会终身独居，虽然他的后辈同行笛卡尔、帕斯卡尔、斯宾诺莎、牛顿和莱布尼茨等也不曾结婚。这几位西方智者在从事科学研究之余，均把自己的精神献给宗教或哲学。海亚姆在潜心科学王国的同时，也悄悄地把自己的思想记录下来，但却以诗歌的形式。不同的是，他的作品因为不合时宜，很有可能在初次展示以后便收了起来。或者，由于他的身份是数学家和天文学家，被人们忽略了。事实上，尽管对海亚姆创作的诗歌数量意见不一，后世学者们却一致认定，他并不囿于伊斯兰宣扬的真主创造世界这一观点，因此，他不讨正统的穆斯林喜欢。

要谈论海亚姆的诗歌，必须要先了解波斯的文学传统。公元651年，阿拉伯人摧毁了古伊朗最后一个王朝——萨珊，把波斯置于政教合一的哈里发的版图内，伊斯兰教取代了琐罗亚斯德教，阿拉伯语成了官方语言。但波斯民间却产生了新的语言——现代波斯语，它是古波斯语即巴列维语的变体，经过演变，用阿拉伯字母书写并引进了阿拉伯词汇。运用现代波斯语进行创作的文学，就是波斯文学。波斯文学崛起的地方正好是海亚姆的故乡——霍拉桑，之后，在地中海东岸、中亚细亚、高加索地区、阿富汗和北印度也相继出现了著名的波斯语诗人和作家。

不仅如此，在被阿拉伯人占领几个世纪以后，在远离阿拉伯半岛的地方又出现了一个波斯人的王朝——萨曼，其疆域包括霍拉桑和河间地带。在塞尔柱人到来之前，已经有将近两百年的自由发展和工商业的繁荣，主要城市撒马尔罕成为学术和诗歌、艺术的中心，另一处诗歌中心则是阿富汗北部的巴尔赫，这两个地方恰好是海亚姆年轻时逗留过的地方。9世纪中叶，被誉为"波斯诗歌之父"的鲁达基出生在撒马尔罕郊外，他年轻时四处游历，晚年贫穷潦倒且双目失明，可仍活到了90高龄，并奠定了被称作霍拉桑体的诗歌风格。

在鲁达基去世前六年，霍拉桑又诞生了一位重要诗人菲尔多西，他也被波斯人认为是他们民族最伟大的诗人，其代表作是叙事诗《王书》（完成于公元1010年，中译本叫《列王纪选》），讲述了从神话时代到萨珊王朝历代皇帝的故事。将近一千年来，这部诗集被世世代代的波斯人吟咏或聆听。它具有霍拉桑诗歌的特点，即叙述简明，用词朴实，描述人物和环境不过多铺垫，并绝少使用阿拉伯语汇。不过，有些西方学者批评菲尔多西这部浩瀚的诗篇中韵律单调枯燥，内容陈旧且不断重复。这些人恐怕无法理解现代的伊朗人，这部书对他们就像《圣经》对说英语的基督教徒那样通俗易懂。

在菲尔多西逝世20多年以后，海亚姆降生在霍拉桑。不过，此时他的故乡已经在塞尔柱王朝的统治之下。如果不是在内沙布尔开始他的诗人生涯，那么至少他也应该在巴尔赫或撒马尔罕这两处诗歌中心萌发灵感。由于海亚姆死后半个世纪才有人提到他的诗人身份，我们对他生前的写作状况就无从了解了。只知道海亚姆写的是无题的四行诗，这是一种由鲁达基开创的诗歌形式，第一、二、四行的尾部要求押韵，类似于中国的绝句。虽然，每行诗的字数并无严格的要求，却也有着"语不惊人死不休"的气概，正如海亚姆诗中所写的（《鲁拜集》第71首）：

> 那挥动的手臂弹指间已完成
> 继续吟哦，并非用虔诚或智慧
> 去引诱返回删除那半行诗句
> 谁的眼泪都无法将单词清洗

1859年，即达尔文出版《物种起源》那年，一个叫爱德华·菲茨杰拉德的英国人把海亚姆的101首诗汇编成一本朴素的小册子，取名《鲁拜集》（Rubaiyat，阿拉伯语里意即四行诗），匿名发表了，那年他已经50岁，在文坛藉藉无名。此前，他曾尝试将其翻译成拉丁文，最后才决定用自己的母语。菲茨杰拉德早年就读于剑桥大学最负盛名的三一学院，与《名利场》的作者萨克雷结下终生的友谊，毕业后过着乡绅生活，与丁尼生、卡莱尔等大文豪过从甚密，对自己的写作却缺乏信心。中年后他才开始学习波斯语并把兴趣转向东方，译《鲁拜集》时他采用不拘泥于原文的意译，常用自己的比喻来传达诗人思想的实质。

从第二年开始，英国的文学同行纷纷称赞这部译作。诗人兼批评家斯温伯格写道，"菲茨杰拉德给了欧玛尔·海亚姆在英国最伟大诗人中间一席永久的地位"，诗人切斯特顿察觉到这本"无与伦比"的集子的浪漫主义和经典特色，"既有飘逸的旋律又有持久的铭刻"。更有甚者，有些批评家认为这个译本实际上是一些有着波斯形象的英国诗，这未免夸大其词。《大不列颠百科全书》在菲茨杰拉德的条目里冠之以"作家"而非"翻译家"的头衔，其实，菲茨杰拉德

《鲁拜集》中文版，郭沫若译。1924年，上海泰东书局。

的所有文学创作表明,他作为一个作家十分平庸,不足以收入百科全书的条目。

1924年,郭沫若率先从英文翻译出版了《鲁拜集》,依据的正是菲茨杰拉德的版本。从那以后,已有十多位中国诗人和学者从英文或波斯文尝试翻译。郭沫若把海亚姆比作波斯的李白,这是由于他们两人都嗜酒如命。有意思的是,将近半个世纪以后,郭沫若又第一个考证出李白出生在中亚的碎叶(今吉尔吉斯斯坦伊塞克湖西岸的托克马克城附近),似乎有意要让李白与海亚姆成为乡邻。假如他的考证属实,那么海亚姆生活过的国家就与毕达哥拉斯一样多了。无论如何,郭沫若的《李白与杜甫》(1971年)是"文革"期间中国知识分子可以阅读的少数几部诗学论著之一。这里随意录下海亚姆的一首吟酒之诗:

> 来吧,且饮下这杯醇酒
> 趁命运未把我们逼向绝路
> 这乖戾的苍天一旦下手
> 连口清水都不容你下喉

古人云,仁者见仁,智者见智。阿根廷诗人博尔赫斯对《鲁拜集》的印象是,每每"以黎明、玫瑰、夜莺的形象开始,以夜晚和坟墓的形象结尾"。这是因为,海亚姆与博尔赫斯一样,也是一个耽于沉思的人。海亚姆苦于不能摆脱人间天上的究竟、生命之短促无常以及人与神的关系这些问题。他怀疑是否有来世和地狱天堂的存在,嘲笑宗教的自以为是和学者们的迂腐,叹息人的脆弱和社会环境的恶劣。既然得不到这些问题满意的回答,他便寄情于声色犬马的世俗享受。尽管如此,他仍不能回避那些难以捉摸的根本问题。

  谈到"及时行乐",原本它就是"欧洲文学最伟大的传统之一"(英国诗人T.S.艾略特语),这一主题的内涵并非只是一般意义下的消极处世态度,同时也是积极的人生哲理的探究。事实上,醇酒和美色在海亚姆的诗中出现的频率比起放浪无羁的李白还要高,而伊斯兰教是明令禁酒的,这大概是他的诗被同代学者斥为"色彩斑斓的吞噬教义的毒蛇"的原因之一,在虔诚的伊斯兰信徒眼里,他的诗都是些荒诞不经的呓语(迫于教会的压力,他在晚年长途跋涉,远行至伊斯兰的圣地——麦加朝圣)。海亚姆之所以逆水行舟,其目的无非是想从无生命的物体中,探讨生命之谜和存在的价值:

> 我把唇俯向这可怜的陶樽,
> 向把握生命的奥秘探询;
> 樽口对我低语道:"生时饮吧!
> 一旦死去你将永无回程。"

  上个世纪初,14岁的美国圣路易斯男孩艾略特偶然读到爱德华·菲茨杰拉德的英译本《鲁拜集》,立刻就被迷住了。这位20世纪难得一见的大诗人后来回忆说,当他进入到这光辉灿烂的诗歌之中，那情形"简直美极了"，自从读了这些充满"璀璨、甜蜜、痛苦色彩的"诗行以后，便明白了自己要成为一名诗人。同样值得一提的是，在金庸的一部冠名《倚天屠龙记》的武侠小说里，女主人公小昭反复吟唱着这样一支小曲，"来如流水兮逝如风，不知何处来兮何所终"，该曲原出自海亚姆的《鲁拜集》，作者添加了两个"兮"字，便有了中国古诗的味道，而在这部中国小说的结尾，小昭被意味深长地发配去了波斯。

2006年12月，杭州西溪

阮元、阮公墩与诂经精舍

> 然则治经之士,故不可不知数矣。
>
> ——郑玄

西湖三岛

众所周知,西湖有四座岛,按面积大小分别是孤山、小瀛洲、湖心亭、阮公墩,这一顺序刚好也是其知名度的排列。但因为有白堤和西泠桥连接岸边,孤山已成为陆地的一部分,故而只剩下了三座小岛。

小瀛洲即三潭印月,因位于西湖中部,面积达6万平方米,故被称为小瀛洲,相传苏轼疏浚西湖后,在湖中水深处建成三座瓶形石塔,名为三潭。南宋时,三潭印月便属于"西湖十景"。明代三塔被毁又重建,并有了环形的堤埂和堤内的放生池,池内又有小岛,南北有桥与小岛相连,恰如一个"田"字,形成了"湖中有岛,岛中有湖"的奇景。美国总统尼克松在他的回忆录里,提到1972年首次中国行也没有忘记三潭印月。

湖心亭是西湖三岛中最早营建的。宋、元时曾有湖心寺，后倾圮。明代就有了湖心亭（初名振鹭亭），文学家张岱留下的散文名篇《湖心亭看雪》，如今被收入中学《语文》课本。清代"湖心平眺"列为"钱塘十八景"之一，乾隆在亭上题过匾额"静观万类"和楹联，相传岛的南端石碑上"虫二"也是乾隆御笔，这是将繁体字"风月"两字的外边去掉，取"风月无边"的意思。湖心亭（一说是绍兴兰亭）还与滁州醉翁亭、北京陶然亭、长沙爱晚亭一同被推举为"中国四大名亭"。

唯有阮公墩，不仅面积最小、历史最短，知名度也最低。19世纪初，浙江巡抚阮元主持西湖疏浚工程，以湖中淤泥堆筑成岛。后人为了纪念阮公，尤其是他对发展浙江教

西湖三岛之一——阮公墩

育、科技和文化，整理古籍、治理西湖和抗击倭寇等方面所做的贡献，遂以他的名字命名该岛。但因为土质松软，无法建筑，故而百年荒芜。1982年，杭州市政府为发展旅游业，运来1000多吨泥土，周围用石块加固，基建200多平方米，才有了今日忆芸亭、云水居等景点。1984年评选"西湖新十景"时，"阮墩碧环"名列前茅。可是，近年来，该岛一直没有对外开放，这与以文化景观著称并因此入选"世界文化遗产"的西湖并不相衬。

阮元其人

阮元何许人也？他是清朝名臣、学问家、思想家、教育家、科学史家、书法家，被尊为三朝阁老、九省疆臣、一代文宗。

清乾隆二十九年（1764年）正月二十，一代大儒阮元降生于扬州。虽然他的简历和著作中都写着籍贯为江苏仪征（位于南京与扬州之间的县级市，由扬州代管），但他和他的家人却从未在仪征居住过。无论他出生的白瓦巷，还是后来生活过的花园巷、弥陀寺巷、古家巷、罗湾巷，均在扬州城内。阮元祖籍陈留尉氏县（今河南开封），南宋时迁江西清江县，明初再迁江苏淮安，然后在神宗时期由淮安迁居扬州。直到他的祖父辈才始占籍仪征，主要是为了科举考试的方便。

有意思的是，虽然阮元贵为一代大儒，终生温文尔

阮元像

雅、滴酒不沾，他的家族却为武官世家。阮氏迁居扬州以后，出过三位武进士，六位武举人。阮元的祖父便是位武进士，昭勇将军。他的父亲是一位孝子，为了侍奉长辈，放弃了科举考试。母亲林氏是福建人，知县之女，爱看书，能作诗，明古今大义。偏偏到了阮元，身体文弱，学射箭拉不开弓。父怜之，命其改学经学，才有了一代文宗。

阮元8岁即能作诗，且有"雾重疑山远，潮平觉岸低"之妙句。但他的诗才并非私塾老师所教，而是得益于他的母亲。林氏常说："读书做官，当为翰林。"同时，她对儿子的品行教育也抓得很紧。家里为阮元请来多位有才华的老师，给予他很好的成才环境。14岁那年，他迎来了仕途的起点——童子试，结果未能取得进入县学的机会，不过因此结识进士出身、曾任翰林院编修的蒋士铨，后者与名诗人袁枚、赵翼并称为"乾隆三大家"或"江右三大家"。母亲希望他能像蒋那样成为大名士，这一期许给阮元留下难以磨灭的印象。说到杭州诗人袁枚，他在居住地南京随园编选了《随园女弟子诗选》，这是中国文学史上第一部女诗人诗选，张扬了女性之才。

不幸的是，阮元17岁那年，因全家又一次迁居，父亲又远在汉阳经商，迁家之事全由母亲一人料理。她连续劳累过度，终于病倒了，加之中暑又加重了病情，一个月以后，猝然去世，年仅46岁。之后，阮元在家守孝，不能参加考试。同时也放弃了写作诗词，专心于经学，虚心地向本地的儒生学习求教，学问渐长。19岁那年，阮元娶妻江氏。翌年解禁，考取仪征县学第四名。又过一年，科试一等第一名，文冠全场，尤得江苏学政青睐，邀其出试镇江、金坛、江宁（南京）等地，协助批阅试卷。

22岁那年，学政把阮元带到京城，开始了幕僚生活，结识了更多前辈大家，向他们请教，学问大进。可是，第二年的会试他却名落孙山。之后，阮元遵父嘱留在京城。原本会试三年一次，但因乾隆80大寿，翌年又加了一次恩科考试。结果这次阮元考中第28名，在圆明园举行的复试中被列为一等末名（第10名），而在殿试中则以二甲第三名赐进士出身。随后，他又通过了朝考，以第九名被钦点为翰林院庶吉士。原本需要三年实习再考核,但阮元这批不到一年就进行选拔,结果阮元高中第一名,更重要的是,他深得乾隆皇帝喜欢。

说起来,这事还与和珅有关,有一次退朝时,和珅告诉阮元,"皇上年纪虽高,却不戴眼镜",而最后一次考核,乾隆恰好命题"眼镜",于是阮元自然在文中把皇帝夸了一顿,结果龙颜大悦,特意将他从第二名提为第一名。之后,又两次召见他,赏赐礼物并越级提拔,将他从七品升为三品。有一次,乾隆对军机大臣说,"阮元人明白老实,像个有福的,不意朕八旬外又得一人。"那年阮元27岁,翌年他的女儿和妻子先后因为天花和染疾不幸去世。29岁那年,阮元被任命为山东学政,开始了长达半个多世纪的宦海生涯。

一代文宗

阮元23岁那年,因为会试落榜,独立撰成《考工记车制图解》并出版,可谓是成名作,使他饮誉京城。《考工记》是中国战国时期记述官营手工业各工种规范和制造工艺的文献,原是单部著作,后被收入《周礼》。书中论及车、削、矢、剑、钟、量、韦革、皋陶、染羽、聲、玉、弓等等的制作工艺。前人和同代人对此书多有专论,阮元则对其中的车制进行深入研究,并且有自己的新发现。

作为乾嘉汉学和扬州学派的代表人物,阮元著述和编纂甚多,在经学、史学、训诂学、校勘学、考证学等领域均有重要建树。此外,他的诗词文章、金石之学,碑学和绘画理论,乃至书法实践样样精通。在他的训诂学和经学著作中,或以《经籍籑诂》和《十三经注疏》最为人称颂。

训诂学是研究中国传统古书中词义的学科,是汉文古籍释读术。最早的训诂学著作是战国末期的《尔雅》,《经籍籑诂》可能是中国唯一一部大型的汇辑古书中的文字训释编排而成的训诂词典,此书把唐代以前的注解罗列出来,并根据自己的注解有所取舍,引用材料比较丰富全面。通过比较,有时还可以看出古代词义演变的线索。

中国典籍浩如烟海,目前存世约十多万种,《四库全书》是典籍中的精华,分经、史、子、集四部,经指儒家经典,史即史书,子为先秦诸子百家著作,集为诗词大家的文集。其中经部是精华,而《十三经》冠列经部,从《易》《诗》《书》《周礼》到《左传》《论语》《尔雅》《孟子》,内容博大,在悠久的中华文明进程中,对我国的传统文化产生了巨大影响,长期根植于人们的思想意识和生活观念中。阮元主持校刻的《十三经注疏》则被誉为最完善的版本,是文史工作者经常查阅的书籍。这里注是对经书字句的注解,而疏是对注的注解。

在史学方面,阮元除了在浙江为官时编纂中国历史上第一部科学家传记《畴人传》以外,还在北京、广东、云南为官时编纂了《国史儒林传》《广东通志》《云南通志稿》。阮元主张经史并重,认为史学是经世致用的实学,他特别推崇《春秋》和"二通"(《资治通鉴》和《文献通考》)。

晚年的阮元辞官回到故乡扬州,又主持编刻了《文选楼丛书》27种,为后世留下了珍贵的文化遗产。早在西汉时期,大儒董仲舒曾为江都(扬州)相。唐代,扬州成为"文选学"的发源地。南朝梁代太子萧统主编的《文选》(又名《昭明文选》)30卷是现存最早的优秀诗文选集,是从古迄梁的重要文学作品选编,极受历代文人和统治者的推崇。由隋入唐的扬州学者曹宪精研《文选》,"文选学"的名称首见于《旧唐书·曹宪传》,曹宪的弟子李善也是扬州人,著有《文选注》60卷,被认为是《文选》最好的注本。

畴人列传

更为难得的是,阮元不满于士人只顾埋头八股时艺,毕生倡导实学,既包括经史、政事、诗赋,也包括天文、算学、地理等科学分支,在当时闭关锁国的情形下,甚至还勇敢地宣传西方的科学和科学家。

在古代中国,数学或算术虽曾被列入儒家必习的六艺之一,却始终不为统治者所重视。在他们看来,数学是九九贱技,而研究科学是"玩物丧志"。《新唐书》称:"凡推步、卜相、医巧,皆技也,小人能之。"此处推步即推算天象历法,无疑也包括了数学。只要对中国历史稍有了解就会知道,古代科技虽也有辉煌的成就,但与儒家经典的研究相

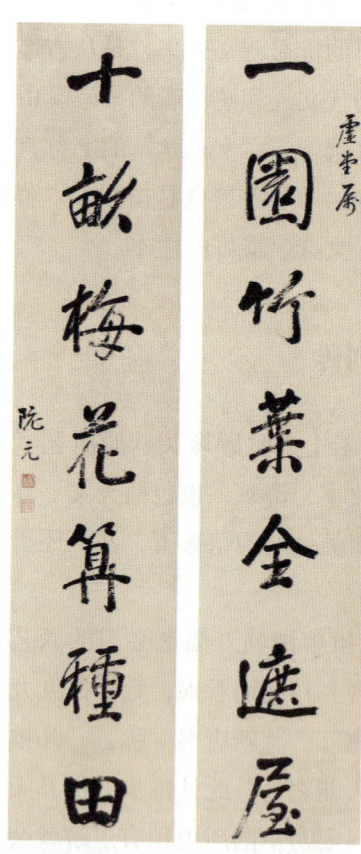

阮元书法

比较,实在是微乎其微(今日则恰好颠倒了过来)。

虽说宋代出现了秦九韶、杨辉、李冶和朱世杰等四大数学名家(朱世杰的后半生已是元朝),元、明两代却没有算学馆,国子监的学生不知宋代数学研究的成果为何物。到了清代,因为历法的需要,数学才开始受到重视,康熙五十二年(1713年)复又设立算学馆,数学家梅文鼎被赐"绩学参微",一时间,掌握天文数学知识,也成为学者的晋身之阶。

乾嘉之际,随着考据学的盛行,对传统算学的整理和研究也成为学界热点。乾隆接受大臣建议,将一些失散已久的数学著作收录进《四库全书》,主持这项工作的有皖派领袖、对扬州学派有着重大影响的戴震。据

《扬州画舫录》记载，戴震与同道经常往来于扬州探讨数学中的疑难问题。

正是在前辈同道的精神鼓励和时事引导之下，阮元将数学升格为儒家的"实事求是"之学。一方面他以此作为评判通儒的标准，他认为"天与星辰之高远也，非数无以效其灵；地域之广轮，非数无以步其极；世事之纠纷也，非数无以提其要。通天地之道曰儒，孰谓儒者而可以不知数乎"？

另一方面，阮元领悟到数学中所体现出的"实测"思想，与他的"圣贤实践之道"完全相通。不仅如此，阮元还提出"算造根本，当凭实测"，从而赋予数学以经学研究的方法论意义。他编纂《畴人传》，将包括数学和天文学的自然科学纳入儒学。

据阮元自称，他早年研经，略涉算事。后来精通步算，24岁写成《考工记车制图解》，28岁撰写《拟张衡天象赋》，获得圆明园大考一等第一名，显示了他深厚的天文学知识修养。此外，他还曾运用深厚的天文历算知识考证《诗经》作品的写作年代。这些，都为他编纂《畴人传》打下坚实的基础。

从1795年开始，历时四年，阮元在他发现并提携的苏州人李锐和台州人周治平的协助下，主持编纂了历代天算家传记《畴人传》。这里需要提及，古代中国的天文历算之学有专人执掌，父子世代相传为业，称为"畴人"，例如南北朝时期的数学家祖冲之、祖暅之父子。这是我国第一部数学家和天文学家传记，共46卷，280位传主，既有商高、孙子、张苍、司马迁、耿寿昌、王充、张衡、蔡邕、赵爽、刘徽、葛洪、何承天、祖冲之、祖暅之、李淳风、王孝通、一行、沈括、苏颂、秦九韶、杨辉、李冶、郭守敬、刘基、朱载堉、程大位、徐光启、薛凤祚、黄宗羲、梅文鼎等243位同胞科学家，也有欧几里得、阿基米德、托勒密、哥白尼、第谷、利玛窦、汤若望等37位外国科学家作为附录。

值得一提的是，在东汉大儒郑玄的小传里，有这样的评论，"然则治经之士，固不可不知数学矣"。这或许是我国最早谈论文理交融重要性的言论。郑玄是山东高密人，祖上务农，他天资聪颖，从小习书数之学、儒家"五经"，八九岁时便精通四则运算，后又研习《三统历》和《九章算术》。郑玄编注儒家经典，是汉代经学的集大成者，世称"玄学"。

《畴人传》的出版使中国开始有了系统记载天文数学方面的科技人物和创造发明的书籍，此书为中外科学史家所瞩目，民国时收入《清史稿》。英国著名科学史家李约瑟博士在其名著《中国科学技术史》中称《畴人传》为"中国前所未有的科学史研究"，对天文学家来说"是一本很好的书"，并赞阮元是"精确的科学史家"。此书出版后不仅受到学术界推崇，继承者亦多，在随后的一个多世纪里，增订版《畴人传续编》《三编》《四编》等相继问世，共收600多人。与此同时，对后来金石学家、工艺学家等传记的编纂和研究也具有启发作用。

笔者翻阅广陵书社于2009年出版的《畴人传汇编》上

下集,难免有遗珠之憾。例如,元代大数学家朱世杰便错失了,直到续编才出现,他的代表作《四元玉鉴》原本已经失传,正是阮元在浙江民间寻访所得,恐怕找到时《畴人传》已经出版。而墨子和惠施等先秦学者的数学思想恐怕要到晚清才被认识,故而直到四编才收入。而北宋时期的数学家贾宪,以及后辈同行杨辉在著作里所指的贾宪三角的出处,却无法查询,至今我们不知其生平。

值得一提的是,虽然《畴人传》及其续编偏重清代天文数学家,以弘扬国朝的学问为己任,且多官员文人,但阮元并没有把自己列入。即便他嘱托罗士琳编著的《畴人传续编》(1840年)里,也没有他自己。直到1886年,编三才收入阮元的小传,此时阮公去世已经37年了。

同样遗憾的是,阮元在书中始终坚持黄宗羲提出的"西学中源说",认为西方自然科学的每一成就都能在中国传统科学中找到它的萌芽,并批评哥白尼的"日心说"是"离经叛道,不可为训"。或许,这是因为他是清朝官方的代言人。不过,他也认为,古代中国的科学超过西方,如今西方科学胜过我们,我们仍具有赶超西方科学的实力。可以说,他对西学的认识,对近代中国走上"中学为体,西学为用"之路产生了一定的影响。

诂经精舍

1795年,阮元任浙江学政,开始了倡导实学的教育改

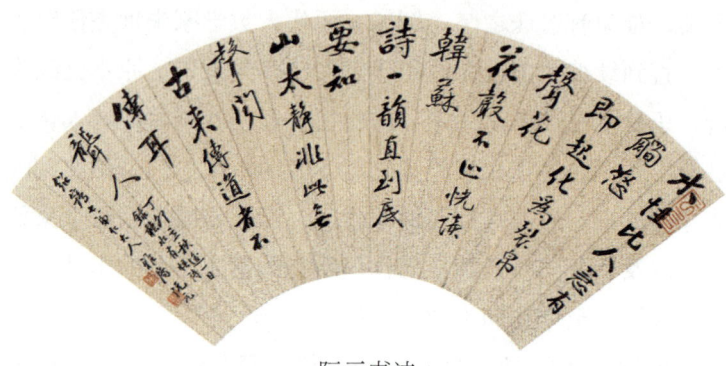

阮元书法

革。虽然他翌年回京，两年后即复返杭州，任浙江巡抚。在任期间，政绩颇多，除了平定海盗、疏通西湖，便是1801年在孤山南侧建立诂经精舍，在包括汉学在内的学术领域做出很大贡献。与此同时，也"以天文算学别为一科"选拔人才，让那些"拙于时艺"，但在天算方面颇有造诣的读书人有机会深造。精舍聘请著名学者，以学生自学研讨为主、教师讲解指导为辅，这与当时的官学及大多数书院专习八股的做法迥然不同，可以说阮元是我国理科或自然科学教育的开拓者。

1801年，阮元亲自主持选刻了《诂经精舍文集》，其中有关天文地理和算学的26篇，另有考古、生物和农学方面文章。此后，选刻学生佳作便成为一项固定制度。同时，他先后为十余位学者刻书数十种。

1809年，阮元因受浙江学政刘凤诰科场舞弊案牵连被革职（之前也曾因父亲故世回扬州丁忧三年），精舍曾停办

20年，后仍坚持办学。因第二次鸦片战争，义和团又两次占领杭州一度停办。1866年，浙江布政使蒋益澧捐资重建精舍。不久，经学名家俞樾主精舍讲席，此后掌教30余年，其时，诂经精舍为全省最高学府，也是学术研究中心。直到1897年，求是书院（浙江大学前身）成立，诂经精舍因为经费不足而大受影响，1904年停办。精舍前后历时一个多世纪，培养出国学大师章太炎，教育家朱一新，著名学者黄以周、陈澧等人，《章太炎全集》第一集中的《诂经札记》写的便是当年求学诂经精舍的收获。

后来，诂经精舍成为国立杭州艺术专科学校（今中国美术学院前身）校址，后者迁往南山路之后，又成浙江博物馆的馆址。1992年，浙江博物馆重建，诂经精舍校舍终于无存。反倒是旁边曾被葛岭派出所占有的屋舍幸存，现已退化为白苏两公祠，该祠系1798年阮元亲自提议修建，民国年间被用作杭州艺专的学生宿舍。

新世纪以来，在浙江博物馆大门外，竖立起一尊蔡元培和林风眠的双人雕像，作为曾经的杭州艺专的纪念，而原本的诂经精舍旧址和真正的主人阮元却没有任何纪念的痕迹，这是让人感到惋惜的地方。阮元作为19世纪教育改革的先驱，实不逊于20世纪的蔡元培，且身为异乡人的阮元对浙江的贡献远在本乡的蔡元培之上。

清末许多书院都受到了诂经精舍的影响，例如求是书院讲授的内容中有算学、化学、测绘、天文，这可能导致后来的浙江大学偏重理工科；中国近代史上的著名人物、洋务运动领导人张之洞甚为推崇阮元的兴学育才之功，他并效仿创立了多家书院，如武汉的两湖书院、成都的尊经书院、太原的令德书院，以及广州的广雅书院等，这些书院的教学中也都有些科技内容。有学者指出，"诂经精舍之所以作为清代书院发展史上的转折点和里程碑，不仅仅在于它所做出的一些学术成果和培养出的一些人才，最重要的是它开启了清代书院培养真才实学之士，讲求征实致用之学的风气"。

阮元虽是一代文宗，活到86岁高龄，但与白居易、苏东坡等大文豪相比，名望尚有差距，这显然与中国传统文化注重一个人的文学地位有关，大众喜欢传诵那些脍炙人口的名人名言或诗词佳句。此外，阮元妻妾成群，生活安逸、顺风顺水，高墙院内他的个人私生活很少为外界所知，这也无法让百姓取得茶余饭后的故事佐料。与此同时，阮公墩也随之备受冷落。可是，阮元却是难得的在文理两方面都有着极高造诣和成就的人，他在数学领域至少有两大业绩：除了在浙江民间寻访到数学家朱世杰失传多年的力作《四元玉鉴》，还力主为南宋数学家秦九韶平反。

秦九韶堪称中国历史上最伟大、最具国际影响力的数学家，曾在杭州、湖州和南京等地生活多年，被素有"科学史之父"之誉的美国人萨顿赞为"他那个民族、他那个时代、并且也确实是所有时代最伟大的数学家之一"，却在暮年和死后被政敌文人写文章斥为贪官。而《四元玉鉴》则被萨顿赞为"中国数学著作中最重要的，同时也是中世纪最杰出的数学著作之一"。值得一提的是，萨顿对朱世杰同样也有one of the greatest的褒扬，但在吴文俊先生主编的《世界著名数学家传记》（科学出版社，1995年）里，却有意译成了"最杰出"。

笔者考量阮元在社会、文化、科技、教育诸多方面的突出成就和对杭州、浙江的贡献，堪与白居易、苏东坡、秦九韶并称为古代"杭州四大文化名人"，且各有所长。如果能在阮公墩和孤山设立相应的塑像和纪念碑亭并宣扬之，可为世界文化遗产的西湖增光添彩。这将是继纪念南宋数学家秦九韶的道古桥（天目山路沿山河，由王元先生题写碑名）之后，杭州城内又一科学景点，也将是西湖第一个科教景点。同时，在被友人叹为"旧时当官得有学问，今日学问家也没得学问"的当下，也能为政府官员力所能及地参与科教兴国作出表率。

2016年2月，杭州西溪

旅行记

在河流之间：巴格达纪行

> 当你看见狮子的牙齿，可别以为它在向你微笑。
> ——［伊拉克］穆塔拉比

飞往辛巴达的故乡

2013年秋天，常住莫斯科的前南斯拉夫小说家、我的克罗地亚语翻译米兰尼奇·扎寇写信告诉我，我们被客居丹麦的伊拉克诗人阿尔法克举荐，被伊拉克文化部邀请，去巴格达参加一项文化活动，对方支付旅费等所有费用。他问我是否愿意接受邀请，对此我既向往又持有疑虑，因为伊拉克几乎每隔几天就有爆炸，每次死伤数十人甚或上百人，三年前连美军都不得不撤离，在明年四月大选前尤为危险。

到了第二年元宵节前夕，我真的收到伊拉克方面的邀请函，是文化部长多莱米先生签署的（等我到了巴格达，知道他兼任国防部长，心里方才踏实许多），邀请我出席巴格达——阿拉伯文化之都的闭幕庆典，信中还提到马利基总理的关怀,他们两位分属伊斯兰逊尼派和什叶派,但都曾是独裁者萨达姆的死对头。

当时正值寒假,在经得家人同意后,我在微信上发布消息,征求亲友们的意见,没想到得到多数人的支持,有的要我多加小心,《钱江晚报》老总还约我为国际新闻版撰写连续报道(编者起的标题还上了头版——恐怖阴霾笼罩,浙大教授只身前往巴格达寻梦)。在游历了埃及和印度、腓尼基(今黎巴嫩)和迦太基(今突尼斯)、波斯(今伊朗)和希腊、罗马和拜占庭(今土耳其)、玛雅(今墨西哥)和印加(今秘鲁)之后,伊拉克无疑是我最向往的国度。

伊拉克位于两河流域,即任何中学历史、地理教科书都不会错过的美索不达米亚。那里在历史上曾四次领先世界(这在世界上绝无仅有),分别是公元前5000年到前2000年的苏美尔文明,公元前2000年到前1000年的巴比伦文明,公元前7世纪到前6世纪的新巴比伦王国,以及8世纪到13世纪的伊斯兰阿拔斯王朝。

苏美尔人最早发现了直角三角形边长之间的秘密关系,率先制造出轮车、帆船、耕犁、律法,并建立了一批城邦,影响了整个中东和希腊文明。巴比伦人发明了陶器制品和楔形文字,发明了60进制,至今用于时间的计量单位,并把一昼夜分成24小时,同时颁布了《汉谟拉比法典》。而新巴比伦扩大了疆域,修筑了著名的通天塔和空中花园。

阿拔斯王朝以巴格达为首都,建立了智慧宫,翻译保存了《理想国》《几何原本》等在内的古典希腊名著,并出现了大数学家花拉子密，后者命名了代数学；文学名著《一千零一夜》也在这个时期问世，阿拉丁的神灯、阿里巴巴和航海家辛巴达可谓家喻户晓，故事发生地多在阿拔斯王朝的统治区域内。

时间紧迫，翌日上午我便给伊拉克驻华大使馆打了电话，被告知需浙江大学开具单位同意的派遣信。虽然正值寒假，我仍在一天内获得学校三级领导的批准。主管出国事宜的外事处工作人员说我是第一个去伊拉克的浙大老师，特意为我加了班。我把有关材料传真给了大使馆，元宵节那天得到了回复，随时可以来京办签证。

为节约时间，签证官建议我从北京走。我于是告诉伊拉克文化部外事司和巴格达委员会，可以为我订机票了。起初他们让我提供路线，后来委托给驻华使馆办理票务，最后大使馆让我自己买票，到北京后报销。这正中下怀，因为选择旅行路线对我来说是拿手好戏。

18日上午，正当杭州又一次下起鹅毛大雪时，我乘飞机悄然抵达北京，再坐地铁赶到了建国门附近的伊拉克驻中国大使馆。领事官员非常热情，很快办妥了我的签证，并现金报销了国际国内机票，我只需支付300元签证费。办好签证以后，我把那一万多元现金存入了附近的银行。

在大使馆我巧遇凤凰电视台的新闻评论员周轶君女士，她是学阿拉伯语出身，曾在巴以地区和加沙担任战地记者，采访过阿拉法特、亚辛、阿巴斯等中东著名人物。当天她和摄影记者返回香港，再从香港飞往巴格达，我们相约在

在巴格达街头，警车开道。作者摄

伊拉克再见。子夜时分，我在首都机场乘坐上了阿联酋阿提哈德航空公司的班机。

经过一夜飞行，我们于次日凌晨抵达阿联酋首都阿布扎比，随即换乘前往巴格达的飞机。可以载运180人的空客320只有40来位乘客，其中只有几位是中国人，他们是刚结束假期的驻伊拉克公司或办事处的工作人员，以石油、电力和军工企业为主，大多在外省，每家企业都雇用专业的安保公司。

我向他们探听巴格达的安全情况，全部警告我不要上街，并说巴格达是伊拉克最危险的地方。一位可爱的伊拉克小男孩给我带来安慰，我给他拍了照。还有三位穿着体面、大腹便便的阿拉伯人，原来是科威特的文化学者，他们和我一样是去参加文化之都的庆典。海湾战争时期，萨达姆的军队入侵了科威特，如今两国早已修好。

狭长的波斯湾和美索不达米亚平原，那是一段富有诗意和令人遐想的旅行。我们在中午时分抵达巴格达，出海关后，我和科威特学者分坐两辆越野车。过了两座岗哨后，便有一辆敞篷的警车在前面开道，车上坐着两位持枪的士兵，其中一位还是蒙面人。走了十多公里以后，我们进入了巴格达市区。在穿越底格里斯河上大桥时，我发现这条古老的河流十分清澈。

终于抵达下榻的水晶饭店，我发现我们周围被混凝土制成的防爆墙围绕，另一座宾馆也被圈在里头，那正是巴勒斯坦饭店。十年前的伊战期间，所有未撤离的外国记者和外资企业雇员全躲在这家饭店里，它因此扬名世界。伊拉克是穆斯林国家，但我注意到，屋顶上的霓虹灯显示的是基督教的节日祝福Merry Christmas。

沿着"长城"去听音乐会

"阿拉伯文化之都"由阿拉伯联盟发起，得到了联合国教科文组织的大力支持和资助。之前已有欧盟组织、发轫于雅典的"欧洲文化之城"，后者已从原先的每年一座城市变成每年四座城市，并仿照阿拉伯人更名"文化之都"。阿盟选中的第一座城市是总部所在地开罗，之前已有17个国家的17座城市当选文化之都，巴格达是第18座，我们参加的是它的闭幕庆典。

这样的机会可谓难得，尤其是国家内乱的情况下。伊拉克方面非常重视，这也是展示新政府形象的好时机。除阿盟22个成员国均派出较大代表团以外，其他非阿拉伯语系的穆斯林国家也都有嘉宾。伊朗方面来了诗人哈米和女翻译玛丽亚，德黑兰与巴格达早已恢复通航。组委会还邀请了一批流亡海外的伊拉克作家，遗憾的是，我的两位诗友阿里和萨尔没来。阿里也是诗歌活动家，早在2002年便邀我参加他主办的苏黎世诗歌节，而萨尔的职业是演员，2009年我曾在他巴黎家中小住数日。

在阿盟和穆斯林国家以外，还有四位来宾，那便是俄罗斯诗人叶甫盖尼、波黑诗人萨比、克罗地亚小说家米兰尼奇和我。我们与两位伊朗朋友、叶甫盖尼的女友、塔吉克斯坦老诗人萨托、哈萨克斯坦女学者萨玛尔和客居丹麦的伊拉克诗人阿尔法克结成小团体，经常同车出行、同桌吃饭。两位前南斯拉夫人平均身高1米95，他们是我们的天然联络员，走到哪里都不会失散。我开玩笑说，和他们在一起很有安全感，因为有了最显眼的射击目标。

  值得一提的是，此次庆典英美等当初主导伊拉克战争的西方国家均未有人被邀请。理由是，他们有可能会成为基地或其他极端组织的袭击目标。从这个意义上讲，美国人挺失败的，他们在伊拉克付出了如此惨重的代价，包括大量的财力投入和人员伤亡，到头来反而成为不受欢迎的人，而俄国人却轻松地回到了伊拉克。我曾在脸谱网站上调侃此事，

水晶饭店

我的美国朋友们对此也很无奈。

我们下榻的水晶饭店坐落在巴格达市中心,在底格里斯河畔的萨都街,是伊拉克最高档的酒店,也是全国仅次于巴格达电视塔的最高建筑。1982年开始营业,一直未经授权自称喜来顿酒店,后因炸弹袭击停业一年多,2013年经过一家土耳其公司装修后重新开张,更名为水晶饭店。伊拉克人则称其为伊斯塔饭店(Ishtar),伊斯塔是古代巴比伦人掌管爱情、生育和战争的女神,大堂中央立着女神的汉白玉塑像。

旅店里有免费的无线网络,可以微信或微博联络家人、亲友,这给了我们最初的安慰。但房间经常突然断电,每天不下十次,幸好恢复供电也比较快。令人欣慰的还有蓝

巴格达街景

天白云，还有窗外的底格里斯河。围墙外面是Fridos广场，Fridos的波斯语含义是天堂，那儿原本有一座抛物线形的无名战士纪念碑。2002年，为庆祝萨达姆65岁生日，竖立起了他的一尊塑像。不料一年后伊战即爆发，巴格达被美军占领，萨达姆像被拖曳下来，如今只剩一点鞋跟。我记得，当时画面全球直播。

河对岸便是赫赫有名的绿区，面积有十几平方公里。进入那个地区需要特别通行证，并经过极为严格的安检，俨然是国中之国。那儿也坐落着世界上最大的大使馆——美国大使馆，据说有一万多名员工和士兵，包括三千多名伊拉克雇员。因此可以说，美军并没有撤离伊拉克。

2010年，有一部法美等国联合摄制的电影《绿区》在这里实地拍摄，可惜我没有看到过。影片讲述了美国中央情报局调查组探员和记者在伊拉克联合调查大规模杀伤性武器的种种经历，将凌厉的动作场面带入政治问题的探讨中。据说绿区并不安全，因为有时反政府武装会向那里发射喀秋莎迫击炮。

下午五点，我们乘坐十多辆越野车和面包车来到国家剧院，虽只有一公里多的路程，警车仍前呼后拥，街边是荷枪实弹的士兵。但凡大饭店和政府机关，均被4米高、1米宽、30厘米厚的钢筋水泥防爆墙积木一样包围着，当经过两边都是围墙的街道时，伊朗诗人哈米在我耳边说了一句妙语，this is greater wall（这是更宏伟的长城）。

那天晚上演出的是一场交响音乐会，由伊拉克国家交响乐团演出，共有50多位演奏家，其中有6位女性，堪称一支中型乐队。指挥很有风度和激情，先是演奏了意大利作曲家威尔第和奥地利作曲家莫扎特的作品，接着是俄罗斯化学家鲍罗丁的《伊戈尔王》，不久前索契冬奥会开幕式上演出过的曲目。压轴的是伊拉克民乐，悲伤的曲调让我想起西班牙的佛拉门戈和葡萄牙的法多。虽说科尔多瓦的伍麦叶王朝是阿拔斯王朝的死对头，但毕竟都流淌着阿拉伯半岛上贝都因人的血液。

国家剧院能容纳一千多名观众，其中一半是邀请来的各国客人，另外一半是本地观众，他们有的扶老携幼。从演奏国歌时全体起立的神态和掌声来看，并没有太多战争的恐怖阴影。我的心渐渐放宽下来，看来组织者花费了心思，特意安排这场欢迎晚会。两个小时的演出结束后，我们被送回宾馆用餐，以后几乎每餐都在同一地点。那会儿夜幕已降临，虽算不上灯火辉煌，也堪称张灯结彩了，透过无法开启的玻璃窗，我看见了天上的星星。

警车开路去看博物馆

伊拉克是穆斯林国家，主要由三个群体组成，即阿拉伯什叶派、阿拉伯逊尼派和库尔德逊尼派，握有实权的总理、防长和总统分属三派。什叶派与逊尼派的分歧我早就听说，简单地说，前者只尊第四位哈里发阿里，后者前四位哈里发都尊，因而信徒众多，在世界范围约占九成。而在伊拉克刚好相反，什叶派占了六成。

值得一提的是在伊拉克北部，生活着约占总人口五分之一的库尔德人，他们的语言与阿拉伯语明显不同，与波斯语反倒比较接近。历史上存在过一个叫库尔德斯坦的国家，如今库尔德人分散在不同的国度，在中东地区人口仅次于阿拉伯人、土耳其人和波斯人，主要居住在土耳其、伊拉克、伊朗、叙利亚、黎巴嫩、阿塞拜疆和亚美尼亚。

头天晚上看完演出回到宾馆，我发现房间里多了一幅漂亮的地图和其他礼物。这幅地图只画出北部的库尔德地区，以埃尔比勒为中心，包括基尔库克和摩苏尔，而把空白部分称作伊拉克。原来库尔德人一直要求独立，但阿拉伯人恐怕不会答应。伊拉克的石油藏量仅次于沙特居世界第二，虽说波斯湾附近有油田，主要还是在北部，其中库尔德地区占了一半以上。

翌日早餐时，我品尝到了著名的伊拉克椰枣，有大小和黑紫之分，味道挺不错。随后我们被安排去参观伊拉克国家博物馆，那是人类最早文明的宝库。负责接待的伊拉克文化官员告诉我们，由于巴格达局势不稳，国家博物馆近期不对外开放，这次是特意为我们破例。由两辆警车分别开路、押后，我们十多位阿盟以外的客人分乘三辆越野车，前往底格里斯河西岸。

伊拉克国家博物馆原名考古学博物馆，是由英国女作家、旅行家格鲁特·贝尔发起创建的，在阿拉伯世界，她与那位因为奥斯卡电影《阿拉伯的劳伦斯》闻名于世的英国军官托马斯·劳伦斯齐名,后者也曾参加幼发拉底河考古队。可惜博物馆成立的1926年,终生未嫁的格鲁特即在巴格达病故,年仅57岁。另一位对伊拉克文明作出巨大贡献的英国人亨利·罗林森也是名军官,他在19世纪解破了古巴比伦人的楔形文字之谜,去世时年仅48岁。

我们参观的是旧皇宫改造的新馆,位于博物馆广场附近。博物馆分史前、苏美尔、阿卡德、巴比伦尼亚、亚述帝国、新巴比伦王国、伊斯兰时期等展厅。馆内藏有大约25万件珍贵文物,上溯10万年前的石器时代,下迄19世纪中叶的各个时期,被联合国教科文组织列为世界第11大博物馆。

在中东地区,唯有埃及国家博物馆可与之媲美,可惜其接连在两伊战争、海湾战争和伊拉克战争期间遭到洗劫,遗失了两千多件珍稀文物。馆内设施也显得陈旧简陋,可是,仍让我为之怦然心动。呈现在我们面前的有各类石雕、象牙细雕、壁画、碑刻、彩陶和玻璃器皿等,还有无数手抄本和孤本。

我对巴比伦王国的狮身人面鹰翼石像和亚述时代的银质竖琴尤感兴趣,还有一些楔形文字雕刻,与收藏在美国哥伦比亚大学的普林顿322号泥板书颇为相像,后者是数学史上赫赫有名的发现。那块泥版书上记载了60进制表达的勾股数,表明巴比伦人可能最早发现了毕达哥拉斯定理(勾股定理)。

遗憾的是,那尊大拇指状的《汉谟拉比法典》已在伦敦的大英博物馆,我们看到的只是它的复制品。一战期间,英国人占领了伊拉克，先后长达十多年，他们劫走了许多珍稀之宝，至今仍未归还。我对苏美尔人的一枚圆柱形印章印象极深，一张长方形的白纸铺展在旁边，那是印章滚动一圈后留下来的痕迹，无疑它比平面印章更难仿制。对苏美尔人来说，拥有圆形印章是财富的象征。正如中学数学课本里面所介绍的，圆柱形的侧面是长方形。

返回酒店的路上我们遇到了十多分钟的交通堵塞，那会儿我不由得感到有些紧张，尤其我们搭乘的那辆车落在最后面，而伊拉克最常见的自杀式袭击手段正是汽车。好在多数十字路口有执勤的持枪士兵维持秩序，重要路口还有坦克守卫，车上的客人均来自第三世界，应该不是攻击的目标。另一方面，警笛长鸣，目标又非常明显。

当天晚上，我们又一次被主人接到国家剧院，这次是民族歌舞表演专场，由阿拉伯人、库尔德人和黎巴嫩歌舞团分三个单元演出。开场是阿拉伯舞蹈，12名青年男子手拉手跳舞，那种场景不太常见，单调的重复因为优美的旋律和文雅的舞姿不仅没有让人生厌，反而印象深刻，宛如法国作曲家拉威尔的最后一部舞曲《波莱罗》。

库尔德人服饰鲜艳，女子通常不戴面纱，舞蹈热情奔放，他们属于欧罗巴地中海类型，长得近似西方人。最不保守的是黎巴嫩人，毕竟那曾是法国的殖民地，歌手有明星气质，两个敲锣鼓的青年满场奔走，甚至到了观众席。有几位女士被他们拉上台，我后边的那位胖大妈也一直站着手舞足蹈，全场观众不停地吆喝，把气氛推向高潮。遗憾的是，我们没有看到肚皮舞和土耳其旋转舞的表演。

逛书市，天空盘旋直升机

抵达巴格达的第三天，恰好是星期五，这是伊斯兰教的聚礼日。这一天太阳稍偏西后，穆斯林要去清真寺参加集体礼拜。在多数阿拉伯国家，星期五和星期六是休息日，原先沙特、阿曼休星期四和星期五，2013年以后也调整过来了。说起来，穆斯林的聚礼日习俗始于阿拔斯王朝时期的巴格达。

在巴格达待了两天以后，我们的胆子也渐渐大了起来，居然要求去逛街。确切地说，是去游穆塔纳比书市，没想到组委会也同意了。上午11点，我们在警车的护卫下，分乘越野车前往，途中看见一座广场中央的阿拉丁神灯雕塑。快到老城区的拉希德大街时，我们停了下来，这回是前方遇到障碍，我便倚着玻璃窗户拍照。

来巴格达之前，德国诗人、我的德语翻译布加特写信告诉我，我们共同的朋友、客居瑞士的伊拉克诗人阿里已回到伊拉克，他并给了我阿里的手机。我和阿里通过电话，不料他现在巴比伦，与巴格达之间的交通没有安全保障。阿里警告我，千万别在街上拍照，因附近高楼里可能藏着基地组织的狙击手，他会以为你是在用枪瞄准他而先下手为强。可是，我眼前的景象又十分诱人。

一位戴白帽穿黑袍的长者正走过废墟和铁丝网的街

角，庄严的神态表明他有可能是阿訇。另一边，一个卖橙子的小伙子热情地向我展露微笑；在他旁边，一位蹲着的老头儿在兜售鱼竿。不远处的人行道上，有一溜咖啡座，坐满了喝茶或抽水烟的男人。这里是闹市区，还有四位老人在玩只有圆饼的伊拉克麻将。

我们缓慢地向前走了一百多米，来到著名的海达尔·哈拉清真寺。这座清真寺建于1826年，是由奥斯曼帝国的巴格达行省省长下令建造的，战时遭到严重损毁，尚在修葺中。我们下车步行，向右拐入一条四五米宽的小街。入口处有扇两层楼高的拱门，那正是举世闻名的穆塔纳比街。经过两个士兵的岗哨，我们便陷入一片人海。几百家书店和地摊沿街排列，只有中间狭小的空地可走。

穆塔纳比是10世纪的伊拉克诗人，在阿拉伯世界负有盛名。他在大马士革接受教育，曾在叙利亚和埃及生活多年，既擅长写颂歌，又擅长批评挖苦。回到巴格达以后，因为一首讽刺诗遭人暗杀，杀手认为那首诗侮辱了他，同时被害的还有诗人的儿子和仆人。穆塔拉比有一句广为流传的诗句，"当你看见狮子的牙齿，可别以为它在向你微笑。"诗人留下了300多首诗作，其中一首这样写道：

    我的诗将被盲者阅读聋人听闻
    马儿、夜晚和沙漠全认得我
    还有刀剑和枪支、笔和纸
    首行诗句在译文中失去韵味

正如那句阿拉伯语所言
以我的开始作为我的结束

2007年3月5日，穆塔纳比街发生一起汽车爆炸，死亡26人，伤逾百人，这件事震惊了世界。直到2008年底，书市才重新开放。重温这条消息，我们每个人都有点紧张，尤其中间大伙儿走散了。逛到街尽头的底格里斯河边，那里竖立着诗人的塑像，我们顺着原路返回，神情才变得放松。那会儿天空盘旋着直升机，也添加了我们的安全感。

书市里多为旧书，有些摆在桌板上，有些堆放在地面。我看到了维克多·雨果的小说和毕加索的画册，乔治·布什的肖像也出现在一本书的封面上，显得那样的孤

穆塔纳比书市一景。作者摄

单，不知该书是表扬还是批评他。途中我们拐入一家咖啡店，聆听了一场朗诵会，全是伊拉克诗人。出于安全考虑，组委会没有为我们安排朗诵，对此波黑诗人萨比颇有意见，他的祖国也历经战争洗礼，结果回饭店后他真的出面张罗了。

我花一万五千第纳尔（约80元人民币）买了一本西班牙语版的伊拉克风光画册，是在战前出版的。店主会英文，一页页翻开来为我讲解，我看到拉希德大街和海达尔·哈拉清真寺当年的风姿，还有巴比伦河两岸迷人的椰枣树林，如今已不复存在。店主告诉我，对萨达姆，他既不喜欢也不讨厌，但他憎恨美国佬，对现任总理马利基也不感冒，认为谁都当不好。

那天午餐我们终于换了一个地方，被带到近郊的一座菜馆，并非我预期的农家乐，不过餐桌是设在露天庭院里。依旧是自助餐，不供应酒精，但有可乐和雪碧。我们与黎巴嫩代表团相邻而座，他们每个人都过来要求与我合影，无论男女老少，我认出昨晚上台表演的几位演员。我提起一位老朋友的名字，结果每个人都知道他，他是客居巴黎的叙利亚裔黎巴嫩籍诗人阿多尼斯。

回到饭店，一位科威特画家的油画作品正在大堂里布展，围绕着伊斯塔像周边的水池。我仔细欣赏了，画中的当代人物全以半隐藏的方式显现。后来我见到了画家本人，一位坐在轮椅上的男子。我想起头天在巴勒斯坦饭店看过的儿童画展，同样以抽象的方式描绘了巴格达老城，即那座传说中的圆城风貌，遗憾这次我们无缘游览。

闭幕日，总理去指挥打仗了

时间过得真快，一晃已是第四天，也是我在巴格达的最后一天。我的心情颇有些复杂，既高兴又留恋。当天晚上，国家剧院将举办阿拉伯文化之都的闭幕庆典，并颁发有关奖项。按照会议的日程表，今天晚上总理马利基、文化部长多莱米和阿盟秘书长阿拉比都将出现并发表讲话。这同时也增添了不安全因素，会使闭幕式成为基地组织和其他反对派的攻击目标。

上午我在整理新诗稿，这次共写了18首，收获不少。同时谋划着去看另外两处地方——智慧宫和尼采米亚大学。公元830年，崇尚理性的第七任哈里发麦蒙在巴格达创建了智慧宫，集科学院、翻译局和图书馆于一体，麦蒙本人经常以学者身份主持学术会议。正是这位君主，下令采用绿色作为伊斯兰标志。智慧宫是亚历山大图书馆以后全世界最重要的学术机构，诞生了数学家花拉子密，他命名了代数学；稍后的天文学家巴塔尼生活在幼发拉底河边，正弦函数 $sinx$ 的记号源自于他的著作。

从前翻译是一项自由散漫的工作，那以后翻译主要集中在智慧宫里进行，麦蒙开启了阿拉伯世界的"百年翻译运动"。柏拉图的《理想国》、欧几里得的《几何原本》、托勒密的《天文学大成》和《地理志》等大多在这个时期被译成阿拉伯语。之后在12世纪又被转译成拉丁语，成为欧洲文艺复兴运动的知识源泉。其时因为战乱，包括阿拉伯人依赖的孤本在内的希腊文原著已毁灭殆尽。

创建于1065年的尼采米亚大学也是巴格达的骄傲，远早于欧洲第一座大学——意大利博洛尼亚大学。该校毕业生中，有12世纪北非和西班牙穆瓦希德王朝的缔造者伊本·图迈尔特。智慧宫曾被并入该大学，可惜随着蒙古人的到来，阿拔斯王朝的黄金时代终结了。1258年的巴格达战役摧毁了一切，据传智慧宫里的大量书籍被丢弃在底格里斯河，河水被墨水染黑达六个月之久。

波斯大诗人萨迪也是尼采米亚大学的学生。他后来回忆说，当有位同学向他显露恶意，他告诉了自己的导师："每当我回答出更多正确的问题，这个嫉妒的家伙就很烦恼。"导师回答说："你的同学嫉妒你可能不同意你的说法，但我知道回咬并不值得称道。如果他通过嫉妒的道路自取灭亡，你愿意通过诽谤的道路加入他吗？"

遗憾的是，这次组委会没能满足我的愿望。我只能从书市买来的那本伊拉克图册里欣赏尼采米亚大学的遗址风光，其拱门结构颇有古希腊的科林斯风格。至于智慧宫，虽说也在圆城里头，已非原先那座，而是后人所建，且曾在伊战中遭毁。自然我也无法去郊外探访波斯数学家纳西尔丁的墓地，他是我们中学里学过的正弦定理的发现者，我曾在《数学与人类文明》中专节写到他和花拉子密，也曾在《数学传奇》中写到智慧宫。

当天午后，我在大堂的沙发上接受了凤凰卫视记者周轶君的采访。我们在伊拉克驻北京大使馆巧遇，她来巴格达主要是报道明天到访的中国外交部长王毅，虽说王部长只在机场停留几个小时。周记者和摄影记者住在绿区的曼苏尔酒店，她们雇用了两位伊拉克向导和保镖。当她听说晚上的闭幕式，特意从我们酒店的伊拉克文化部官员那里搞到采访证。

下午四点，我们被通知提前下楼到饭店门前集合。在所有客人上车以后，我们又等了一刻钟，才出发去国家剧院。进入大厅，我看见前面过道两旁聚集了许多镁光灯，一台十米长的空中巨无霸架在侧门附近，可以摇拍全场。后来我发现，大人物们正是从那里出发登台。

主持人宣布闭幕式开始，全场起立，奏响伊拉克新国歌，那是一首巴勒斯坦歌曲《我的祖国》，战前萨达姆时代的国歌则是本土歌曲《两河流域的圣土》。接着上来一位神职人员打扮的男子，他开始在密集的话筒前献歌。正是那首千年不变的祈祷歌，呼唤大家礼拜，据说晨唱时会加一句，"祈祷比睡觉好"。歌声低沉、悠扬、空灵，以往我在每个伊斯兰国家听到的都是通过宣礼塔的喇叭放出来的，这回第一次看见真人演唱，感受大不相同。

接着是官员讲话，没想到上来的都是代表，阿盟副秘书长代表秘书长讲话，第一副总理代表总理讲话，文化部第一副部长代表部长讲话。原来此时此刻，在伊拉克西部最大的安巴尔省，政府军与基地组织激战犹酣，邀请我来的多莱米以国防部长的身份与马利基总理在前线督战,分身无术。不过第二天,马利基将飞回巴格达与王毅短暂会晤。

接下来是颁奖仪式,庆典仪式上只设诗歌、小说、散文和翻译奖,看来在阿拉伯世界,文学占有极其重要的地位。伊朗女翻译玛丽亚获得了1000美元奖金,她精通波斯语和阿拉伯语。出乎我的意料,她主要把波斯语文学翻译成阿拉伯语。颁奖结束后,主持人宣布,明年的黎波里再见,但没有想象中的交接仪式,这恐怕是一个未知数,利比亚的局势众所周知。

之后,便是一台精心筹备的大型文艺演出,反映了伊拉克的历史变迁,仿佛奥运会的开幕式那样隆重。阿拉丁的神灯是反复出现的主题背景,不过,线索却是类似于话剧或相声的演员对白,引出一幕幕戏来。最近的也是印象最深的,是对街头爆炸和恐怖主义的再现,应该说是一种谴责,而青春激扬的学生场面则让我想起了五四运动和天安门广场。

演出结束以后我们迟迟未离开,在剧院门厅和外面台阶上交谈,那时我们已经忘记危险。记得有两位穿着鲜艳的苏丹女孩,大方地要求与我们每个人合影留念。回到酒店,迎来最后的晚餐,我们把几张桌子拼在一块,边吃边聊。最后,诗人们朗诵起了自己的作品。明天,我们将天各一方。我的旅程最远,要经停多哈、麦纳麦和阿布扎比三座阿拉伯首都,那是我有意安排的,它们与迪拜一样已是现代化的城市。

为何历史上一些走在前列的文明古国，现状不那么令人满意，落后于时代甚或险象环生？这是值得我们每一个人思考的问题。也许，不同的历史时期和阶段，会产生不同的社会制度和意识形态，如同文学艺术和科学技术在不同的历史阶段，需要不一样的风格流派和方法手段，而有的历史沉积深厚的国家和地区尚无法适应新形势的变化。

2016年11月，定稿于杭州

从马里到车臣

> 黑夜是笃信光明的最好时光。
>
> ——［俄罗斯］艾基

一封发自雅典的求援信

今年元宵节那天,我收到以色列诗人拉米·萨里博士从雅典发来的一封伊妹儿,拉米的职业是语言学家,他与联合国教科文组织有合作,经常辗转于世界各地。给我发这封信时拉米在希腊,当他收到我的回信时已经到了葡萄牙,而我们的相识则是在去年夏天,在欧洲历史最悠久的马其顿诗歌节的举办地——奥赫利湖畔。拉米的个人简历显示,他掌握的语言多达十几种,包括奥赫利湖对岸的阿尔巴尼亚人使用的语言,以及北欧的芬兰语。尽管如此,拉米的来信还是出乎我的意料,他除了带给我温暖如地中海阳光的问候以外,还转来了一封一天前刚刚由22位操芬兰-乌戈尔(Finno-Ugric)语的有识之士发出的公开信,信中呼吁国际社会给俄罗斯政府和普京总统施加压力，迫使他改善马里共和国的人权现状。

这封公开信用英语、匈牙利语、爱沙尼亚语、芬兰语、俄语、德语、加泰隆尼亚语和法语八种文字写成，发起人大多是散布在世界各地的芬兰-乌戈尔族学者，包括芬兰-乌戈尔语文学协会的主席，还有几位前政府官员，如爱沙尼亚前总统和前总理，芬兰前外交部长和前文化部长，匈牙利前驻芬兰和爱沙尼亚大使，唯一的在职官员是欧洲议会外交委员会副主席托马斯·亨德里克·伊尔夫斯。半个月以后，声援签名的人数多达近万人，几乎来自全世界所有的民族。过去几年里，我曾多次应邀在此类公开信上签名，印象深刻的有，抗议美国政府的"哥伦比亚计划"，声援被独裁政府绑架儿子和媳妇的阿根廷诗人胡安·赫尔曼，就环境保护问题致函G8首脑会议，等等，但签名的人数之多和增长率之快都不及这一次。

信中谈到，过去的几个月里，马里共和国的马里族人受到了暴力攻击，当地政府对此视若无睹，没有采取任何制止行动，以至于让人感觉他们是这类不断升级的暴力攻击的同谋和支持者。信中特别提到，不久以前，马里作家、芬兰-乌戈尔语的KUDOKODU报主编弗拉基米尔·科兹洛夫和全俄马里人运动领袖梅尔·卡拉什遭受袭击，后者几乎送命，当局至今没有将凶手绳之以法。这封短促的信件最后指出，马里人民是芬兰-乌戈尔族的组成部分，他们是今年夏天即将召开的世界性的芬兰-乌戈尔语会议的东道主，因此现在已经到了莫斯科当局采取措施结束发生在马里共和国的那种草菅人命的罪行的时候了。

事实上，这封公开信有着深刻的政治背景。根据拉米的介绍以及外国通讯社的报道，这场暴力攻击来自于俄罗斯族的民族主义者。导火索是去年12月的共和国总统选举，最后马里族的候选人输给了俄罗斯族的候选人，他们拒不接受这一结果，认为俄罗斯人操纵了舆论，选举期间还发生了多起新闻记者遭袭击事件。如同不久以前的乌克兰总统选举一样，只不过基辅的反对派最终取得了胜利，而马里共和国的情况刚好相反，铁棍成了威胁和殴打的主要工具。过去几年里，有两名马里族新闻记者和一名印刷厂老板被活活打死，另有一千多名马里族公务员被政府解雇。马里人的语言和文化也遭到了围剿，电视台的马里语节目只剩下了新闻简报，而广播电台的马里语节目每天不足一个小时。

芬兰–乌戈尔语的语支

要分析马里人的处境，必须先了解芬兰–乌戈尔语，它是乌拉尔语系两个语族中较大的一个。另一个语族萨莫耶德语仅流行于西伯利亚的北部和西部，16个语支中有12个现已消亡，另外两个语支使用人口不足一千，余下的两个语支中只有涅涅茨语有文献传世。到上个世纪末，涅涅茨人尚存三万，散落在从北冰洋的白海到外蒙古的萨彦岭之间的广大地区。相比之下，芬兰–乌戈尔语通行于一千多万人民之中，其范围东起西伯利亚的鄂毕河流域，西至斯堪的纳维亚半岛的西部，南到多瑙河的下游，遍及四个地理区域，即斯堪的纳维亚北部、西伯利亚、波罗的海和中欧，这是一片广大而相互不衔接的土地。操芬兰-乌戈尔语的各个民族在操日耳曼语、斯拉夫语、罗马尼亚语和突厥语的诸民族包围之中，形成了一块块飞地。

芬兰-乌戈尔语族的乌戈尔语支包括匈牙利语等三个分支，而芬兰语支则由五个分支组成，其中的波罗的-芬兰语分支包括芬兰语和爱沙尼亚语等八种语言，这两种语言和匈牙利语是芬兰-乌戈尔语族主要语言，分别构成所在国家的第一语言。它们与汉语有着共同的特点，就是姓在前名在后，这也是所有欧洲国家的民族语言中仅有的例外，至今匈牙利语（马扎尔语）仍通行于西伯利亚西部的某些地区，这成为后人考证他们的祖先来自东亚的蒙古草原的一个重要依据。芬兰语支的另外四个分支中有三个是单独的语言，其中之一就是马里语。马里语包含了突厥语的一些词汇。使用这种语言的人口大约有75万，其中有30万是在马里共和国境内，其余散布在周围的州或共和国。

由于分布的范围太广，语支过于庞杂，各自又在不同的历史时期与非乌拉尔语系的民族有过或多或少的接触，这在音位学上表现出繁多的形式变化，因此，现代的芬兰-乌戈尔诸语言很少有共同点。在语言学家看来，芬兰-乌戈尔诸语言唯一的显著特征也许是"元音和谐"了，即元音被分成两类或三类（前、后、中），但在同一个词内却不能并存，换句话说，只能有某一类的元音。此外，这些语言的后缀都使用了复杂的变格系统，甚至有单数、双数和复数的区别。而就借词来说，各个语支的情况就不一样了，例如，芬兰语多采用波罗的诸语言和德语、俄语的词汇，而匈牙利语则多吸收了突厥语、斯拉夫语、波斯语、拉丁语和罗曼语的词汇。

相比语言学上的疏远，芬兰-乌戈尔语各民族有着共同的创世传说，也就是所谓的"精灵造地"。这个神话说的是，上帝命令一个生物或一个精灵潜入太古时期的海水中，取来沙砾，他就用这个沙砾捏成了我们的地球。在宗教信仰方面，也有着很多相似点，例如人们的日常生活里表现出人神之间和人鬼之间的一种紧密关系。芬兰蒸汽浴的发明和流行就是其中的一个典型，在寒冷的湖边密室里，木柴燃红石块，然后泼水产生蒸汽，使人身处烟雾缭绕的神秘境界。芬兰-乌戈尔人对于幻觉、嗅味尤其敏感，除了对神灵顶礼膜拜以外，每个家庭敬奉各自的祖灵，注重临终祈祷、丧事安排和遗体埋葬的各个环节，祭奠仪式包括一道烈焰熊熊的冥河，那预示着生与死的隔离。

伏尔加河流经的马里

虽然中文里的写法完全一致，操芬兰-乌戈尔语的马里人所在的马里（Mari）共和国与非洲撒哈拉沙漠西南操法语的马里（Mali）共和国却是毫不相干。后者是一个面积120

多万平方公里（相当于西藏）、人口800多万（少于西藏）的穆斯林主权国家，绝大多数居民为黑人；前者的面积只有23000平方公里，不及后者的五十分之一，对俄罗斯这个大西瓜来说更只是芝麻大的一个小地方。但是，与东欧的一些前社会主义国家，例如马其顿、斯洛文尼亚或阿尔巴尼亚比较，却是相差无几，而比起因为敢于对抗俄罗斯声名鹊起的车臣共和国和不久前发生了震惊世界的别斯兰人质事件的北奥塞梯共和国来，马里的领土甚至多出了一倍和两倍。

从地图上看，马里共和国是下诺夫哥罗德和喀山之间的一小块土地，在莫斯科正东方向大约五百公里处，而西南与楚瓦什共和国毗邻。虽然，从莫斯科到海参崴的西伯利亚铁路线从南面绕过了马里共和国，但从莫斯科到北京或上海的航线却必须飞越这片土地。楚瓦什南部的一座村庄里曾诞生过一位世界驰名的诗人根纳季·艾基，我曾在2002年苏黎世诗歌节与他同台朗诵过。北岛将艾基视作20世纪俄国三大诗人之一，却错误地以为他的故乡离莫斯科和圣彼得堡的距离均在500公里。

喀山是俄罗斯联邦第一大少数民族所在的鞑靼共和国首府，而喀山大学则是莫斯科和圣彼得堡以外最著名的学府。19世纪，有三名伟大的俄罗斯人相隔30多年就读于这所大学，其中列夫·托尔斯泰进入了东方语言系，列宁进入了法律系，但两人均未毕业。真正为这所大学带来学术声望的是数学家罗巴切夫斯基，他出生在下诺夫哥罗德，进入喀山大学数学系时年仅14岁，在托尔斯泰入学时早已经是校长

马里埃尔共和国位置（截自中国地图出版社所出地图）

了，他以率先创立非欧几何学名垂史册。

  与鞑靼共和国在科学文化和教育领域所取得的显著成绩相比，小小的马里共和国就显得微不足道了。在一般的俄罗斯地图上，很难找到马里和它的首都约什卡尔奥拉，它在历史上甚至没有贡献或造就过一个文化名人。这个位于伏尔加河中游流域的共和国，地处多沼泽的平原，南部疆域以河流为界，冬季漫长，当北极气团侵入（正如西伯利亚冷空气南下中国）时可降至零下42度。到了春天，这条河流又会泛滥成灾。虽说也有机械制造和木材加工等工业，但总的来说经济落后，人民生活水平在俄罗斯的平均线之下。以木材加工业为例，被砍伐下来的木头先是沿着伏尔加河及其支流漂流，到达通往约什卡尔奥拉的铁路沿线的各锯木厂再捞上来，粗加工后运往首都，在那里制成家具、纸张、纸浆、酒精或松节油。

  现在我们要谈谈伏尔加河这条欧洲最长的河流，她是俄罗斯的母亲河，长久以来在歌曲、传说和民族记忆里都是一个中心要素，这一象征意味甚至流传到了中国。无论列宾那幅闻名遐迩的油画《伏尔加纤夫》，还是那首脍炙人口的民歌《伏尔加船夫》，都在中国家喻户晓。有意思的是，伏尔加河从莫斯科西郊的瓦尔代丘陵发源以后，逐渐偏离了首都和繁华的地区。到了中游，它流经了三个少数民族的共和国，除了马里和鞑靼以外，还有人口仅次于鞑靼族和乌克兰族的楚瓦什共和国，这个共和国位于伏尔加河的右岸（南岸），与马里共和国隔河相望。马里人就这样寂寞地生活在叶,伊凡四世成为首位"沙皇"时,俄罗斯还只是一个领土仅有两百多万平方公里的小帝国。此后的三个多世纪里,经过二十几代沙皇持续不断的武力扩张,先后兼并了外高加索、中亚、西伯利亚和远东等地区,征服了周边一百多个民族,最后形成了横跨欧亚大陆的庞大帝国。随着沙俄版图的不断扩张,生活在这一广袤空间的原住民与俄罗斯人之间不得不更加频繁地往来和相互交融,但却远远没有被同化。十月革命以后,这份拼盘式的遗产就被列宁的苏维埃继承下来了。

等到了20世纪90年代初,苏联解体,15个加盟共和国相继获得了独立,俄罗斯联邦仍拥有160个大小民族,几乎是中国的三倍,而它的总人口却只有我们的九分之一,再考虑到幅员的辽阔和经济的落后,故而民族问题十分突出。根据全俄舆论情报研究中心等民意机构的调查,在莫斯科接受采访的居民中,认为族际关系稳定的由苏联解体之初的三分之一下降到最近的二十分之一。而引发族际矛盾和冲突的主

俄国最大的东正教堂——车臣之心

俄罗斯族和其他分属不同语系的少数民族中间，幸亏有一些远方的芬兰-乌戈尔族亲戚的照应，其中芬兰已是世界上最富有的国家之一，而诺基亚（Nokia）也已成为流传最广泛的芬兰-乌戈尔语词汇。

多民族的俄罗斯联邦

在欧洲历史上，17世纪被认为是"路易十四的世纪"，而18世纪则是"普鲁士作为一个大国兴起的世纪"。随着西班牙势力的急遽衰退，英国和法国的权力在北美发生了冲突，并逐渐向着有利于英国的方向发展。此外，亚洲南部的印度半岛也落入了英国资产阶级之手。几乎是同时，还有一股欧洲的新势力对亚洲的北方进行了蚕食，那便是莫斯科的沙皇军队，这支军队通常由草原上英勇骁悍的哥萨克士兵担任先锋部队，一直向东推进到白令海峡（进入阿拉斯加则雇用了丹麦航海家白令）。按照英国作家韦尔斯的说法，俄罗斯向太平洋奔跑的一个理由是，蒙古帝国的落败比起伊比利亚民族来得更快、更为彻底，个中的原因难以弄清，不过恐怕与气候的变化、难以确定的瘟疫的传播有关，也可能是受到从中国传入的佛教所包含的慈悲为怀的理念的影响。

显而易见，俄罗斯成为世界上民族最多的国家之一，是与沙皇的扩张同步进行的。俄罗斯族本是东斯拉夫人的一个分支，起源于欧洲腹地的森林地带，在较长的一段时间里与外部世界隔绝，是一个单一民族的国家。直到16世纪中要原因依次有：居民的物质保障程度低，社会经济总体形势糟糕，城市居民族际文化和传统的差异，各种民族团体和机构的影响，以及媒体报道的负面效应。目前，在所有89个联邦实体（直辖市、州、自治共和国和边疆区）中，最令莫斯科当局头疼的恐怕要数大高加索山北麓的车臣共和国了。

车臣共和国的主要居民是车臣人，此外，还有少量的俄罗斯人和印古什人，除俄罗斯人信仰东正教以外，其余皆为穆斯林。作为北高加索人的一支，车臣人与其南面的格鲁吉亚族人均属于高加索民族。由于地处边远山地，加上语言和宗教信仰不同，车臣人和其他高加索民族在传统上是独立的，他们长期抗拒俄罗斯的征服，尤其是19世纪以来，两个民族之间的冲突一直没有停止过，托尔斯泰的小说《哥萨克》就是以此为背景展开的。在斯大林时代，车臣人甚至被强制流放到了中亚，直到赫鲁晓夫上台后才被准许返回家园，而随着苏联的解体，车臣人要求独立的呼声日渐高涨，终于爆发了旷日持久的车臣战争。如今，高加索人尤其是车臣人，已成为俄罗斯民众最不喜欢的民族，以莫斯科人为例，四成居民表示他们厌恶高加索人，而认为对高加索人应保持高度警惕的占到了九成。

去年夏天的两次漫游

去年夏天，我在地中海边的贝鲁特参加了一次学术会议以后，应邀来到了德黑兰，在伊朗北部的赞詹作了一场数

列宾作品：《伏尔加河纤夫》

学演讲，乘机把这个伊斯兰共和国游历了一番，最后在里海之滨的小城恩泽利小住，那里是瑞典探险家斯文·赫定初访波斯和美索不达米亚抵达的地方。里海又称卡斯比亚海，是世界上最大的湖泊，面积达37万平方公里，相当于80个青海湖或170个太湖。除了伊朗以外，它还与土库曼斯坦、哈萨克斯坦、俄罗斯和阿塞拜疆接壤，同时接纳了三支著名的河流：伏尔加河、乌拉尔河和捷列克河。里海是一个咸水湖，我曾在恩利克下水畅游，并在木制的栈桥上向北方遥望，那里有一座令我向往的城市，即位于伏尔加河入海处的阿斯特拉罕。

在绵延了3500多公里后，欧洲第一长河——伏尔加河注入了里海，成为名副其实的内流河，其广阔的流域容纳了俄罗斯的绝大部分人口，加上它在国民经济中的重要性，使其在世界河流中十分罕见，大概唯有埃及的尼罗河可以与之媲美。一个多月以后,我复又返回到地中海边,并在巴尔干半岛的两次文学节间隙,经由伊斯坦布尔飞往外高加索,在阿塞拜疆、格鲁吉亚和亚美尼亚漫游。在巴库,我再次亲近了里海,住在湖滨的阿塞拜疆大饭店里,可以看到当年阿尔弗雷德·诺贝尔持有股份并大发洋财的巴库油田的井架(如果不是在里海湖底发现石油,诺贝尔奖的奖金恐怕要减少一半,甚至不复存在)。比起恩泽利来,巴库离阿斯特拉罕更近,但我仍有两个问题始终没有弄明白,为何接纳了三支清澈河流的里海的水会是咸的呢?那些水流最后又都到哪儿去了呢?

离开巴库以后,我乘火车沿着半圆形的铁路线到达格鲁吉亚的首都——第比利斯,那也是南高加索人最大的聚集地。巧合的是,就在我抵达第比利斯的那天早上,两百公里外大高加索山北麓的北奥塞梯共和国发生了震惊世界的别斯兰人质事件。可是,我获得这个消息已经是第二天下午了,当我乘坐长途汽车抵达亚美尼亚首都埃里温的友人家时,五千多米高的大阿勒山雪白的顶峰如画般映在窗外,那是传说中诺亚方舟停留的地方,亚美尼亚人因此自以为是世界第一人种,而客厅的电视画面里充满了恐怖气氛。30多名分离主义分子绑架了别斯兰第一学校的一千多名师生,他们的唯一要求是车臣独立,不久,邻接北奥塞梯的车臣反政府武装领导人巴沙耶夫宣称对这起绑架事件负责。而普京总统已无暇顾及国际舆论的反对,断然下令武装部队解救人质,结果导致三百多人丧命,死者多数是学生。

两天以后，我复又返回格鲁吉亚，来到斯大林的出生地哥里，那里离旅行者的禁区、南奥塞梯的首府茨瓦欣利仅40公里。在斯大林博物馆，工作人员一面强行向我兜售纪念品，一面抱怨斯大林对故乡人民缺乏感情。在历史上，格鲁吉亚和俄罗斯的关系一直比较微妙。18世纪后半叶双方签订了协约，俄罗斯充当起保护国角色，但当波斯人入侵格鲁吉亚时却袖手旁观。之后，两国关系一直在庇护和被庇护、占领和被占领之间变化不定。而在格鲁吉亚和乌克兰的颜色革命以后，吉尔吉斯和白俄罗斯新近又出现了政权动荡。相比之下，马里共和国由于离莫斯科较近，地势平坦，境内俄罗斯人又略占多数，尚不曾有脱离联邦的可能性。即便因为有选举黑幕、种族歧视和践踏人权受到国际舆论的压力，也没有一个主权国家的现任官员出来谴责或表态。尽管如此，我们还是可以从中推想，在族际关系极不稳定的情况下，俄罗斯目前的经济改革必然是举步维艰，发展前景不容乐观。

2005年3月，杭州

附文：2006年2月21日，根纳季·艾基（Gennadiy Aygi）因患癌在莫斯科一家医院逝世，享年72岁，他的遗体葬于故乡楚瓦什共和国夏穆尔金诺村。

从看见到发现

> 相机只是你眼睛的延续,再没有其他意义。
> ——[奥地利]伊涅斯特·哈斯

一

今天,数码相机与爱派克、手机一样,已成为最普及的记录图像的工具,许多时候三者功能合在一起。几乎每个居住在城市或乡村的年轻人,都会拍照、都在拍照或被拍照。从来没有在照片上出现过的人或物,已经很难找到了。这无疑给摄影师增加了难度,可是相比诗人和作家来说,这一点挑战又算得了什么,因为原本人人都会写字,可不见得人人都能成为诗人或作家。

拍照与摄影的关系,犹如旅游(者)与旅行(者)的关系一样。后者常常怀有某种持久的目的,同时也会确定自己的方向。很早人们就已发现,音乐和绘画需要从小开始技巧训练(现代艺术使得后者也未必如此),写作却可以半路出家且基本上如此。相比之下，摄影可以在人生的任何阶段起步，可以更方便地应用、借鉴生活和其他艺术的经验。

就人物摄影来说，我认为悠闲和愤怒是两大特征，也是成功的主要因素。而在风景摄影中，抽象性和色彩感极其重要，有时需要云彩或人物作陪衬。总之，图像与文本已成为文化的两大组成部分，前者在史前时代便已出现，之后它被后者压制甚至取代，直到摄影术的出现，才逐渐回到平分秋色的状态。

摄影原本是对记忆的图像保存和对文字的视觉鞭策，是古代中外读书人所缺失的一种技能。如果说具象艺术可以展示一座城市或一个地方的人物风情和山川景色，那么抽象艺术更容易反映的是文化和历史沉淀。这就是摄影艺术的魅力，它是一些不可见的事物的反映和投射，充满了发现的乐趣和欢愉。

二

2010年秋天，我应邀赴乌克兰哈尔科夫国立大学讲学，趁机游历了克里米亚和黑海之滨的敖德萨。前者现已归属俄罗斯，后者有着浓厚的人文底蕴。它与音乐的关系，如同法国的波尔多与葡萄酒的关系一样。敖德萨是"俄罗斯诗歌的月亮"阿赫玛托娃和卓越的短篇小说大师巴比尔的出生地，也是抽象主义绘画创始人康定斯基长大的地方。

20世纪最重要的数学家之一盖尔范德出生在敖德萨郊

外,因家境贫寒早年辍学。有一次他得了阑尾炎,要求父母答应买一本《微积分教程》才同意开刀,这成为他人生的转机。后来他在泛函分析领域独树一帜,建立起赋范环论,曾三次应邀在国际数学家大会上作一小时报告,并荣获了首届沃尔夫奖。

那次我住在敖德萨老城区,当我漫步在以"俄罗斯诗歌的太阳"普希金命名的大街,走过一座四合院门口,忽然在通道幽暗斑驳的墙壁上找到灵感,拍摄了第一幅抽象作品。在海水一样湛蓝的墙壁上,有两条游弋的鱼,横的那条尾鳍像划水的手臂,竖的那条像奋力上升的蝌蚪。没想到德文翻译看后喜欢,当年被他用来制作我在法兰克福书展的讲座海报。

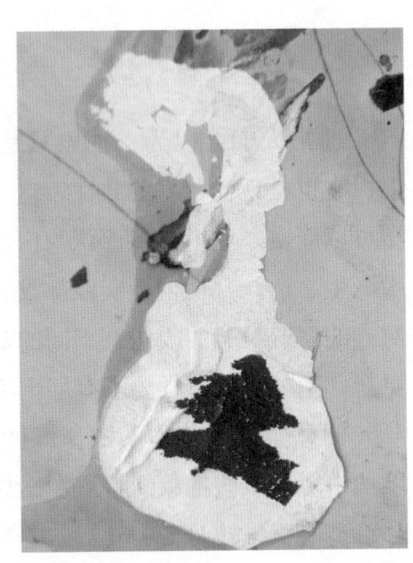

作品三号。作者摄于基加利

我在敖德萨的最后一天，是在大街小巷漫游中度过的，寻找拍摄的灵感或冲动。翌年春节过后，我获得一次机会重访纽约，在曼哈顿徜徉时，发现那里的街道可谓抽象摄影的天堂。除了墙壁，还有灯柱、信筒、电线杆、配电箱和垃圾桶。我终于明白，一座城市的文明或文化最终体现在居民区的街道上。一发不可收拾，我一路拍摄至中美洲诸国。

2012年，我在荷兰乌特勒支大学访问期间，走遍了从自己的公寓到办公室每一条可以通行的路线。等到秋天来临，我飞往南半球的坦桑尼亚，在旧都达累斯萨拉姆，我找到了抽象摄影的又一个天堂。那些生锈的铁门上，残留着被撕去的纸张痕迹；在没有涂鸦的墙壁上，表层的部分脱落会显露人类或动物的某种不同寻常的情感。

三

通常人们会以为，抽象只是数学和哲学的特质。实际上，它也是现代艺术的共性，这一点20世纪以来的绘画和雕塑可以证实。亚里士多德认为模仿是艺术的起源。在现代艺术诞生之前，一切创造实践都没有离开模仿。换句话说，是对人的普遍经验的模仿，不同的是，仿制的技法和对象不断更新，正如美的感觉要求有层出不穷的新的形式。

回顾本人的创作实践，即便那些具象的风景照，也可以从中窥见某些抽象的特质。比如早期的《地中海》《乡村公路》《正午的月台》《提尔的鸟笼》《泰晤士河畔》，近年的《街景》《黑海》《十字路口的云》《门德尔松的花园》,等等。我完全能够理解,为何"现代绘画之父"塞尚最初的灵感来源于故乡普鲁旺斯的山区景物。

我曾在《诗的艺术》中论及,现代艺术的主要特点是机智。1943年,毕加索把自行车的三角档拆除,让坐垫和把手连在一起,形成一件雕塑作品《公牛头》。夏加尔的《提琴和少女》(1955年)让提琴倒置在地上,使得琴箱和少女的臀部融为一体。而在《京都的黄昏》(2008年)里,我也让被俯瞰的古都和餐桌上方的灯笼并置。

如同西班牙哲学家桑塔耶拿所言,机智的特征在于深入到事物的隐秘深处,在那里练出显著的情况或关系来。依我看来,"从看见到发现"相当于"从模仿到机智"。抽象摄影更接近于"新绘画"或"新艺术",但它依然是真实的。正如有着"现代摄影之父"之誉的美国摄影家阿尔弗雷德·斯蒂格利茨所言,"只有探讨忠实,才是我们的使命"。

我不喜欢电脑合成,也不愿意学习这一技术。可以说,我的相机依然"不会撒谎",依然是世界的窗口或镜子。我也不用单反或其他高级的相机。如同奥地利摄影家伊涅斯特·哈斯教导我们的,"你越能忘记你的器材,越能集中你的题材和构图,那么相机只是你眼睛的延续,再没有其他意义"。

1958年,美国科学哲学家汉森在《发现的模式》一书中提出了他的观察渗透理论,即负载理论(theoryloaded），他认为人们的视觉经验取决于文化、信仰等因素，客观的观察并不存在。也就是说，由于原有的经验、知识和理论背景不同，人们对于同一图形可以产生不同的知觉，在同一事实中可以看出不同的东西和意义。

不仅如此，科学发现也是这样，汉森认为它是一个逆推的过程，这就把摄影与科学发现相联系。他的同行、物理学家兼史学家库恩进一步指出，持不同范式的科学家看到的是不同的世界，从一种范式到另一种范式的转变是科学革命。这里范式是科恩哲学的核心，表示某种派生的思想和概念的发端。

最后，我想说说汉森的传奇人生。他原是小号手，曾在纽约卡内基音乐厅演出。战时他加入海军，成为出色的战斗机飞行员。战后他成为一名学者，在接受完高等教育后来到英国，获得牛津和剑桥的双博士学位。随后任职普林斯顿、印第安纳和耶鲁，再重新飞上蓝天。1967年，汉森驾驶爱机在雾中前往伊萨卡途中坠落身亡，年仅四十二岁。

2014年春天，杭州

梦之旅

西湖,或梦想的五个瞬间

> 没有一个地方让我喜欢,我就是这样的旅行者。
> ——[法]亨利·米肖

一

在水边

黄昏来临,犹如十万只寒鸦,
在湖上翻飞;而气温下降,
到附近的山头,像西沉的落日
消失在灌木丛中。

我独自低吟浅唱,在水边。
用舌头轻拍水面,溅击浪花。
直到星星出现,在歌词中,
潸然泪下。

1991年初春的一个下午，我独自一人闲坐西子湖边，写下或者说是得到了这首诗，这段喃喃低语成了我青年时代的一段生活写照。记得那天天色阴沉沉的，一个寂寥平凡的日子，我离开校内的单身宿舍，骑车出了大学校门，沿着西溪路和保俶路来到少年宫。接着，向右加速并冲上了断桥，然后沿着白堤缓缓骑行。那会儿我喜欢在词与物之间徜徉，陶醉于为事物命名的幸福之中。那会儿杭州还是一座小城市，人们的生活比较单纯，既少有酒吧、茶馆、迪厅之类供人消遣娱乐的地方，也没有私家轿车、高级公寓甚或五星级酒店。换句话说，社会阶层还没有明显地分化出蓝领和白领、穷人和富人。

　　白堤虽然离开闹市区不远，却难得碰到一个熟人，大多数游客都是外地人，这容易营造出一种幻景。加上那时我到杭州的时间不长，每次逛西湖都有不一样的感觉，假如我不那么贪心，不经常到湖边寻觅灵感，我总能在骑车或漫步途中有所斩获。如同哲学家加斯东·巴拉什所说的，"在诗人生活的某些时刻，梦想将现实本身同化了。"不过，我写的诗歌与西湖甚或杭州这座城市没有什么关系。可是，那天下午却多少有点反常，我在白堤上来回转悠，最后竟然在一张长椅上坐了下来，呆呆地望着冷飕飕的湖面。直到黄昏来临，我回眸凝望宝石山的那一瞬间，才似乎发现了什么。那种体验妙不可言，就像此时此刻，想象力的作用使得记忆栩栩如生，同时也为记忆绘制出插图。殊为难得并值得珍惜的是，这是一首关于西湖的诗。

西子湖。作者摄，2014

二

我的故乡在东海之滨，一个盛产蜜橘和枇杷的地方，一个消失了的县级行政单位，我在那里出生、长大，直到考上大学。我第一次听说西湖必定是在九岁以前，因为那年的残冬和初春之交，美国总统理查德·尼克松首次访问了北京，接着他来到杭州。当报上登出客人们在花港观鱼的照片时，西湖的美丽已经深深地印刻在我的心上。至今我依然记得，县城汽车站的墙壁上写着：到杭州的里程324公里，票价7元8角。可是，每回我都是去温州或更近的地方，直到六年以后，我才得以亲眼见到西湖和那座依偎在她身边的城市。人们无法想象，那最初的一瞥对于一个喜欢梦想的男孩来说意味着什么呢？

我是在去济南上大学的路上见到西湖的，那也是我第一次出门远行。当汽车从茅以升的钱塘江大桥上穿过，我首先看到的是六和塔和蔡永祥纪念馆，当时出现在中学教科书上的只有那座纪念馆，并没有江南名胜六和塔，甚至于连建塔一千周年也被忽略而过，现在想起来简直不可思议，那不是明摆着的错失商机吗？说句老实话，我现在怀疑，当年是否真有"阶级敌人破坏大桥"这件事？那样的话可是名副其实的恐怖分子了。沿着绿树成荫的南山路向北，西子湖若隐若现，童年时代的一个美梦实现了。那种感受唯有十七年以后，我乘坐高速火车从尼斯去往巴黎的旅途中才失而复得。

济南的名胜中有趵突泉和大明湖，后者是北方城市里唯一可以与颐和园相媲美的湖泊，小沧浪亭的楹联"四面荷花三面柳，一城山色半城湖"和杜甫的诗句"海右此亭古，济南名士多"使得泉城名声大震。"唐宋八大家"之一的曾巩做过济南太守，宋代两位大词人李清照和辛弃疾的故居也坐落在湖畔泉边，清末小说家刘鹗的名作《老残游记》开篇就把大明湖写得挺美的。可是，这一切均未能打动我，倒是好多次寒暑假期间，我回家路上滞留杭州，并把初恋的足印留在了西子湖畔。那时候我正潜心在数学王国里遨游，若干年以后，我取得最后的学位来到杭州任教，才写下一首诗，作为青春期的一个纪念，那也是我最早点名西湖风景的作品之一：

宝石山

柳丝漂漾在湖上
被一簇簇桃花
分隔

断桥向西
雨点一样密集的情侣
向西

早春二月

青郁的宝石山上
是谁的嘴唇开口说话?

三

古谚云,"上有天堂,下有苏杭",其出处恐怕已无从考证了。这句话有着"几何学的想象力",比起唐代诗人白居易的"江南忆,最忆是杭州"(老年对壮年的回忆),或者宋代词人苏东坡的"欲把西湖比西子,浓妆淡抹总相宜"(对逝去的青春的缅怀)来,一点也不显逊色。对此,13世纪的威尼斯人马可·波罗有着自己的理解,"苏州是地上的城市,正如京师是天上的城市。"这位大旅行家对京师(杭州)情有独钟,在那部影响历史进程的游记里,他花费了整整十四页的篇幅(苏州只占一个页码),还使用了"人间天堂"这个词,如今已成为西湖边上一家酒吧的名字。即使在今天看来,这部游记对当时"世界上最庄严秀丽的城市"及其居民的描述仍十分准确,例如喜欢吃鹌鹑、家禽和海鲜,向往奢华的婚礼和宴席,爱好绘画和室内装修,妓女的数量多得惊人,男人的清秀和对女人的体贴,等等。

不知从何时开始,西湖美丽的风景在我眼里逐渐凝固和淡化,甚至成为扼杀才华的一种手段和工具,许多天资聪颖的诗人和作家过早地丧失了想象力和进取心。当年的鲁迅就曾写诗劝阻郁达夫把家迁往杭州,他对西湖的概括性评价是:"至于西湖风景,虽然宜人,有吃的地方,也有玩的地方,如果流连忘返,湖光山色,也会消磨人的志气。"这样的观点绝非文人所独有,从鲁迅的故乡绍兴向东直到宁波,人们似乎更崇尚沪上的生活方式和节奏,以至于直接连接宁波和上海的杭州湾大桥被提上议事日程。20世纪50年代初,时任上海市市长的陈毅元帅到杭州巡游,浙江省的头儿们设宴接风,并请他题词,不料生性幽默的陈毅脱口而出,"杭州知府例能诗,市长今日岂无词?"令主人颇为尴尬。的确如此,苏东坡之后,还有哪一任杭州的父母官恃才自傲呢?苏小小之后,才貌双全的佳人也难觅,以至于近水楼台的多情才子徐志摩只好移恋别处。

"是因为缺少想象力才使我们离家/远行,来到这个梦一样的地方?"(伊丽莎白·毕晓普的诗句)继学生时代游历了西北、东北和西南以后,我在90年代的头三个夏天,先后去了三座海滨城市——福州、青岛和厦门。"家是出发的地方",这是我一篇短文的开头一句,其意义非同寻常,因为我住在天上人间的杭州。显而易见,蓝色的大海更诱使人想入非非,那无边无际的水域既可以接纳童年的美梦,又能够抚慰受伤的心灵。厦门大学(可能是中国最美丽的大学了)带给我灵感,校园不仅紧挨着海水浴场,还有一个小巧可人的湖泊,居然可以通宵划船。我用一首小诗记录了那次旅行,那也是我第一次倾心于西湖以外的湖水,或许,我把它看成了西湖之水的一种延伸:

芙蓉湖

一次我驾舟在芙蓉湖上
一位少女在岸边沉入遐思
她夏装的扣眼里闪烁着微光
我驶近她,向她发出邀请

她惊讶,继而露出了笑容
暮色来到我们中间,缩短了
万物的距离,一颗隐微的痣
比书籍亲近,比星辰遥远

四

马可·波罗的旅行激发了西方人对东方无穷无尽的向往,同时也反过来让我们产生了西游的梦想。1993年秋天,在对香港进行了一次短促的访问之后,我匆匆踏上了美利坚合众国的土地。异国的景色、人物和风俗如春风扑面而来,我开启身上的每一个毛孔呼吸,很快写出了一百多首诗歌,其中不乏对秀美却缺乏历史沉淀的风景的情感抒发,例如《尼加拉瓜瀑布》《约塞米蒂》和《米勒顿湖》,后者位于西海岸的圣瓦莱山谷,以及归途游东瀛所获的《芦之湖》(坐落在本州中部箱根群山的怀抱之中)。可是,这类情感通常不带有任何鲜明的地方色彩,即使在芝加哥(多伦多亲近了烟波浩渺的密执安湖（安大略湖）以后，下面这首诗仍然透射出一股东方韵味：

湖 水

大地是一片湖水
天空是一片湖水
城市是一片湖水
房屋是一片湖水

墙壁是垂立的湖水
椅子是折叠的湖水
茶杯是卷曲的湖水
毛巾是悬挂的湖水

阳光是透明的湖水
音乐是流动的湖水
爱情是感觉的湖水
梦忆是虚幻的湖水

"没有一个地方让我喜欢，我就是这样的旅行者。"法国诗人亨利·米肖在《厄瓜多尔》（1929年）中写道，他最早的两部诗集都是关于想象中的旅行的书。其实，旅行是人类的普遍需要，也是延扩生命内涵的有效方式。我一直以为,真正的诗人和艺术家未必要见多识广,可他需要时常呼吸鲜活的空气。如同阿瑟·兰波的诗中所写的"生活在别处",巴黎大学的学生曾把这句话刷写在校园的墙壁上,米兰·昆德拉用它命名了一部小说,其中提到:"就像兰波的老师伊泽蒙巴德的妹妹们——那些著名的捉虱女人——俯向这位法国诗人,当他长时间地漫游之后,便去她们那里寻求避难,她们为他洗澡,去掉他身上的污垢,除去他身上的虱子。"诗人之旅,是享尽了自由、孤独和极乐的精神之旅。

而我每次异国漫游以后回到杭州,总能对这座城市有新的发现或感受,"她的美丽在我身上注射了一枚温和的毒汁""我有我的双桨:语词和梦想""奢华的宁静和追名逐利的纯朴交相辉映"。不仅如此,我还为自己找到借口和契机来从事一种新的文学形式——散文的写作。本来,因特网的使用使得写作地点变得不那么重要(就像科学论文的写作一样),唯一重要的就是一个人的心态。可是,这种事说起来容易做起来难,有很长一段时间,我的文学创作交织着两种状态:在国内写散文,在国外写诗歌。而环地中海之旅,尤其是新千年的拉丁美洲之行和从死海到里海的旅程,则让我再次体验到诗歌灵感的喷发,一路行走,我都听见了米肖的声音:"我从遥远的地方为你们写作。"

五

然而,杭州这座城市毕竟是我居住得最久的,我对她的观察也较为细致。比起中国任何一处风景来,西湖更像一幅山水画,浓缩了一代文人墨客的理想之美。事实上,有许多人都是在折扇上第一次认识她的,这一点注定让杭州成为一座袖珍型的城市,尽管她的规模和人口日渐庞大,可是一旦过了子夜时分,唯有六公园到南山路的湖滨一带尚余几处亮光和喧嚣。与黄山、漓江、长城、秦始皇兵马俑这些奇异的景观不同,西湖之美依赖于人文的渲染和典故,这注定了她的知名度局限于汉语世界和受华夏文化影响较深的邻国。除非有一天,杭州主办国际诗歌节,邀请世界各国的顶尖诗人来做客,某位大文豪说出"谁厌倦了杭州,谁就厌倦了生活"之类的话,不胫而走。

  与此同时,随着时间的推移,我本人对杭州也有了某种隔膜或疏离,它的千年不变的方言,听起来像是鱼类王国的母语,始终为我所排斥。居住在宝石山的北侧,西湖对于我就像是一只手背,总是朝向熙熙攘攘的行人,而白堤、苏堤便成了手背上流淌的血脉。久而久之,我自己也成了杭州的一名游客,唯其如此,我才有可能再次获得观察的角度。果然,在上个世纪末的一个夏日,我为西湖找到了一种较为抽象的表现方式:

湖

(一)

明亮清澈的水面

燕子在天空飞翔

对于小小的湖泊
它就是一架歼击机

（二）
两支木桨摇响
一个瘦瘦的老家伙

滋润的船体
委身于湖面

（三）
青山倒映在湖中
那碧绿的水波下

可有烈炎的森林
鱼儿和猎人一起巡游

（四）
一阵微弱的凉风吹过
湖上漾起了层层涟漪

湖水的心事重重

徒有冷漠的外表

（五）
一大群人爬上了岸
他们的面孔像鱼鳞

阳光似刀片切割下来
被茂密的树枝遮拦

（六）
黑夜来到我们的周围
有人扔下一块石子

可以听见一种声音
在湖上久久地回荡

或许，这就是我心目中的西湖，她只是由来已久的一件事物。既可以被看作一处公共景点，又像是我的一只手背，可以随时跟我去到巴黎、伦敦或纽约的某一张长椅上，去到南美、澳洲或非洲的某一座丛林中。

2002年8月21日，杭州

春风又绿江南岸

日出气象分,始知江路宽。

——[唐]孟浩然

萧山在钱塘江南岸,与杭州城一水之隔。但在1937年9月26日钱塘江大桥建成通车以前,两岸人民的来往并不方便,因此历史上绝大多数时间萧山隶属绍兴(会稽),民国年间则为浙江省直属县。萧山也是康熙和乾隆两位清朝皇帝下江南时,从杭州去绍兴拜祭大禹陵的必经之地。直到1959年,萧山方才划归杭州市管辖。

因我的故乡在浙东南的台州,每次来杭州都需经过萧山,可以说是从萧山进入杭城。第一次应该是将近40年前的事了,在我上大学路上。那时没有直达班车的概念,每次途中应是经停萧山的,最后穿过大名鼎鼎的钱塘江大桥进入杭州城。那是第一座由中国人自行设计建造的公路铁路两用大桥,因而被写入"文革"的《语文》教科书,无疑那会儿大桥的知名度要高于萧山。

桥梁专家茅以升也随之出了大名，今天百度"钱塘江大桥"条目，这座桥的功劳归于他，称由他主持修建，没有提及其他任何人。但如果查"梅旸春"这个名字你又会发现，这位比茅以升晚4年出生、早27年离世的江西南昌人年轻时留美，曾获普渡大学硕士学位并在费城桥梁公司工作三年，他是主持设计钱塘江大桥的正工程师，茅以升是大桥工程处处长。

梅旸春回国后除了钱塘江大桥，还主持设计了武汉和南京两座长江大桥等名桥。可惜后者尚未竣工，他便患了重病，在那个荒凉的60年代初期，在南京去世。尽管如此，1968年通车的南京长江大桥后来（1985年）荣获国家科技进步特等奖时，梅旸春仍是第一获奖人，但他依然不为人所知。另一方面，茅以升漫长而顺坦的一生再无主持修建或设计其他桥梁，也让我感到有些惊讶。

那以后，我每年都会乘车经过钱塘江大桥，穿越整个萧山城区和东部的部分乡镇。我在北方念书的九年多时间里，每年寒暑假至少会回家一趟，有时从上海乘轮船回，有时从杭州坐汽车回家。总之，每年会有一两次经过萧山。等到我博士毕业来杭州任教，寒暑假依然要从陆路回家省亲。

那时我已经知道萧山名人贺知章，这位唐代诗人有两首《回乡偶书》传世。第一首是："少小离家老大回，乡音无改鬓毛衰。儿童相见不相识，笑问客从何处来。"第二首后半句是，"唯有门前镜湖水，春风不改旧时波。"镜湖位于绍兴县境内，原来，贺知章幼时全家即迁居绍兴，后来成为浙江有记载以来第一个状元,他心目中的故乡是绍兴。

上个世纪末,随着家母迁居杭州,我经过萧山回家探亲的历史宣告结束。之前1996年萧山已划到了滨江区,钱塘江大桥从此不再连接萧山。但是2000年12月28日,萧山机场取代了笕桥机场。那以后,我到萧山的机会不减反增了。无疑,这增添了我与萧山的亲近感。我始终有个愿望,希望萧山机场能以地铁与杭州城区相通,这样会更加便捷。

我同时还希望,能让萧山机场成为高铁线路的一个停靠站。事实上,只需在杭甬高铁的北侧添加一小段铁轨(就像欧洲的许多机场一样),便可以让来往的部分列车拐入机场停靠,还可以让酝酿中的杭绍台高铁经停萧山机场。那样的话,就可以缩短萧山机场与各市县之间的距离,从而更好地为全省人民服务,那样也一定能增加萧山机场的客流量和远程航班。

比贺知章晚30年出生的湖北诗人孟浩然也与萧山有缘。他毕生未入仕途,被赞为孟山人,是唐代著名的田园诗人,代表作有《春晓》《宿建德江》《过故人庄》等。有一天,孟浩然在萧山西部的义桥渔浦夜宿,那正是钱塘江、富春江和浦阳江三江的汇合处。所谓渔浦是指打鱼的人出发之地,翌日清晨,孟浩然搭船溯江而上,写下了一首《早发渔浦潭》:

    卧闻渔浦口,桡声暗相拨。
    日出气象分,始知江路阔。

这首诗描绘了冬日时分义桥渔浦口的繁茂景象。据一些学者们考证,义桥渔浦也是"唐诗之路"的起点。从南北朝到明清,走在这条诗路上的诗人络绎不绝,留下的诗作更是难以计数。还有学者的研究表明,《全唐诗》里,仅仅写渔浦的诗歌就有80多首。

唐玄宗开元十八年(730年),孟浩然再次离乡赴洛阳,而后又漫游吴越。他写这首渔浦诗,很可能是在那次旅行途中。在随后浙西的漫游中,孟浩然写下了那首脍炙人口的《宿建德江》:

移舟泊烟渚,日暮客愁新。
野旷天低树,江清月近人。

让人高兴的是,G20即将在杭州召开,举办地杭州国际会议中心就设在萧山。今年春夏之交,我应邀参加了浙江散文学会组织的一次采风活动,有机会去到萧山西南一些村镇,对萧山有了更多的了解。我们走访了百年酱油老店徐同泰、东山村民宿、民间抗日战争博物馆等,游览了湘湖、天域开元,涉足的范围包括闻堰、义桥、进化、河上等乡镇。

记得那天下着暴雨,我独自驱车去与大伙儿会师。我从留下上了绕城西线,向南过转塘和之江大桥,在义桥下了高速,而后再去往东方文化园。不经意间我来到三江口,那正是渔浦。我看见曾栖息过白鹭的两岸沙洲,这里的绿化工作做得出色,又让我想起那句著名的古诗:春风又绿江南岸。可以说，这次采访有着美妙的开始。而在返回不久，我便开始期待，不久将来能与萧山有更多的相约和相聚。

2016年夏，杭州彩云居

在天国旅行

> 凡事不能言说的，对之必须保持缄默。
> ——［奥地利］维特根斯坦

"没有一个地方让我喜欢，我就是这样的旅行者。"法国诗人亨利·米肖在《厄瓜多尔》（1929年）中写道。他最早的两部诗集《大加拉巴涅之行》（1936年）和《在神奇的地方》（1941年），都是关于想象中的旅行的书。虽然我没有读到，可是我喜欢听他说："我从遥远的地方为你们写作。"

很久以来，我几乎足不出户，但我常常几小时几小时地聆听音乐。对我来说，这就像在天国旅行一样。人们在我面前，来来去去，却没有发觉。一段时间里，我感觉音乐是新婚的妻子，每时每刻，无微不至，出现在我的枕边、耳旁。而诗，则犹如过去的一位恋人，仅仅在某种特定的场景里，和我不期而遇。

在希腊神话里，阿波罗是众神之王宙斯的儿子，他有九个姐妹，统称缪斯（Mousai），音乐（Music或Musik）一词，大概来源于此吧。丹纳在《艺术哲学》里谈道："看过一个地方的植物，要看花了；就是说看过一个人，要看他的艺术了。"我想音乐一定是花中之花了。

我永远都记得1983年秋天的那个午后，在数学王国里遨游已久的我，突然听到了从一架破旧的收音机里传出的美妙动听的音乐。曲目有：普契尼的歌剧《蝴蝶夫人》中的《晴朗的一天》，门德尔松的无词歌《春之声》，鲍罗丁的歌剧《伊戈尔王》中的《波洛涅兹舞曲》和格里格的《彼尔·金特》组曲里的《索尔维格之歌》。

这次邂逅真是太意外了，对我的意义非同寻常，它直接开启了我头脑中的另一扇大门。我无法用散文的语言来追忆：

> 你曾窥见幽玄吗？
> 它能把人提升到一个崇高的地位
>
> 如果你窥见了幽玄
> 你一定会匍匐下去叩头、哭泣
>
> ——《降示》

在中国，伯牙和子期的故事已经家喻户晓，一曲《高山流水》流传了数千年。还有一个更古老的传说，五千多年前，一位名叫"伏羲"的音乐家，他是人首蛇身，在母胎中孕育了12年，他弹奏的是一张50弦的琴，由于曲调过分悲伤，黄帝下令将其琴弦断去一半。

1991年深秋，我独自旅行到了天府之国。一天晚上，我在成都诗人欧阳江河家做客，他用巴赫的音乐招待我。巴赫向来以乐坛上的数学家著称，可是那晚却一反常态，偏偏以抒情诗人的面目出现，原来是擅长肖邦的吉奥格·索尔蒂在演奏。随后，主人拿出索尔蒂的几幅照片向我展示，这位匈牙利出生的英国钢琴家以指挥大师闻名于世。可以想见，欧阳当时的得意心情。

旅行是人类的普遍需要。我一直认为真正的艺术家未必要见多识广，但他需要时常去天国旅行。在天国旅行，和平常的旅行一样，也会有烦恼、忧愁，米兰·昆德拉在小说《生活在别处》里有过这样的描述："就像兰波的老师伊泽蒙巴德的妹妹们——那些著名的捉虱女人——俯向这位法国诗人，当他长时间漫游之后，便去她们那里寻求避难，她们为他洗澡，去掉他身上的污垢，除去他身上的虱子。"天国之旅，是享尽了自由、孤独和极乐的精神之旅。

1992年，杭州

以下是此文2005年在《周末画报》发表时所加的附注：

这篇小文作于13年前，后来，我终于按捺不住对世界的向往,开始了一次又一次的异国之旅。我的身体所抵达的地域之广是我本人原先没有想象过的。正如挣钱对有的人来说是轻而易举的事,出门旅行对我来说无疑是拿手好戏。

欧阳江河后来成为《爱乐》杂志的特约撰稿人,担任中国对外演出总公司的艺术顾问并以此谋生,我们曾在北京的望京公寓、杭州西子湖畔的印象画廊、华盛顿DC五角大楼附近的一套出租房和伊斯坦布尔的一家星级宾馆里再次相聚并聆听音乐,他收藏的唱片数量自然是越来越多,而我依然喜欢稍纵即逝的东西,并偶然享受到异国邂逅的快乐。

例如,我曾在澳洲的一家小酒馆里听到美国歌手TracyChapman演唱的《革命》,也曾在南非德班一家宾馆大堂里听到反复播放的背景音乐:英国歌手Dido的worthless。而当我在新千年的哥伦比亚安第斯山中偶然听到一首阿尔及利亚歌曲YaRayan以后,紧接着便在全世界的许多角落听到了它。

可是,在我最近的一次中东之行中,当我乘坐伊朗航空公司的班机从贝鲁特飞往德黑兰时,却发现整架空中客车上没有安装任何电视和音响系统,在三个半小时的飞行时间里,穿戴整齐的男女依次进入后舱那间铺满波斯地毯的祈祷室。对伊斯兰信徒们来说,《古兰经》就是最好的音乐,默诵经书就等于到天国旅行。也就在那次旅途中,我终于意识到了,音乐是不能言说的。

朗诵记

哈瓦那朗诵记

> 我热爱这个国家,就像是在自己家里一样。
> ——[美国]欧内斯特·海明威

从伦巴到莎莎

新世纪的一个秋日,我应邀到古巴参加一个数学会议,这使我有机会造访这座闻名遐迩的加勒比海岛国。

早就听说,古巴人口中逾半数是黑白混血儿,这样的比例在拉丁美洲和加勒比海地区极为少见(其他国家以印欧混血儿居多),余下的仍多为西班牙人和黑人(主要少数裔的华人仅占百分之一)。西班牙人的一个显著特点是,对生活怀有悲观的情绪,而黑人则按照非洲祈祷神灵的习俗,通过一种如泣如诉的音乐,能使这种悲观情绪得到升华。加上四季温暖的天气,古巴人养成了一个欢乐、朴实、外向、天真无邪的个性。

他们生性活跃,只要政府宣布取得一丁点胜利,便会举国欢腾，一千万人口的国家动辄有上百万人游行集会。除了穆斯林信徒的麦加朝圣、印度教徒的恒河沐浴和"文革"时期天安门广场的庆典以外是很少见到的。在日常生活中，古巴民众所表现出来的是，每个人都能歌善舞，这一点与哥伦比亚人如出一辙。世界上没有一个民族，能够像古巴人那样创造出如此众多风靡世界的舞蹈：伦巴（Rumba）、曼波（Mambo）、恰恰（Cha-Cha）、莎莎（Salsa）。

伦巴源自古巴黑人民间舞蹈嵩舞（Son），后者是一种力度较小却比较喧闹的舞蹈，常在小酒店里表演。伦巴成为舞厅舞，并流行全球是在上个世纪初，舞者上身挺直，臀部微微左右摇摆，先是向旁两个快步，再向前一个慢步。1980年前后，伦巴舞席卷了中国，那时我在大学里念书，印象里它比较能展现东方女性的婀娜妩媚，比起探戈来更受欢迎。

在伦巴流行将近半个世纪以后，曼波舞在古巴诞生了，它实际上是一种不按拍子表演的伦巴舞，男女舞伴之间的姿态更为随意，时常是只握着一只手，甚或根本不接触。没过不久，古巴的一位小提琴家又把曼波加以改造，使得小节的后两拍迅速换步，变成了一种更容易跳的快步舞，那便是恰恰，至今它仍是不可或缺的国标舞。相比之下，莎莎的流行要晚一些，它融合了伦巴、曼波和恰恰的特色，更适合于在酒吧而不是在舞台上表演，目前它已成为全球最受欢迎的交际舞。

数学会议行程过半时，举办方和古巴科学院物理研究所组织了一场联欢晚会，地点设在物理所的大礼堂，虽说有

哈瓦那的新娘

领导讲话和歌手表演,晚会的主要内容却是跳舞。不出所料,在中国最出名的伦巴早已过时,莎莎唱起了主角,辅之以源自多米尼加的玛兰戈和墨西哥的瓦杰那多。我邀请一位肤色黝黑的物理学博士跳舞,她像晚会上的其他古巴姑娘一样穿着露脐装。礼堂里没开空调,没跳几曲,她的腰间便渗出了汗水。

在我看来,跳莎莎舞时女人试图依附着男人,而男人装模作样地要摆脱女人。与来自欧洲各国的那些同行相比,我毕竟在麦德林熏陶了那么久,安第斯山人特有的气质、仪表和修养甚至创造出了世所公认的"哥伦比亚莎莎",我的舞感明显要纯正一些。当我们歇息下来,一直在旁观看的巴黎大学教授米歇尔凑近我说:"我从未见过一个中国人舞跳得这么好。"看来米歇尔是少见多怪了,三年以后,我在黎巴嫩的贝鲁特大学再次遇上了米歇尔,他对哈瓦那的那个夜晚记忆犹新。

Salsa在西班牙语里的意思是调味汁,salsadesoya便是酱油了，这里soya是黄豆，而de相当于英文的of。传说1933年的一天，古巴作曲家伊格纳西奥·皮奈罗因为吃了淡而无味的食物获得灵感，创作了一首歌《加点酱吧！》（échalesalsita），这首曲子既不像传统的拉丁舞那样有许多约束和规范，又比迪斯科多了几分高贵和典雅。那以后，一种新的音乐和舞蹈形式便出现了，它首先在加勒比海地区得以普及，继而流传到世界各地。

"莎莎皇后"这项桂冠如今戴在塞利娜·克鲁兹（Celia·Cruz）头上，她的代表作《糖》（azúcar）是MTV频道的保留曲目，在我的记忆里，她的形象又老又丑但舞姿优美。正是1960年那个戏剧性的年份，克鲁兹离开故乡哈瓦那到美国闯荡，她赢得的荣誉包括七项格莱美奖，耶鲁大学等五座名校授予的名誉博士学位，好莱坞星光大道留名，以及美国国家艺术奖（比尔·克林顿亲自把奖章别在她胸前）。当克鲁兹于2003年夏天在纽约患癌症去世时，她的经纪人猜测她的年龄大约是78岁。

海明威的庄园

大概正是古巴丰富多彩的音乐、舞蹈，加上热情好客的民族个性和迥然有别的意识形态，吸引了世界各国的文化名人。曾与古巴亲密接触过的外国名作家中，除了加西亚·马尔克斯和让·保尔·萨特夫妇以外，至少还有英国小说家格雷厄姆·格林和美国小说家欧内斯特·海明威。作为

20世纪英语世界最受尊敬和欢迎的作家之一,格林的作品主要探讨在当代不同政治环境下,人类道德观念的含糊。他是聂鲁达的同龄人,出生在英国西部小镇,在其父亲担任校长的中学学习几年以后便出逃了。

之后,格林被家人送到伦敦,住在一位精神分析学家的家里接受治理。在完成牛津大学历史学专业的学习以后,格林移居伦敦,结婚并随妻子改信了天主教。他先在《泰晤士报》做编辑,出版了处女作(诗集)和一部不太成功的长篇小说。从1940年起,36岁的格林作为一名自由撰稿的新闻记者,开始了长达30年的旅行,同时为其小说寻找故事和背景地点。

在格林的异域小说里,有一类颇具消遣功能,也是电影导演乐于改编的题材。譬如,《东方快车》描写了穿越英吉利海峡驶往伊斯坦布尔的火车上乘客们的尔虞我诈;《权力与荣耀》和《名誉领事》的故事发生在墨西哥和美国,讲的都是神父违背教会行为,一个做了真正的父亲,另一个投身于革命。五六十年代,格林接连出版了四部小说,分别以面临政治动乱的第三世界国家——越南、刚果、海地和古巴为背景,其中《我们在哈瓦那的人》讲述的是共产党夺取政权以前的古巴,这几乎是一部真实的间谍小说。

这部小说讲的是,一个身不由己的小人物无意间被卷入国家政权之间的争斗风波,结果竟然靠弥天大谎在两国之间无往不胜,将阴险狡诈的政客玩于股掌之间。综观格林一生的写作,他的主要兴趣集中在"事物的危险的边缘",

这是布朗宁的一句诗，格林将其视为"对我全部作品的概括"。事实上，格林关心的总是间谍、刺客这类人物，他本人在二次大战期间在西非做谍报工作，即便是在古巴，他的真实身份也极有可能是英国间谍。如此一来，格林便没有在哈瓦那留下任何可以让我探访的踪迹。

不过，正如格林的一位朋友所透露的，"格林认为，如果你出卖自己的祖国，那没什么关系；但是如果你出卖自己的朋友，那就大有关系了"。显而易见，无论格林是以什么身份出游，写作才是他最大的兴趣所在。与格林的隐秘身份相比，海明威在古巴可谓是家喻户晓了。一天下午，我搭乘一辆出租汽车，来到哈瓦那东郊的小镇圣弗兰西斯科·德·保拉，海明威的故居坐落在一个栽满槟榔树的小山头上，那正是维西亚庄园。

故居留给我印象最深刻的记忆是，包括主卧室在内的每个房间的墙壁上都挂满了猎物标本，以犀牛和野鹿居多，想必是作家的战利品，我想和他在一起生活的女人得学会容忍。这可能是海明威居住时间最久、也最为舒适的一个家了，九千册藏书和注册在基维斯特的比拿号游艇仍完好无损地保存在那里。不过，书房的门口拉了一条线，游客只能在门口探望，里面的打字机据说敲出了《老人与海》，游艇则被放置在一个搭好的凉棚下。

从29岁那年第一次为避风浪来到哈瓦那，到古巴革命后离开，海明威断断续续在这个国家居住了20多年，虽说卡斯特罗和切·格瓦拉曾和他一起出海捕鱼，但毕竟不是一条道上的人。他以前曾经说过,"我热爱这个国家,就像是在自己家里一样。除了出生的故乡,此处是命运归宿的地方。"海明威初到哈瓦那时,住在老城区的"两个世界"饭店,在那里完成了《丧钟为谁而鸣》。

由于当时的妻子玛瑟不喜欢住饭店,海明威才买下维西亚庄园。当他返回美国,精神极度沮丧,加上两度接受电疗,次年便开枪结束了自己的生命。我在维西亚庄园徘徊了许久,随着黄昏的来临,它显得更加颓败,由于年代久远,树根已侵入墙体和地基,白蚁啃噬着木块,屋顶开始漏雨,楼梯也已经变形。在经济封锁了40多年以后,美国的"海明威基金会"拟向古巴提供200多万美元的专款,用于修复作家的故居,但却被布什政府阻止。白宫认为,提供这笔资金等于资助古巴的旅游业,财政部的一位官员声称:"我们不想出钱让卡斯特罗获益。"

拉姆艺术中心

我游览海明威庄园的第二天下午,会议组委会带领大家参观古巴的最高学府——哈瓦那大学,那也是在城西,与物理研究所相隔没几个街区。进得校门,有几幢米黄色的大楼,门前各有一排希腊式的圆柱。台阶虽只有六七级,却由于宽度长达好几十米而显得非常有气魄。更有意思的是,每一层都有五米高,据说这是西班牙殖民时期典型的建筑,由于古巴大部分时间天气炎热,建筑师就尽量增加房子的高度。

我和台阶上坐着的几位大学生聊天时，与他们说起切·格瓦拉，虽然到处都有人穿着印有他头像的T恤，但让我惊讶的是，切作为青年楷模的地位并不如表面上那么牢固。在此以前，我在自由古巴饭店附近的一家书店里看到最新出版的一部格瓦拉传记，里面有许多彩色地图，包括他三次穿越美洲大陆的旅行图，非常精美，大型画册的开本，令我这个地图绘制者羡慕不已。

有一天，我和哥斯达黎加的卡塔利娜结伴去了哈瓦那老城区，卡塔利娜是米歇尔教授的弟子、巴黎大学的博士候选人，她是物理所晚会上最活跃的人物之一。早就听说哈瓦那是历史遗产保存得最好的美洲城市之一，果然如此，那里的街道、住宅、广场、喷泉、城堡、要塞甚至剧院无一不是由石头堆砌而成。在一个小弄堂里，我看到三位拎着一条狗的小孩和两位穿着太阳裙的少女，他们非常大方地在破烂的门槛前面摆姿势让我拍照。

路过著名的老字号小酒馆"五分钱"和"小弗罗里达"，里面顾客盈门，外面游客川流不息，据说当年海明威经常光顾这里，我们好不容易在"五分钱"找到一个位置，每人要了一瓶啤酒，价格早已经今非昔比，每瓶收费三美元。几个吉他手在角落里低吟浅唱，比起刚才大教堂广场上的流浪艺人，无疑多了几分悲凉，对顾客来说那是最好的下酒菜。在老哈瓦那尽头，靠近河边的一处地方，有一幢两层楼房，外表不起眼，里头布置得却非常大气，那正是拉姆艺术中心。

酒吧里的海明威塑像

维夫莱多·拉姆（Wifredo·Lam，1902—1982年）被认为是古巴历史上最伟大的画家，也是第一个赢得国际声誉的拉丁美洲画家。拉姆的父亲是纯粹的中国人，母亲是非洲人后裔，而他的外祖母笃信印第安人的巫毒教（voodoo）。在世界各地，华人大多各自为营，以相似的生活方式存在，形成众多的唐人街或中国城，唯有古巴的华人例外，他们与当地人通婚，并且改变了姓氏，例如李姓改成了刘易斯。

这恐怕是与古巴民众对中国人的友好情谊有关，无论我走到哪里，人们都叫我chino或chinito，比起英语里的chinese要悦耳亲切多了。和我一起的西方同行对此无不感到惊讶，甚至有点儿忌妒，那情景使我想起了印度。不过，参观老哈瓦那的唐人街却让我有些失望，那不过是一条五十来米长的死胡同，入口处立了一块牌坊，仅有的几家饭店和肉铺主人都是Mulatto，我只遇到一个自称有华人血统的小伙计，还有一个小剧场在放映《红高粱》。

拉姆出生在古巴中部的一座小镇上，从小就显露出艺术天赋，由当地的镇政府出资去欧洲留学。除了战争时期避居美国以外（和安德烈·布勒东同船去了纽约），他在马德里和巴黎度过了大半生。或许是血缘的关系，拉姆的作品里有非洲艺术的影子，他与包括毕加索在内的艺术家过从甚密，后者对非洲木雕感兴趣主要受其影响。拉姆的三任太太分别是西班牙人、德国人和瑞典人，我们在艺术中心认识的一位古巴妇女对此耿耿于怀。

令人遗憾的是，虽然拉姆12岁时就为父亲画过肖像，可他本人从未到过中国。他的作品主要受超现实主义的影响，机械的部件、飞鸟的影子和光洁的头颅时时闪现其中。从1939年起，拉姆干脆成了超现实主义的成员，可是在我看来，他的作品里还是缺少某种意味深长的东西，这妨碍了他的成就进一步地提高。除了绘画以外，拉姆还和米罗一样，做了不少以鸟为主题的金属雕塑，只是在体积上小了许多。他的作品大多被纽约的MOMA、古根海姆和伦敦的泰特等世界一流的艺术馆收藏。

哈瓦那朗诵记

在拉姆艺术中心的门厅里，我看到一幅"哈瓦那双年展"的招贴画，上面印着拉姆晚年的代表作《第三世界》，他创作这幅画的时候，中国的"文化大革命"刚刚开始。双年展已经揭幕，自费前来参展的各国艺术家超过一千人，其中两位注定要和我认识。我来古巴以前，曾请德国诗人托比亚斯·布加特介绍几位哈瓦那诗人，因他不久前刚刚到访加勒比海。本来，麦德林诗歌节和罗莎里奥诗歌节上各邀请了一位古巴诗人，可他们既不住在哈瓦那，又不会使用伊妹儿，因此无法联络。

我记得其中一位诗人叫塞萨·洛佩兹，他是头一年的古巴国家文学奖得主，身材矮小，相貌平常，却极具个性，朗诵起诗歌来很有激情，身后总是跟着一长串男女爱慕者。事实上，除了莎莎这个共同爱好以外，哥伦比亚人和古巴人还有某种精神上的相似性，那就是刚毅和无所畏惧，不然安第斯山中也不会有那么多游击队。布加特给我介绍的是一位女诗人莱茵娜，当我通过她的邻居给她打电话时，她告诉我，有一对正在参加双年展的墨西哥画家夫妇正准备到她家做客，问我可否和他们一起来，那样就免去找路的麻烦了，同时把他们住的旅店电话告诉了我。

墨西哥位于拉丁美洲的最北端，它与位于最南端的阿根廷是西班牙美洲文化最发达的两个国家，我在罗莎里奥诗歌节上了解到，一个用西班牙语写作的作家必须要在马德里、巴塞罗那、墨西哥城或布宜诺斯艾利斯这四座城市之一出版著作并获得认可，才能在西班牙语世界真正站住脚跟。我找到那对墨西哥画家时才知道先生佩德罗还是一位诗人兼编辑，而他的夫人安娜是洪都拉斯诗人。安娜告诉我莱茵娜和一般古巴人家一样很穷，每次去看望她总要带些食物和酒，我因此也在附近的商店里买了一瓶勃艮第葡萄酒。

那天晚上，我跟随佩德罗夫妻找到莱茵娜家时，看到对面有个露天的小菜场，几个小贩的篮子里只剩下不甚新鲜的青菜、萝卜和洋葱头了。出乎我的意料，莱茵娜的家布置得温馨整洁，两居室加上屋顶上搭起顶棚的阳台，倒也舒适自在。她的丈夫塞拉诺是文化馆一个普通的职员，看起来像是模范丈夫，沏茶、递烟，照顾客人的活全由他包了。莱茵娜告诉我们，目前哈瓦那大学教授的月平均工资只有25美元，只够全家下一次馆子。我想起80年前，拉姆去欧洲留学时，当地的镇政府还每月提供给他40美元的奖学金。

　　说话间莱茵娜念了几首新作。托比亚斯曾写信告诉我，莱茵娜的诗很棒，德文版诗集不久将在法兰克福问世。可是，也许她的朗诵水平有限，听起来除了比较凝重以外，就没有别的感觉了，至于内容我得仔细查阅西汉字典（果然是一些政治诗）。接着佩德罗和安娜各朗诵了一首诗，我被这个场景所陶醉，四个诗人来自不同的国家，唯一的忠实听众是塞拉诺。这是一次即兴举行的朗诵会，我用中文朗诵了一首旧作《梦想活在世上》和一首在麦德林写的新作《飞行》。

　　显而易见，这几位都是第一次听到这种语言的朗诵。接着我从口袋里掏出劳尔的译文来，莱茵娜和佩德罗分别念了一首，从安娜和塞拉诺的表情来看，效果相当不错。次年夏天，这两首诗连同另外四首诗便发表在佩德罗做编辑的墨西哥城诗刊《断裂》上了，可惜我一直无缘造访那座高原上的城市。我在Vedado饭店遇到过几个墨西哥游客，他们走到哪唱歌跳舞到哪，风景的变化对他们来说，就像是舞台上的布景更换一下，只是给观众看的。

20世纪60年代后期，在美国的威逼之下，除了墨西哥以外，所有的美洲国家都与古巴断绝了外交关系。虽然戴高乐访问了拉丁美洲，给古巴带来一丝希望，但很长一段时间，与哈瓦那通航的欧洲城市只有一个——布拉格，这条经停莫斯科的航线也是切·格瓦拉出访亚非欧的必经之路。那段时间古巴的政治空气令人窒息，莱茵娜那晚提起西班牙出生的古巴摄影师内斯托尔·阿尔门德斯。

1961年，阿尔门德斯因为发表了一篇为反映酒吧夜生活的纪实短片辩护的文章遭到了批评，卡斯特罗亲自参加批判会并发表了长篇演说，其中有一句话后来成为文艺界的尺度，"拥护革命，应有尽有；反对革命，一无所有。"刊登阿尔门德斯文章的报纸随后被查封，作者本人遭放逐，幸运地成为了世界级的名人，1978年，他因为拍摄影片《天堂里的日子》获奥斯卡最佳摄影奖。自从冷战结束以后，古巴虽然还是卡斯特罗当政，但气氛明显缓和了许多，人们私下里可以随意开玩笑，有关卡斯特罗的政治笑话不胫而走，其中不乏黄色幽默。

2007年6月，杭州

附文：新近才获知，莱茵娜的全名为莱茵娜·玛利亚·罗德里格斯，她荣获了智利颁发的2016年聂鲁达诗歌奖。之前在2013年，她已获得古巴国家文学奖。这两个奖每年都只有一位获奖者。

热带丛林朗诵记

河流是通向森林深处的通道。

——题记

维纳斯的背后

终于等来一个晴朗的早晨,我应哥伦比亚最大的银行——共和银行邀请,赴平原地区梅塔省首府比杰比森西奥朗诵诗歌,那里也是热带雨林的起点。这一天是星期三,本来我已写好假条,准备约见海曼主任,可是校教授会突然决定罢课,给了我额外的两周休假。这次罢课的主要目的是为了加薪,可是选择这个时机与比尔·克林顿的到访有关,虽然那位即将卸任的美国总统仅在北部旅游名城卡塔赫纳逗留八小时。

出租汽车在通往机场的盘山公路上行驶,白云在眼前飘来荡去,麦德林渐渐坠入了深谷。飞机起飞不到一刻钟,我便看见了马格达莱那河,她纤细的躯体蜿蜒穿行在安第斯山的谷地。到达首都波哥大以后,我换乘一架只载20多人的小飞机,简直像一辆空中面包车。机票只有通常的一半大小,无需登机牌,也不用对号入座,航空公司的名字更是有趣:空气。

飞机穿越了拥有六百多万人口的南美名城,接着翻过了东边两座名山蒙塞拉和瓜达卢普。它们并不具备中国名山的那种奇秀,而是以质朴取胜,尤其是树木的颜色和形状,宛如服饰上的花纹之美。半个多世纪以前,瑞士出生的法国建筑大师科比西埃曾赞叹其为地球上最美的风景。有意思的是,我看到山背上驮着一个形状怪异的水库,这使我联想起卢浮宫的那尊雕塑《维纳斯的背后》。

从波哥大到比杰比森西奥虽然只有一百多公里,海拔却下降了两千多米,不难想象,途中的公路有多么曲折。那一带也是游击队的活动范围,真是多亏了他们,否则的话若是银行派小车到首都机场接我,必定要遭罪。我想得太美,由于飞行高度偏低,机身和浮云不断摩擦,犹如一条独木舟航行在大海上。幸好唯一的空姐镇定自若地坐在我对面,她年轻美丽的生命也仅有一回。

到达目的地时恰好是正午,空姐用力推开机舱大门,原来它也是舷梯,热浪旋即扑面而来,气温至少在37℃以上,我又听见知了鸣叫,对我来说那年可是头一回。同时我也发现,在这里我们的座机是最大的,多数飞机只有六个甚至四个座位,这些小家伙跑起步来就像澳洲的鸵鸟。共和银行的文化干事埃德加和英文翻译在候机厅里迎候,把我带往下榻的平原饭店。

车过瓜提基亚河上大桥时,我看见河水几乎断流,几位赤膊的男子在那里挑拣石块。从前,河流曾是进入森林的唯一通道,如今已经很难想象了。瓜提基亚河是梅塔河的上游,后者经由里诺科奥河在委内瑞拉注入大西洋。六个月以前,我从马德里搭乘的飞机就是在那条河的入海处进入美洲大陆的,湛蓝的海水霎时间变得混浊不堪,无法从我的记忆中消失掉。安第斯山区没有季节的更替,在平原地区则有所不同,此时雨季已经结束,漫长的夏天刚刚开始。

霍罗波的故乡

比杰比森西奥位于麓安第斯山脚下,眼前一望无际的绿色,这里是南美洲热带丛林的开端,它一直连到巴西的亚马逊河流域,其广袤无边唯有非洲的撒哈拉沙漠可以相比。平原饭店坐落在一座平缓的山坡上,是该市仅有的一家四星级宾馆,我的房间比通常的标准客房略大,一对单人沙发和一张长沙发围绕着茶几。临窗眺望,两个大小不一的泳池四周开满了鲜花。

清凉的碧水诱引了城里消夏的妇女和儿童,不远处,一座牧场上几只奶牛在悠闲地吃草。墙上的几幅油画描绘了霍罗波(joropo)舞蹈节期间牧场的景色,男女青年们在竖琴、曼陀林和四弦吉他的伴奏下翩翩起舞。我注意到画中有位老人手里拿着一对响葫芦,那也是麦德林酒吧吧台的必备

热带地区的舞蹈——霍罗波舞

之物,里面装着晒干了的玉米粒,顾客酒兴上来边摇边唱。

对大多数国家来说,平原地区总是相对比较发达,可是在南美洲的赤道线附近正好相反,这里的气候完全取决于海拔高度,平原意味着四季炎热和潮湿,哥伦比亚的平原占了全国面积的十分之七,人口却不足百分之七。作为首都通往平原地区的门户,比杰比森西奥原先是从各地来挑选牲畜的商人们歇脚的地方,这一传统现在已通过一年一度的国际斗牛节得到保留。

比赛时,骑手们从马背上甩出缰绳,把狂奔的公牛放倒,谁用的时间最少谁就获胜。可惜我来得不是时候,只能从照片上感受一下。热带丛林是动植物的王国,哥伦比亚的平原地区有500多种鸟类和160多种哺乳类动物,包括珍稀的淡水海牛和海豚。可惜的是,我没有时间去寻觅这些生灵的踪迹了。

午餐以后我稍作休息,然后趁主人约定时间未到,独自外出散步。这一带是富人区,两层的楼房被修剪良好的花园所环绕,每家都有车库,间或遇见牵狗的老人和妇女,与北美、欧洲的住宅区几乎没有什么两样。十字路口有家杂货店,冷柜里有菜豆和白玉米做的圆饼——阿莱巴(arepa)。

从这点来看,梅塔的饮食习惯接近我生活的安第基奥,毕竟这里海拔高度只有五百多米。隔壁是一家小巧的书店,里面的空调让我多停留了一会儿,除了安东尼·马查多的诗歌全集和加西亚·马尔克斯的小说以外,还有翻译过来的亨利·詹姆斯的著作,最让我感到意外的是,居然有一本崭新的《哈佛商业评论》。

热带丛林朗诵记

天色渐渐幽暗下来,我的西班牙语朗诵者、诗人费尔南多斯来到旅店,此前他已通过伊妹儿拿到我的诗歌。他向我提了几个技术性的问题,接着便驱车带我去市中心的共和银行。我摇下窗玻璃,一股清凉的微风迎面吹来,据说这是上苍赐予的。每当黄昏天气就变得凉爽,这也是为何比杰比森西奥能够成为平原地区最大城市的原因。我们穿过银行的玻璃大门,扇形的多功能厅里已稀稀拉拉地坐了十几位观众。

记得路上费尔南多斯曾经提起,城里有一家华人,也是唯一的中国餐馆的主人,可是他们没有来。倒是来了一位日本人山田稚道，他很喜欢中国文化，兜里揣着用中文手写的《夜泊枫桥》，那是唐朝诗人张继的传世之作。据我所知，此诗每年都吸引了大批日本人到苏州寒山寺朝拜，可以说是一件不会遗失的国宝，也是为中国赢得外汇最多的文学作品。山田先生的家在广岛，他来比杰比森西奥已经五年，目前在梅塔大学教英语。

陆续又有一些听众进场，有几位是本地诗人，我用西语和他们寒暄，在我收到的文字资料里，有五本正式出版的诗集。可是直到七点三刻，观众仍只有40来位，这与麦德林国际诗歌节的热闹场面形成鲜明对照。原来那天晚上在洛杉

作者的第一本西班牙语版诗集《古之裸》封面

矶，格莱美拉丁音乐奖首次颁发，深受同胞喜爱的哥伦比亚姑娘夏奇拉获得四项提名，很多年轻人在家收看电视直播。这是我平生第一次专场朗诵会。

我以《梦想活在世上》开头，以《保留的记忆》和《如何把时间挽留》结束，虽然我尝试朗诵了《白蚁》《埃斯库尔巴之死》和《爆炸》等新作，仍以《回声》最受欢迎，尤其是"你和我你和我""你错啦/你错啦"译成西语后特别押韵，爱情毕竟是放之四海而皆准的。观众提问时有一个问题让我吃了一惊，"中国是发达国家，诗歌依然受到读者欢迎吗？"由于距离的遥远，他们容易把日本、韩国与中国混淆，我在麦德林去过几家旅行社，雇员们都想当然地以为中国护照在南美畅通无阻。

在前排就座的有一位年轻文雅的女观众，一副悠然自得的表情不得不让我注意到，她没有提出一个问题，却直到最后也没有离去。原来她就是共和银行行长玛丽亚·克里斯蒂娜，我的机票和酬金就是由她签字后才得以支付的，哥伦比亚人取名相对集中，为避免太多的重复，只好采用双名双姓。我随女行长、埃德加和卡洛斯返回饭店，在餐厅入座以后，我要了一份章鱼，方知它不属鱼类。侍者正等着其他三位点菜，不料女行长却说出一句让我惊讶的话。

她说，"客人一定很饿了，为了让厨师烧得快一些，我们准备回家用餐。"我立刻想到我所在的大学里每次聚餐总是各人自己付账，哪怕是欢送退休的教师。这似乎是一个谜，我记得秘鲁作家略萨曾经说过，若是用一个词来概括整个拉美的话,那便是腐败。我们谈起了中国,那片陌生的土地是他们梦中也未曾游历过的。当晚,夏奇拉果然不负国人所望,捧走了最引人瞩目的"最佳流行女歌手奖"和"最佳摇滚女歌手奖"两项桂冠,成为本年度当之无愧的拉丁歌后。

2003年夏天,杭州

纽约朗诵记

> 你可以是杜甫,我是白居易。
>
> ——［美国］弗兰克·奥哈拉

从上海到纽约

在离开拉丁美洲将近十年后,我获得机会重返故地。那次我是应邀参加一年一度的格林纳达诗歌节,头年冬天便收到了邀请。之前我已听说格林纳达诗歌节大名,虽说历史只有短短几年,却热闹非凡,尤以闭幕日的狂欢节著称于世,那是尼加拉瓜人的独创。该国总统担任诗歌节组委会名誉主席,参加的诗人国籍和观众之多可与闻名遐迩的麦德林诗歌节媲美,加上尼加拉瓜又是拉美现代主义文学之父鲁文·达里奥的故乡,因此当我收到邀请函时,着实兴奋了一阵。

可是,无论那时还是现在,尼加拉瓜与中华人民共和国都没有外交关系。起初我不知道如何办理签证,早些年我从哥伦比亚经巴拿马去古巴,便经历了种种折磨,不过好歹哥国是有巴拿马领事馆的。后来组委会及时告知,他们已疏通海关,会派人直接进机场迎接,到时我只需交纳十美元的费用即可获得入境许可。像其他第三世界一样(中国除外),尼加拉瓜无法为诗人提供国际机票,幸好我的一位商人朋友慷慨解囊,如同六年前去巴尔干半岛的马其顿那次一样。

最后剩下飞行路线,美国是必须要经过的,那样也经济实惠。我于是去了上海,申请了一年有效的多次入境签证。与此同时,也给纽约诗人鲍勃·霍曼发去一封电函,告知我要路过纽约。没想到他立刻回信,邀请我到他的博厄里诗歌俱乐部(Bowery Poetry Club)举行专场朗诵会,那是在曼哈顿的博厄里街。过去八年里,我与鲍勃在非洲的德班和欧洲的维尔纽斯两次相遇,在诗歌节上同台朗诵,理解和赏识彼此的幽默感。几年前香港诗人郑单衣推出英文版诗集时,我便曾介绍他到鲍勃的俱乐部做过一场朗诵会。

2011年正月,同胞们仍在过春节长假,我从上海浦东机场搭乘美联航的航班,飞越了半个地球。那次飞行超出了我以往的美国之旅,前两次都是到西海岸,访学加州或从加州转往东南的亚特兰大,单次飞行没有超过12个小时。这次不一样了,从上海直飞纽约,需要15个小时。就像跳远一样,要跳得远的话,就必须跳得高。我们的飞机绕经了阿拉斯加本土,而不是偏南的阿留申群岛。

可以说,那次飞行除了日本海和白令海峡,我几乎没有看见太平洋,都是在陆地上空飞行,包括以前从未飞越过的北海道、堪察加半岛和楚科奇半岛,日俄有争议的北方四岛,以及加拿大的育空和北部地区,最后掠过美加边境的五大湖上空,从那里进入美国。如果要论飞行时间,耗时最多的并非海洋、日本、俄罗斯或美国,而是世界面积第二大的国家——加拿大。

说到北海道,它在日本的地理位置相当于中国的东北,却给我以浪漫的印象,这可能与少年时看过的第一部日本电影《追捕》和那首著名的民歌《北国之春》有关。遗憾的是,虽说因为数学和诗歌的缘故,我曾五次造访日本,却一直与北海道无缘。而东三省给我的最初也是最深刻的印象却是北大荒、"闯关东""九一八"、珍宝岛,耿直的个性和知识青年插队落户,即便流行歌曲也是那首悲壮的《松花江上》,此外便是充满乡土气息的"二人转"。

自从1998年秋天以来,我从没有到过美国,屈指算来也有十二年多了,而同一时期去欧洲不下十回。我还记得最后一次造访纽约是在盛夏,这回却是隆冬。夜幕徐徐降临,飞机抵达新泽西州的纽瓦克机场,那儿与纽约的卫星城泽西隔着一个纽瓦克湾,后者又与纽约的布鲁克林区隔着哈德逊河出口处的上湾。走出机场,我搭乘一辆出租车向北,沿着95号公路再向东转495号,过了哈德逊河下面的林肯隧道,便到了高楼林立的曼哈顿。

中央公园的雪

当晚我下榻在鲍勃预订的一家旅店,就在博厄里俱乐部附近,那里离中国城和小意大利不远。在纽约的三天里,我探访了许多故地。过去12年里,纽约乃至美国发生的最大的变故无疑是"9·11"事件,因此世贸中心大楼是我的必访之地。只见从废墟上升起一座孤独的高楼,虽已完工,落成还需等到十周年之际。旁边的那面纪念墙上有许多铜制浮雕,游客们喜欢在那拍照留念。我方才了解到,原先110层417米高的双子大厦是1966年动工,1972年完工的,从而取代帝国大厦成为世界第一高楼,那年刚好是理查德·尼克松总统首次访华。

1994年夏天我第一次造访纽约时,曾花费六美元攀上双子楼的其中一座。电梯迅速把游客送往顶楼,我不仅在那里留了影,还在去往斯塔藤岛的渡船上,以世贸中心为背景拍过照,那次航行是为了见自由女神像。我不会忘记,2001年9月11日那天,我刚好在海参崴。翌日一大清早,我的对门突然传来英文的说话声,原来是俄罗斯客人把旅店房门敞开了,他还把CNN播音员的音量调得最高。于是我看见了那惊人的一幕,那两幢高耸的大楼正冒着滚滚浓烟。

看过新世贸大楼后,我重访了附近的华尔街,依然是那样的小巧玲珑,只不过著名的纽约股票交易所不再对游人开放了,即便是在周末,看得出来那里加强了警戒。还有最南端的贝特里公园,在那里我又一次眺望了自由女神像。我还看见两位上了年纪的妇女,她们的身材早已走样,却穿着厚厚的貂皮大衣。我从背后给她们拍了照,她们正弯腰俯瞰雪地里的两只松鼠,而她们的身姿也非常可爱,我于是给照片取了名字——《两只松鼠》。

　　看过曼哈顿,我乘地铁北上,看起来纽约的地铁状况比以前干净明亮多了,这恐怕要感谢那位铁腕市长朱利安尼了。朱氏是第三代意大利移民,在我首次访美期间当选,他在任上严厉打击犯罪活动,改变了纽约不可治理的形象,也提升了市民的生活品质。尤其在"9·11"事件以后,勇敢

两只松鼠。作者摄于贝特里公园

地带领市民从废墟中站立起来。因为领导力出众,他荣登了《时代周刊》年度封面人物,这对一个市长来说极为罕见。

在去中央公园的路上,我又看见了帝国大厦,这座曾经的世界最高建筑,在世贸中心大楼倒塌之后再次成为纽约的最高建筑。还有那座市立公共图书馆,上一次造访时我尚不知那是著名女诗人玛丽安娜·莫尔工作的地方,她并在此退休。我见到几位绅士在附近晒太阳聊天,而旁边的一个角落里,有几只麻雀在干着同一件事。不用说,我悄悄地把这一幕情景也记录了下来。

在现代艺术博物馆(MOMA),我又一次见到了杰佛莱,他是一位摄影师,是博物馆附属书店的店员。17年前我第一次参观MOMA时便认识了他,他也是我认识的第一个同性恋朋友。这么多年过去了,他居然没有辞职,也没有忘记我,看来美国人并不都是喜欢频繁换工作的。在MOMA的新藏品展出里,我看见了艾未未的摄影,无疑那是一类以政治观念取胜的作品。

最后到达北端的中央公园,这是我第一次看见它裹着积雪的样子。天空湛蓝,大多数树木的叶子已经脱光,没有人在跑步,有一个小湖的中央有积雪,但不知下面是小岛还是浮冰。这次我没有去找约翰·列侬的纪念地,也没有去看麦当娜的豪华公寓,而只是进入公园的一个角落,在一个收费的滑雪场外面停留了半小时,倾听游人不间断地发出的尖叫声。在电影《姻缘天注定》里,这儿也是男女主人翁重逢的地方。

博厄里俱乐部

我在纽约的行程有点密,除了博厄里的个人朗诵会,还有一场英文演说,由美国亚裔作家协会主办,题目是《漫谈中国诗歌——从古典到现代》。此外,还有一场与六位美国和澳大利亚诗人的联袂朗诵会,也是在博厄里俱乐部。这三场听众除了自费购买饮料,均需购票入场,门票分别是八美元或十美元。无论个人朗诵会或讲座,门票的一半收入归嘉宾。

鲍勃是美国乃至世界闻名的诗人,尤以朗诵见长,《纽约客》赞扬他,"后现代艺术的推动者,把诗歌带进咖啡馆和酒吧。在垮掉派诗人费林杰蒂之后,没有人比他做得更好。"他本人出生在肯塔基州,两岁时父亲病故,母亲改嫁,他在俄亥俄州的乡村长大,后来入读哥伦比亚学院英

博厄里的朗诵。作者摄

在博厄里朗诵,右为鲍勃·霍曼。

文系,师从名诗人肯尼斯·柯克。毕业后他来到纽约闯天下,二十世纪七八十年代,他主持一个叫"圣马克"的诗歌计划,该计划被约翰·阿什伯里誉为"当代美国文学的主要力量"。

2002年,鲍勃在曼哈顿东村创办了博厄里诗歌俱乐部,几乎每天都有一场或数场朗诵会,这在全世界都独一无二。《纽约时报》评价道,"博厄里是个改变的信号。为了改变世界,你必须处身世界。"鲍勃平日里说话幽默风趣,这在我认识的白人诗人里甚为少见。而在我于南非写作的一首诗里,他却以间谍的形象出现。起因于头天晚上,在德班海滨的一个酒吧里,他用言语把参加诗歌节的外国诗人情绪调动起来,然后挨个亲吻女诗人,居然没遭拒绝。后来一位本地擅长演唱民谣歌曲的黑人诗人青年试图复制,却失败了。

我到纽约的当天晚上,鲍勃便领我去他的寓所小坐,就在俱乐部的楼上,是一套两居室,其中客厅的天花板是倾斜的。鲍勃那年已经63岁，比他年长8岁的夫人伊丽莎白·莫瑞是位名画家，美国艺术和科学院院士，不幸四年前患肺癌去世了。他们的两个女儿已经出嫁，目前鲍勃单身一人。我去MOMA参观时，鲍勃特意关照我去看他夫人的作品，那是一幅巨大的现代派装置艺术，几乎与公共汽车的侧面一样大。

　　到了个人朗诵会的那天晚上，鲍勃和我提前来到俱乐部，那次来了将近20位听众。我们坐在舞台中央，依次朗诵中文和英文，中场休息时，便有六七位听众买了我的英文版诗集《幽居之歌》（Song of the quiet life），那晚我们一共朗诵了十几首诗歌。这与中国的个人朗诵会不同，后者主要由朋友或听众朗诵，且往往是主办方事先安排好的。

　　翌日下午，我们转移到同在曼哈顿的美国亚裔作家协会。这次从两百多公里外的波士顿来了三位听众，她们是从我的微博上获得信息的，其中一位是浙大校友，我从前教过的学生。她们乘坐火车来，再乘坐火车回去。值得一提的是，当年夏天，我应布朗大学的邀请，在罗德岛参加一个为时两周的文化论坛，周末也去了波士顿，与她们再次相聚。

　　最有趣的是那场联合朗诵会，鲍勃曾为一位女诗人的朗诵充当模特，在舞台上摆出不同姿态。特别是那位澳大利亚诗人十分搞笑，给朗诵会增添了欢乐气氛。尽管如此，2015年冬天，两位纽约诗人安妮·华曼和温尼伯·艾略特在参加了香港诗歌节后转道杭州，他们都熟悉鲍勃，同时告诉我博厄里已更名为艺术和科学俱乐部，我不知鲍勃是如何思考和经营它的。在离开纽约前往尼加拉瓜的飞机上,我开始写诗,其中一首正是那次朗诵会的纪念。

博厄里俱乐部

七位诗人来自三个国度
依次走上了博厄里
小小的舞台中央

其中一位男士来自
澳大利亚的昆士兰州
洪水适才淹没了他的家乡

他一身黑衣头戴礼帽
慢条斯理地朗诵诗歌
幕间休息时套上一条红裙子

他抱了抱美丽的女主持
又热吻一位风度翩翩的听众
事先征询他女伴的意见

最后我们一起走上舞台
谢幕,五十位听众同时起立
鼓掌,为曼哈顿的这个夜晚

漫步曼哈顿

虽然纽约的活动安排得很紧凑,但我毕竟住在曼哈顿闹市区,仍有一些闲暇时光。有一天晚上,我去百老汇的大使剧场观看了慕名已久的音乐剧《芝加哥》。这是一部老戏,取材于1926年发生在芝加哥的真实犯罪事件。1975年被改编成音乐剧,翌年摘取了多项托尼奖。1996年,这部音乐剧重新排演,由新一代导演和演员担纲,在百老汇演出大获成功。2002年它又被改编成电影,横扫了奥斯卡奖。因此可以说它是经久不衰,我看的正是后一个版本。

音乐剧的主角是两个女人,她们有着相似的经历,甚

作者纽约诗歌朗诵会海报。

至是相似的心计，展开了为求名利的争夺战。歌舞明星维尔玛怒杀出轨丈夫，同时见证了群舞女郎罗西谋杀情人。罗西向丈夫谎称自己杀死了抢劫犯，丈夫决定帮妻子顶罪，但随即发现事实真相，他将罗西送进了监狱。在狱中，罗西听到了女囚们因为五花八门的理由谋杀丈夫或情人的故事，也包括维尔玛。看守莫顿妈妈是个贪官，在接受贿赂后，她将维尔玛的律师介绍给罗西，此君号称能帮耶稣洗清罪名。

下半场高潮迭起。因为罗西案件的巨大新闻价值，律师迅速冷落了维尔玛，他杜撰了许多故事，将罗西塑造成一个受人同情的女性，舆论无不认为她的谋杀情有可原。罗西因此成为风云人物。后来新的杀人犯出现，抢走了罗西的风光，于是她假称怀孕，再度吸引媒体关注。维尔玛眼见自己无人理睬了，却无能为力，唯有在监狱里感叹世风日下。尽管罗西被判无罪，但她还是逐渐被人遗忘，为了再度获得舆论的关注，她与维尔玛联手，两位女囚共舞，再度震撼了芝加哥。

说实话，这种美国式的闹剧对我来说并没有多少吸引力，但我愿意看到剧场里美国人的表情和反应，就像一场大学的橄榄球比赛和NBA季后赛一样。从剧场里出来，我路过时报广场，看见了大屏幕上的中国国家形象广告。有音乐家谭盾、郎朗、李云迪，歌唱家刘欢、宋祖英、谭晶，画家黄永玉、导演陈凯歌、吴宇森，科学家袁隆平，演员章子怡、范冰冰、杨丽萍、周迅、张梓琳，其他还有马云、姚明，以及杨利伟、厉以宁等。我细心地留意了一下，也只有路过的中国人才驻足留步。

更多的时间里,我喜欢独自漫步在旅店附近的街区,在那些旧墙壁、电线杆或配电箱上捕捉灵感。就在半年以前,我在乌克兰的敖德萨和克里米亚(如今已归属俄罗斯)开始了抽象摄影,在人物和风景之外找到一个新的天地,沉湎于发现人类或动物的那些有意味的表情或情感。有时候只是在方寸之间,放大以后却呈现出异样的画面。显而易见,纽约街头比我到过的其他城市有更多的文化符号和内涵。

在纽约的最后一个下午,我与鲍勃一同出席了"嚎叫"诗歌节开幕式。这是在曼哈顿的一个社区会堂,人头攒动,诗人和市民难以分辨。《嚎叫》是垮掉派诗人艾伦·金斯堡的成名作,以前我以为这些诗人主要在美国西海岸尤其是加州较有影响,这次活动让我觉得他们的影响已蔓延到东海岸,不过也主要在民间和社区。我用中英文朗诵了一首超现实主义的短诗《散步》,也算是向金斯堡致意了。开头两句是"脸向东/鼻子向西/手掌石子般/踢开"。那个下午和晚上我都非常愉快,翌日一早,我就要重返拉丁美洲了。

2015年夏天,杭州

才女们

弗里达,轻轻掐了她几下

你的身体是一个战场。

——[美国]芭芭拉·克鲁格

"随着时间的推移,弗里达·卡洛将是有史以来最伟大的女画家。"新千年的第一个夏天,我在参加麦德林诗歌节期间接受《哥伦比亚人》报记者采访时,不仅斗胆作了上述断言,还把她和仍然在世的哥伦比亚画家费尔南多·波丹罗并称为"拉美绘画双绝"(《数字和玫瑰》,340页,三联书店,2003年版)。后者在中国鲜为人知,可是每次艺术家从客居的米兰、巴黎或纽约返回祖国,哥伦比亚总统都要陪他从首都波哥大来到他的出生地麦德林。

那会儿弗里达(正如古巴人习惯以菲德尔称呼卡斯特罗一样,墨西哥人习惯以弗里达称呼卡洛)在中国的知名度也只限于画家和诗人的小圈子里,直到去年五月的威尼斯电影节,有一部叫《弗里达》的好莱坞故事片在开幕式上放映,这个名字才突然蹿红。以至于随后不久,就有一部由美国人撰写的《弗里达传记》被译成中文在上海出版。

早在1994年夏天,我就在收藏20世纪艺术最多的馆——纽约现代艺术馆(MOMA)里看到过弗里达的自画像。一般来说,我每次参观一家美术馆总是满足于发现一个画家,我会在他或她的作品前久久徘徊,而不去理会别的画家。这就像年轻时参加舞会,我总是希望遇着一位称心的舞伴并和她一直跳下去一样。那次的发现便是弗里达·卡洛。

很快我就注意到,MOMA当年印制的宣传小册子上共出现了15幅图片,包括绘画、雕塑、摄影和装置作品在内。这15幅作品中,美国本土艺术家占了9幅,欧洲画家有5幅,依次是凡·高的《星夜》、马格里特的《错误的镜子》、毕加索的《镜前的少女》、土鲁兹·劳特累克的《地上的小丑》和马蒂斯的《舞蹈》(第一版),还有一幅即是弗里达的《短头发的自画像》(1940年),而她当然也是其中唯一的女性。

弗里达·卡洛(FridaKahlo,1908—1954)是一个有着橄榄色的肌肤、鹿一样的眼睛、轻灵优美的身体和奇装异服的墨西哥女人,她的生命开始和结束在同一个地方,也即墨西哥城西南郊一个叫科伊奥坎的街区一幢蓝色的泥灰平房,如今它是弗里达·卡洛博物馆。弗里达的祖父母是来自匈牙利阿拉德市(今属罗马尼亚)的犹太人,后来移民到德意志的巴登地区,她的父亲威廉(一个典型的德国名字)就是在那里出生。

威廉患有癫痫病,19岁那年,他的母亲去世,父亲娶了一个他不喜欢的女人，他于是身无分文前往墨西哥，从此再也没有回到故乡。起初，威廉在玻璃店和珠宝店里干活，弗里达的母亲是他的续弦，她是有着西班牙和印第安血统的小美人。因为弗里达的外公从事照相业，威廉就跟着学起了摄影，后来他成为墨西哥有名的古建筑摄影师。

作为混杂了犹太、印第安、西班牙、德意志等多种血统或文化的家庭中的一员，弗里达从小就显露出一种不同寻常的个性，她在幼儿园里就劣迹斑斑。有一次因为尿裤子，阿姨把邻居家的女孩的裤子换到了她身上，这让她很不高兴，以至于后来找机会扼住女孩的脖子，直到被一个过路的面包师所救。

还有一次，她把坐在便壶上的一个同父异母姐姐推倒，结果她的姐姐和便壶一起倒翻在地。弗里达6岁患了小儿麻痹症，在床上躺了9个月，从此右腿弯曲。7岁那年，她就怂恿并协助另一个15岁的姐姐与情人私奔，12年以后，她的这个姐姐才被母亲原谅。此外，她还参加足球、拳击、角斗等项运动，并获得过游泳冠军。

可是祸不单行，18岁那年一场严重的车祸（铁条从身体的一侧刺入并从另一侧穿出）使弗里达致残，她一生动了30多次外科手术，最后截掉了一条腿。几乎是偶然的，弗里达康复期间以画画作为消遣，没想到这赋予了她真正的生命，就像亨利·马蒂斯在一次阑尾炎手术以后开始涂鸦一样。弗里达似乎从来没有真正掌握"经典"的绘画技巧，所以她在摈弃传统时更为彻底和自由。

弗里达的聪慧引导她采用纯朴的民间风格,这刚好可以掩饰其绘画经验的缺乏,后来这种原始风格,如同墨西哥鲜艳的色彩一样,成了她个性化的选择和特征。弗里达能抓住人们欲望得不到满足的饥渴,她喝起龙舌兰酒来像流浪乐手那样豪爽,她对生活讥讽的、欢闹的和黑色的幽默,越来越受当今世界上年轻人的喜爱和同行的推崇。

拉丁美洲人比较擅长于制造和传达肉体或情感折磨的孤独和痛苦,我认为这是拉丁音乐和舞蹈风靡世界的主要原因,也是"文学大爆炸"在那个神奇的大陆产生的基本前提。《只是轻轻地掐了她几下》(1935年)展现了一个血淋淋的杀人场景,这幅画取材于一则新闻报道,一个喝醉酒的男人将其女友扔在床上并刺了数十刀,后来在法庭上他为自己作了轻描淡写的辩护。

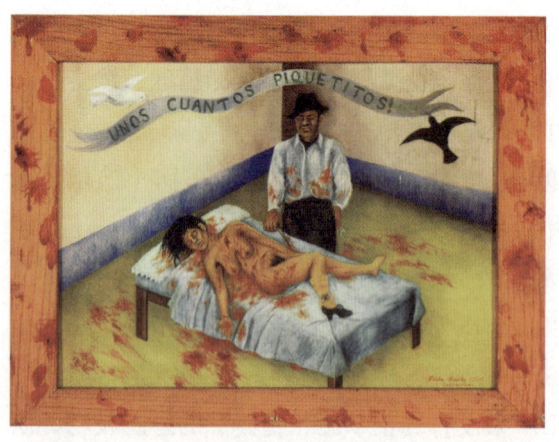

弗里达作品:只是轻轻地掐了她几下

可是，弗里达创作这幅画的真实动机却是，她发现了丈夫迪戈·里维拉与她妹妹的私情，她有苦难言，只好用这种方式排解内心的痛苦，将其投射到另一个女人的灾难上。里维拉是世界驰名的壁画家，在墨西哥的地位无人可比，他还担任过墨西哥共产党的总书记（弗里达也一度加入了共产党，最后召开会议把自己给开除了）。这个例子告诉我们，弗里达画画出于本能的需要。

作为一个女人，尤其是身体残疾性早熟的女人，弗里达对生育有着特别的迷恋，可她却不幸一次次地流产。在完成于美国汽车工业中心底特律的画作《我的出生》（1932年）中，弗里达想象了自己出生时的场景：

一条床单遮盖了女人的头和胸部，后面的墙壁上挂了一幅悲哀的圣母玛利亚。婴儿硕大的头颅出现在母亲张开的双腿之间，从布满鲜血的下沉的头以及骨瘦如柴的颈项可以判断，这是一个死婴。而从浓黑而连成一线的眉毛可以看出，这个婴孩就是画家本人。可以想象，弗里达借助《我的出生》这幅作品，既描绘了自己的出生，也暗示了自己夭折的孩子，我们甚至可以推测，这是弗里达在自己生产自己。

然而，弗里达最令人瞩目的作品是她的一系列自画像，在这些创作于不同年代，有着不同装饰物、背景和标题的自画像中，贯穿着一种痛苦和意志，一种特殊的坚韧，给人以钢铁般的力量感。最令我难忘的是那幅《破裂的脊柱》（可惜未被传记收入），作于1944年的一次手术之后。画中弗里达的身体插入了许多钉子,开裂的胸口由钢质矫形胸衣固定在一起,优美裸露的乳房,臀部被一块裹尸布一样的白布包着。

显而易见,画家运用肉体的痛苦、裸露和性来深切地表达精神上的折磨,但却没有丝毫的自我怜悯或感情脆弱,相反,她的眉宇之间透露出一种超脱于人间苦乐的气度和女皇般的高傲。据说,弗里达的有些作品是住院期间画的,每逢友人来看望,她总是谈笑风生,并不时品头论足,对现实发表刻薄的批评和富有智慧的见解。

20世纪以来,艺术家们拙于发现,纷纷在历史和虚构中寻觅灵感,弗里达却敢于把自己的生命揭露在世人面前,"我要创作一系列作品来记录自己每一年的生活场景",她做到了并取得了意想不到的效果。虽然她不愿承认,但无可否认,她的创作蕴含着超现实主义艺术的诸多因素,至少获得了这场运动的领袖安德烈·布勒东的赏识,这位法国诗人亲自撰文激赏她的作品《水之赋予我》(1938年)。

不过,在我看来,弗里达画中那些爬满昆虫的热带植物叶子更接近于幻想画家亨利·卢梭。对下意识的探索也许能使欧洲的艺术家从理性世界的呆板中解脱出来,然而,在墨西哥这个现实和梦想混杂在一起的国度,奇迹就像日常生活一样层出不穷。

爱情的炽热和失意一直是弗里达创作的主要动力,她频频寻找外遇的刺激同时又有限制地容忍或宽恕丈夫的风流韵事,或许,这是一对艺术家夫妇保持新鲜感和创造力的必要途径，嫉妒、愤恨、爱意或杀气均是催生激情的重要手段。

对我来说，仅仅弗里达的作品本身就足以让人过目难忘，最初我对她的私生活毫无所知，几年以后才在一次旅行中从一位成都女诗人口中了解点滴，直到这部传记的出笼。有时候，我们不得不承认，一个艺术家（尤其是女艺术家）的声望掺杂了许多非艺术的因素，但它们的确也是艺术（尤其是现代艺术）的组成部分（即便不是主要的组成部分），这正是艺术家与学者、科学家的区别所在。

墨西哥是面积最大、人口最多的西班牙语国家，有着表面长满黄刺的青钢色龙舌兰的无边原野。高原、沙漠、海洋和火山造就了特殊的地理环境，玛雅文明和阿兹特克文明失落在人们心中，每个人都是音乐家和舞蹈家，每个人都有享受夜生活的愿望和空闲，不仅妇女们服饰艳丽，甚至公共汽车和出租车上也涂满了五颜六色的图案。

我本人虽说只在这个国家逗留过一个晚上，可是已经深切地感受到它的活力。不过，最深刻的印象却是在加勒比海的哈瓦那获得的，几位到古巴旅行的墨西哥姑娘和我下榻在同一个饭店，我每天在大堂里遇见她们，载歌载舞直到深夜，即使在餐厅用餐，也要自娱自乐一番，这是墨西哥人的旅行方式，风景对她们来说一点也不重要，她们彩色的身体就是移动的风景。

"如果我有翅膀，还要腿做什么？"这是弗里达生命的最后一年，她的右腿被截肢后在一幅画上的题词。在她住院期间，依然坚持画画，或者在日记本里勾勒草图，其中有一幅《毒药的色彩》也许是最令她心痛的。画中弗里达在昏黄的月色下哭泣，她躺着的身体融化在大地中，变成一张树根网络。太阳在地表下面，天空中一只脱离身体的小脚边上写着这样一句话，"一切向后转，太阳和月亮，脚和弗里达。"

毫无疑问，弗里达是一个诗人，她把她的奇思妙想用在构图上。画画、写日记或服用麻醉药减缓了她的痛苦，尽管如此，在她生命的最后时刻，仍然时常因为精神失控而歇斯底里。我相信，无论是电影的拍摄还是传记的出版都是冲着弗里达一生的传奇经历，尤其是作为一个多灾多难的艳丽的女艺人的传奇经历，而不是从她作为艺术家的地位本身。中文版传记甚至在勒口上以一种三级片广告词的口吻介绍了弗里达的爱情和她那"地地道道的花花公子"丈夫迪戈。

弗里达和苏联政客托洛茨基的墨西哥式的浪漫也被肆意渲染了一番，那可能只是她对丈夫与妹妹偷情的一种下意识的报复，因为托洛茨基当时是迪戈的政治偶像。其实，托洛茨基只是历史上的一个匆匆过客，而弗里达的艺术却是永恒的，大可不必用这个糟老头来衬托。作者和编者之所以在这方面如此用心，恐怕是出于对我们这个时代和读者的一种无奈的妥协。

不过，弗里达的确是人们现在常说的那种"坏女孩艺术家"的典型，她不仅性早熟，滥交朋友，体验同性恋，甚至懂得利用性来为自己捞得好处。与此同时，对弗里达来说，性也是一种享受生活的方式，一种充满活力的刺激。正因为"坏女孩"的名声，以及可怕的病痛，使得原本坚决反对的父母最后同意她嫁给那位年长她20多岁，既丑陋又肥胖且离过两次婚的迪戈，他最主要的吸引力无疑是名望。而他们两个（一头大象和一只小鸽子），也的确是天作之合。

可是，一旦性成为艺术的表现手段之后，一切又变得严肃起来，就像概念艺术家芭芭拉·克鲁格所说的，"你的身体是一个战场"（Your body is a battle ground）。弗里达的后期作品大多描绘一些凄凉可怕的梦境，它们是她内心孤寂的外在表露，这些梦境反复出现，直到耗尽她的意志和生命。

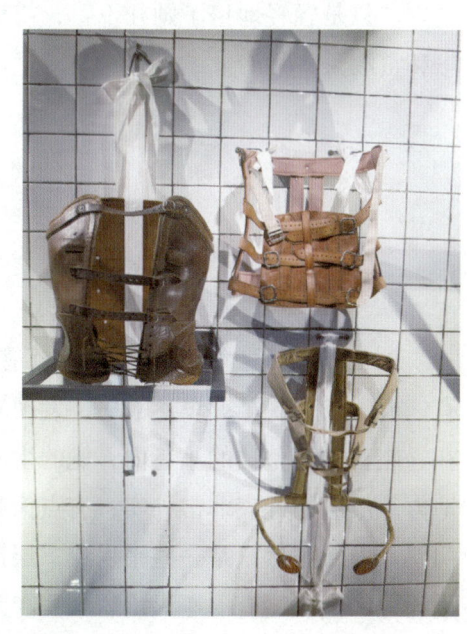

弗里达的衣帽间

如同克莱夫·贝尔所发现的,很少有伟大的艺术家过多地依赖于模特儿。对弗里达来说,她几乎不需要任何值得借鉴的参照物。每画完一幅自画像,就距离她的目标——完全表现——接近一步了。实际上,弗里达很可能把自己不同时期不同穿戴的身体当作不同地点不同季节的风景。

对于保罗·塞尚那样的先驱人物和风景大师来说,凭一个人的力量就能够激发一个时代,而对于弗里达这样的后来者,所有的付出只不过是为了拯救一个灵魂。虽然,每一代人的感性均可能产生新的形式和新的艺术,但不是所有的时代和所有的民族都能找到这样的承载者,弗里达无疑是一个幸运儿,墨西哥丰富的历史文化和艳丽无比的色彩成就了她。"只是轻轻地掐了她几下",或许,这是上帝对她的栽培和赏赐。

2004年夏天,杭州西溪

后 记

2013年秋天,笔者应邀参加了墨西哥城诗歌节。其间有一天,我参观了弗里达故居,发现它已经在市区了。那是在一座普通而整洁的小巷内,她的生命开始和结束在同一个地方。故居的外表非常朴实,有点像我们的农家小院。买好门票入内,虽然只是一些平房或二层楼房,我却发现另有一番天地,甚至还有一座火山岩堆积起来的月亮金字塔,当然是从别处挪过来的。不过,印象最深的还是卧室。

首先,我发现所有的卧房和床笫都小巧玲珑,只够"鸽子"栖息,包括那间给苏联客人托洛茨基准备的客房,无法想象"大象"躺在上面的情景。而床头的五个人物像分别是马恩列斯毛,两口子都曾是墨西哥共产党员,里维拉还当过墨共总书记,最后弗里达召集会议,自己把自己给开除了。衣帽间令人毛骨悚然,聚光灯打下来,弗里达的外套和内衣呈现其中,我看见那两副酷似胸罩的挂钩,是支撑弗里达残疾的胸部的物件。

托洛茨基出生于乌克兰南部赫尔松州的一个小村,邻近克里米亚。他是苏联的政治理论家、革命家和军事家,在列宁不在场时成功地领导了"十月革命",但他又反对在一个国家建成社会主义。列宁去世后,作为曾经的"三巨头"之一的他被迫流亡,被斯大林三次缺席判处死刑。到墨西哥后起初住在弗里达家里,后因为两人有染搬到附近的一个地方。1940年,他被斯大林派来的间谍用冰斧残忍地凿开后脑……

伊丽莎白·毕晓普：诗歌与旅行

> 少即是多
>
> ——［爱尔兰］希尼

一

1979年10月6日，20世纪美国最富传奇色彩的女诗人伊丽莎白·毕晓普在波士顿的海滨寓所里溘然长逝，结束了她浪迹天涯的一生。三年后，毕晓普的诗歌全集即在纽约和伦敦两地同时面世，而中年即逝的纽约派诗人领袖弗兰克·奥哈拉的诗歌全集则在他死后30年才得以出版。我提到这一点并不想暗示毕晓普当时的诗歌地位有多高，而是想说明她的写作数量实在太少了，收集起来比较容易。在这个意义上，毕晓普很像她所欣赏的英国前辈诗人吉拉尔德·霍普金斯。

1911年2月11日，毕晓普紧随着新英格兰一场罕见的暴风雪降生在马萨诸塞州的第二大城市伍斯特，当年身患阵发性抑郁症的父亲就病故了,母亲随后进了精神病院。虽然祖父拥有万贯家产,包括美东最大的一家建筑公司,毕晓普却是在加拿大新斯科舍省的外祖母和波士顿的姨母轮流抚养下长大,她从哈得逊河畔的瓦萨女子学院毕业后,即开始了一生的漫游和流浪,先后在纽约、基韦斯特、华盛顿、西雅图、旧金山和波士顿定居。或许是出于天性,20岁刚过的毕晓普就适应了迁移的生活,她在《地图》一诗中写道:

地理学并无任何偏爱,
北方和西方离得一样近。

这首诗被置于毕晓普多种诗集的开头,令诗人终生着迷的是地理和旅行,而不是历史,她曾数十次在加拿大、美

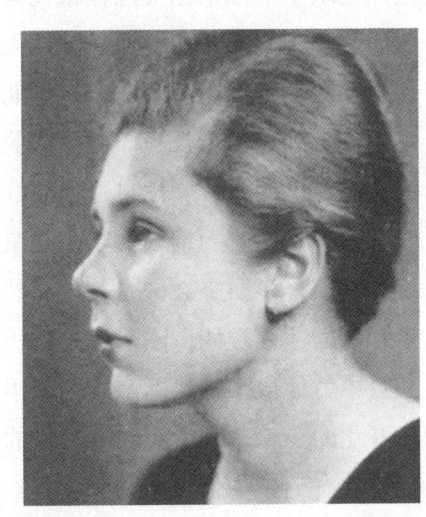

学生时代的
毕晓普(1934)

国和拉丁美洲之间南来北往，或者横渡大西洋去欧洲。毕晓普每一部诗集的名字，《北方和南方》《旅行问题》或《地理之三》都与旅行有关，这不能说只是一种巧合。从50年代初开始，毕晓普干脆定居巴西，前后长达18年，她在当时的首都里约热内卢和两座山区小镇佩德罗波利斯、欧罗·普莱托生活、写作，度过了自认为一生最幸福的时光，她和她的巴西情人洛卡居住过的房子如今已成为各国游客观光的景点（这使我想到法国后印象派画家保罗·高更和他的塔希提岛）。

二

就在伊丽莎白·毕晓普去世的同一年，大西洋彼岸的法国首映了一部根据英国作家托马斯·哈代的小说改编的电影《苔丝》，影片的导演是波兰人罗曼·波兰斯基，苔丝由初上银幕的德国少女娜塔莎·金斯基扮演。我很荣幸地在第二年就看到这部影片，印象最深的是临近尾声的一句台词，"又梦见巴西啦？"出自那位诱奸苔丝姑娘的少爷之口。此时苔丝仍然爱着的情人安吉尔结束了在南美的多年游荡，刚好在那天早晨回来找她。苔丝突然萌生了杀意，她在与安吉尔私奔的途中被捕，随后被处以极刑。从那以后，巴西在我心目中就便成了神秘国度的同义语。不过，我那时尚且是个未开化的少年，既没有获得写作的灵感，也没有读过一首现代诗歌。

20世纪90年代，我有幸两次赴美国访问，在加利福尼亚中部一所大学的图书馆，我借阅了几盘介绍美国诗人生平的录像带，其中就有伊丽莎白·毕晓普，我对她的经历尤其是旅行产生了浓厚的兴趣，这反过来让我重新阅读她的诗歌。后来，我用两个夏天游历了北美，先是坐灰狗和火车，接着又亲自驾车，有意无意地抵达了毕晓普生活过的每一座城市。在一首即兴创作的短诗中，我这样写道：

> 我去过我向往的城市和风景，
> 在夜的皱褶里我梦见过巴西。

可是，就在我准备动身去南美时，却意外地受挫。或许正是因为这一点，才促使我最后下决心写一部关于伊丽莎白·毕晓普的书，以弥补未能在本世纪去巴西的遗憾。

通过对毕晓普的作品和身世的深入了解，我逐渐发现，诗人的生活是如何被不幸的童年和严重的哮喘病所困扰。不过，正如她回复年轻的安妮·塞克斯顿信中所坦言的，"尽管我拥有'不幸的童年'这份奖品，它哀伤得几乎可以收进教科书，但不要以为我沉溺其中。"与此同时，毕晓普发现旅行和写作是解脱痛苦最好的精神避难所，她的诗歌题材也因此变得广泛多样。毕晓普的一生，由于疾病、酗酒和情场失意等原因造成了写作的迟缓，旅行越来越成为她的一种需要，她生命的一部分，在晚年的一次远足中，她孑然一身，萍踪无定地进行探索（《旅行问题》）：

是因为缺乏想象力才使我们离家
远行,来到这个梦一样的地方?

三

毕晓普的诗歌既接受了从赫伯特·里德到威廉·华兹华斯的抒情传统,又吸收了现代主义的养料,她在大学时期就结识了T.S.艾略特和玛丽安娜·莫尔,与莫尔的友谊更被传为文坛佳话。两个年纪相差20多岁的女人虽然在性格、诗风、地位和生活态度诸方面截然有别,却在第一次晤面时意味相投,她们对怪癖、样式奇特的事物有着共同的爱好,两人都喜欢逛动物园,看马戏表演,了解文身的知识。毕晓普十分重视客观事物,这使人联想起那些优秀的超现实主义画家,也使她接近华莱士·斯蒂文斯,但两者的出发点不同,毕晓普更为朴素、谦逊和好奇,这一点倒与罗伯特·弗罗斯特一致,她的敏捷、仁慈和准确无误使她的诗歌既快乐又蒙上一层不可言说的哀伤。

毕晓普的诗歌通常开始于观察,无论一种生物、一处风景还是日常生活都有独到的发现,这方面的导师是查尔斯·达尔文,她曾到伦敦郊外和太平洋的科隆群岛寻访生物学家的踪迹。毕晓普用一种安详的笔触获得了自然的话语和声调,喜欢细节描写是她的天性。兰德·贾雷尔曾说,"她的诗写在这句话的底下,我都看见了。"爱尔兰诗人谢默斯·希尼在《舌头的管辖》里称赞她是最缄默和文雅的诗人，说她通常把自己局限于一种调子，而不会去干扰陌生人在一座海滨酒店用早餐时那种谨慎的低声谈话。

毕晓普的诗歌构思严谨，表面上传统，却能产生令人惶惑的奇特效果，莫尔小姐在她身上发现了"一种闪烁无定的随意"，墨西哥诗人奥克塔维奥·帕斯在《批评的激情》中称之为"幻想的现实主义"，他认为毕晓普身上具有波德莱尔热爱的品质——反常，还说她的眼睛是一位奇思异想的画家的眼睛。罗伯特·洛厄尔接受《巴黎评论》采访时也赞扬说，"毕晓普找到了一个世界，她很少写没有探索意义的诗。"这是毕晓普写作较慢的原因之一，她总是把诗稿钉在墙上，然后填进更合适的文字，洛厄尔将这段轶事写进了他的诗歌《随笔》：

> 你是否仍将词句挂在空中
> 十年也不完美？

毕晓普的目的是对平凡琐事不断进行超现实的探索，使它们在清醒的世界变得不真实，从而取得意味深长寓言般的效果。要做到这一点并不容易，毕晓普依赖的是一种强烈的音乐节奏、复杂的想象力和洞察力，她的诗歌中呈现出来的某种男性气质使得大多数女诗人望尘莫及。洛厄尔常在波士顿大学的写作课上提到毕晓普的作品，可他的两位高足西尔维娅·普拉斯和安妮·塞克斯顿似乎不为所动，唯有50年代出生的尤莉·格雷厄姆和加拿大的玛格丽特·阿特伍德例外。据洛厄尔的一名学生回忆,他曾把毕晓普列为有史以来最杰出的四位女诗人之一,想必指的是英语世界,那么另外三位是谁呢?布朗宁夫人、爱米莉·迪金森、伊迪丝·西特韦尔抑或玛丽安娜·莫尔?

四

与诗歌中的节制和精确截然相反,毕晓普的私生活放浪无羁,她的机智、幽默、恰到好处的愤世嫉俗和脉脉含情非常诱人。毕晓普和迪金森、莫尔一样终生未嫁,却不像她们过着苦行僧的生活,她一直把生活看得比写作重要。毕

洛厄尔和毕晓普在巴西

晓普有过五位同性恋伴侣，其中两位比她年轻近30岁，另有两位情人为她自杀，但她厌恶爱伦·金斯堡那样的宣泄狂；她是位病理学上的酒徒，同时是个出色的厨师，其他家务则由女友操持。毕晓普和小她六岁的洛厄尔毕生相爱，却充分意识到两个诗人在一起生活的后果，这一点她比普拉斯明智，后者因为与英国诗人特德·休斯的婚姻破裂导致精神崩溃。

毕晓普的诗歌和小说大多在《纽约客》上刊登过，这家杂志和她签有长期的首选合约。虽然她的诗歌全集只有两百来页，却得到了数十项形形色色的奖励和荣誉，其中《北方和南方：一个寒冷的春天》获得普利策诗歌奖（1956年），《诗合集》获得全国图书奖（1970年），《地理之三》获得全国图书批评家奖（1977年）。她的小说（还有翻译和绘画，均有作品集问世），是她的诗歌的有益补充，代表作《在村庄里》曾获得《党派评论》小说奖。此外，毕晓普担任过国会图书馆诗歌顾问，还获得Neustadt国际文学奖，巴西总统勋章和美、加多所大学的荣誉博士学位。晚年毕晓普当选为美国文学和艺术学院院士，出于谋生的需要，她返回故乡马萨诸塞，在哈佛大学教书。

毕晓普以罕见的意志力为我们的时代奉献出一首首美妙的诗歌，她的幻想翱翔在现实和超现实之间的天空，每一次写作都意味着冒险和付出代价。毕晓普的早期作品《人蛾》包含了一整个新的世界，她从中分享到一种深度的逃避：

若你逮住他
举起手电照他的眼睛。里面全是黑瞳仁,
自成一个夜晚,他瞪着你看,那毛刺的
天边紧缩,而后闭上双目。从他的眼里
滴出一颗泪,他仅有的财产,像蜜蜂的刺。
他隐秘地用手掌接住,如果你没有留意
他会吞下它。但如果你发现了,就交给你,
清凉宜人犹如地下的泉水,纯净可饮。

五

法国数学家、思想家布莱斯·帕斯卡尔认为,"几乎所有灾难的发生都是因为我们没有老老实实地待在自己的屋子里。"这句话曾经被他的同胞诗人查理·波德莱尔引用到散文集《巴黎的忧郁》里面,但毕晓普不以为然,"帕斯卡尔或许不完全正确"。对毕晓普来说,一张地图可以提供给她一次完整的神游经验:

我们能够抚摸这些迷人的海湾,
在玻璃镜下面看上去快要开花了,
又像是一只笼盛放着不可见的鱼。

然而,毕晓普最初的旅行或迁移并不令人愉快,六岁那年,祖父母亲自到新斯科舍接她回美国,在返回马萨诸塞的火车上,她感觉自己像是被绑架似的。当她开始在伍斯特上小学,每逢要向星条旗举手敬礼时,总觉得自己背叛了加拿大。从被迫迁移到喜欢流浪、漂泊的生活,诗歌无疑起了关键作用,反过来,旅行也是她写作的主要源泉。对大多数诗人和普通人来说,旅行只是一种爱好和愿望,唯有毕晓普倾其毕生心血,记录她旅行的所见所闻,并提升到前所未有的高度。在整个20世纪,或许只有波兰出生的英国小说家约瑟夫·康拉德可以与之媲美。记得在一架国际航班上,一位法国海员曾经提醒我,康拉德是全世界被水手们阅读得最多的作家。

有一年夏天,毕晓普主动要求和洛卡的一位朋友结伴去游亚马逊河。起初,那位朋友颇有顾虑,担心诗人摇摆不定的情绪,没想到出发以后她就换了个样,变得那样随和,容易相处。毫无疑问,大自然唤起了她的童心,旅行使她的灵魂得以安逸。还有一次,小说家阿尔都斯·赫胥黎夫妇来访,在毕晓普眼里,这位慈祥的英国老头把自己束缚在渊博的知识里,他想给人留下和蔼可亲的印象,却未必能够奏效;然而,他的小说对地理的依赖却让诗人获得共鸣,在一番深入地交谈之后,她决定抽出几个星期的时间,陪伴客人游览巴西西部的印第安人居住区。

直到因脑动脉瘤破裂猝死那年,毕晓普仍身体力行地徜徉在自然中,或许是考虑到总有一天自己会走不动,诗人对最后一个家进行了精心的设计和安排,以便足不出户就能面对世界。从她的阳台上可以俯瞰整个波士顿湾,以及童年和姨母住过的两处地方；客厅里竖立着一面巨大的威尼斯镜子和一只装着彩色小泥人的玻璃柜子，这些小玩意是法国南方人用来装饰圣诞马槽的；墙壁上挂着两件船首和鸟笼的雕刻，还有巴西人用来祈祷病人康复的头像，是用生长在热带雨林中的白塞木做成的；卧室里有一支木桨，上面镂刻着一面巴西国旗，那是她漂流亚马逊河最好的纪念品。正如批评家海伦·文德勒指出的，参观毕晓普的寓所犹如阅读她的一首诗，每个细节都非常别致考究。

六

自从处女诗集《北方和南方》（1956年）问世后，毕晓普在美国诗坛的地位即已经建立起来，她那"梦幻般敏捷"的诗歌感动了三代读者，包括约翰·阿什伯里、詹姆斯·梅利尔、马克·斯特兰德、C.K.威廉斯和尤莉·格雷厄姆等风格迥异的诗人都承认毕晓普对他们有着主要的影响，甚至同时代的罗伯特·洛厄尔也从她的作品里受益匪浅并对她推崇备至，兰德·贾雷尔在一次演讲中引用了洛厄尔的评价，称她是他们那一代最杰出的诗人。

虽然如此，由于前有玛丽安娜·莫尔和希尔达·杜立特尔（欣赏她们的同代诗人艾略特和庞德的名望超过了洛厄尔和贾雷尔），后有西尔维娅·普拉斯和安妮·塞克斯顿（她们的自我剖析尤其是对死亡的谋划和提前实现使其诗歌地位飙升），再加上毕晓普本人的羞怯、缄默（多次拒绝参加女诗人选集和同性恋游行），长期远离文学中心，作品数量少得可怜，灵魂又"躲在她的文字背后"（小说家玛丽·麦卡锡语），她没有引起足够的重视。以至于在太平洋西岸的中国，翻译家和批评家们会轻视她，诗人的作品和知名度限于小范围的圈子里（这些人对她倍加珍惜）。

进入20世纪90年代以后，随着毕晓普当年的崇拜者阿什伯里、梅利尔和斯特兰德逐渐成为英语世界的顶尖诗人，美国当代最权威的批评家哈罗德·布鲁姆和海伦·文德勒对她激赏不已，特别是她的两位生前好友和推崇者——奥克塔维奥·帕斯和谢默斯·希尼（分别写有《伊丽莎白·毕晓普：缄默的权利》和《数到一百：论伊丽莎白·毕晓普》）先后荣获诺贝尔文学奖，毕晓普的诗歌地位和声望也日隆，她甚至"证明了少即是多"（希尼语）。在毕晓普去世20年后的今天，她终于被确认为是继艾米莉·狄金森、玛丽安娜·莫尔之后美国最重要的女诗人，并被牢固地安置在爱默生和惠特曼开创的传统中。

有一次我在探访波士顿之后，曾开车途经伍斯特（诗人的骨灰安放在她的家族墓地里），目睹一辆汽车从后视镜里消失，忽然联想起毕晓普诗歌中的美，绝不是精巧和对称一类，也并非痛苦和裸露一类，而是像江河的支流、高远的飞鸟和夜晚的萤虫那样蓦然显现。可以告慰诗人的是，她在《旅行问题》中表达的疑虑：

　　哦，我们是否必须梦着我们的梦

并且将这些梦留存?

　　这些已经被部分消除,毕晓普的梦连同她的作品一起留在热爱生活和诗歌的人们心中。

1999年9月,杭州西溪

皮扎尼克：失眠的女人

> 我无言的躯体
> 急切地打开
> 朝向露水的娇嫩
>
> ——皮扎尼克《情人》

　　自从在台伯河岸边的一座小村庄发迹以来，拉丁民族不断在欧洲蔓延，向西至大西洋边的罗卡角，向东至黑海之滨的多瑙河三角洲，衍生出意大利语、法语、西班牙语、葡萄牙语和罗马尼亚语。而随着新大陆的发现，他们又拓展到了美洲的南方。这个载歌载舞的民族，在每个时期都不乏文学巨人和艺术大师，他们与如今那些无时不在绿茵场上闪耀的足球明星一样，在中国拥有不计其数的欣赏者。

　　可是，拉丁民族中的女作家却只有男性化的法国人乔治桑有着世界性的影响。而在中国有较高知名度的外国女诗人中，几乎清一色出自英美或苏俄，最多加上一个用瑞典语写作的芬兰人索德朗格。在新千年的两次远游中，我意外地发现了一位极其重要而又有传奇经历的阿根廷女诗人——皮扎尼克，她与墨西哥女画家弗里达·卡诺堪称"拉美双绝"。

1936年4月29日，阿莱杭德娜·皮扎尼克出生在布宜诺斯艾利斯的一个东欧移民家庭，她的父系来自一个波兰（今属乌克兰）的俄罗斯犹太家庭。在皮扎尼克出世前两年，她的双亲乘坐一艘国籍不明的货船，横渡大西洋来到拉普拉塔河边。诚然，皮扎尼克身上并未流淌着拉丁民族的血液，却是用纯粹的西班牙语写作的。她在阿根廷长大，念完大学以后，再去巴黎的索邦大学留学……

云中漫步的女生

1954年9月，南半球的又一个春天到了，皮扎尼克上大学了。据一位当年与她一起入学的邻居回忆，皮扎尼克在从家里出发去学校的路上兴奋不已，不断地和同伴谈论着法国文学，普鲁斯特、纪德、克罗代尔和超现实主义，此外，她也提到乔伊斯和克尔凯郭尔，这些熠熠生辉的名字始终让她割舍不下。出于渴望阅读原著的动力，皮扎尼克学习法语特别用功并富有成效，大学二年级她便亲自动手，翻译了布勒东和艾吕雅的诗歌。

不过，依照皮扎尼克的美学趣味，还是超现实主义诗人们最让她感到可亲，后来她在巴黎与他们有了亲身接触。这个有着绿色大眼睛的女孩与老师和同学相处得不错，无数个星期六的夜晚，伙伴们聚集在皮扎尼克家里，研读那些法国文学大师的作品，由于父母的宽容，他们可以讨论直到深夜任何时候，还有威士忌供应，仿佛他们置身于巴黎。

南美洲的街区（barrio）分得很细，这是仅次于市一级的行政单位。布宜诺斯艾利斯有40多个街区，因此比中国城市里的区要小，但比街道居委会管辖的范围要大。皮扎尼克的家依然在桦树区，通过该街区的"艺术之家"，她认识了住在同一街区的著名作家安东尼奥·波契亚。波契亚比皮扎尼克大整整50岁，他出生在意大利南方，幼年丧父，15岁时随母亲和四个兄弟姐妹一起移居阿根廷，而他的兄长则永远留在了故乡。

为了帮助养活全家，波契亚拼命在港口和印刷厂工作，几乎是从日常生活的经验和观察中，本能地出现了跳跃的词语，最终变成了一行行文字。他唯一的出版物《遗忘的声音》深受各国诗人的喜爱，他们相互交流，分析作品，在皮扎尼克的代表作《工作和夜晚》里收有一首献给波契亚的诗，标题就叫《伟大的词语》。

在皮扎尼克的大学时代，她还认识了堪称她文学之母的女诗人奥尔加·奥洛斯科。奥洛斯科出生在潘帕斯草原上的一个小镇Toay，在大西洋边的布兰卡港长大到16岁，然后随父母迁居首都，那一年正好皮扎尼克出生。因此后来奥洛斯科喜欢和人开玩笑说，她和皮扎尼克是同一年来到布宜诺斯艾利斯的。在奥洛斯科长达50多年的写作生涯里，出版了20多部个人诗集，并赢得过多项国家级大奖。

阿根廷诗人皮扎尼克

奥洛斯科的诗有着鲜明的超现实主义烙印,有着一种不安的寂静,这一点与皮扎尼克比较接近。奥罗斯科在我抵达阿根廷的前一年去世,生前也曾参加过罗莎里奥诗歌节。在我看来,奥洛斯科在20世纪阿根廷文学史上的地位相当于美国女诗人玛丽安娜·莫尔,而她和皮扎尼克的友谊维持了一生,就如同莫尔小姐和年轻一代的诗人毕晓普一样。皮扎尼克22岁时写过一首献给奥洛斯科的诗《时间》,这首短诗的最后两行写道:

　　我的童年和您的香水
　　都喜欢爱抚的小鸟

能与这样两位高水平的诗人交往,皮扎尼克的起点着实不低,她并不是某些人眼里的那种有着青春期骚动的年轻人。事实上,一直存在着两个皮扎尼克。一个是好动的,在现实面前无所畏惧甚至有些放肆，常常在大众媒体上发表犀利的文字；另一个却是安静的，当她直接面对文学世界，她的呼吸会变得缓慢，把好奇的发现转变成一首首诗歌。1955年，20岁的三年级大学生皮扎尼克出版了她的处女诗集《最后的天真》，艾利亚斯支付了所有印刷费用。这本诗集的第一首诗叫《拯救》，末尾一句是这样写的：

> 少女戴上永恒的面具
> 进入了如诗的境界

这无疑是皮扎尼克个人的真实写照，她虽然那么年轻，但已经意识到这个世界的不真实性。

初到巴黎的美好

自从青春期开始以来，巴黎便是皮扎尼克梦中向往的地方。巴黎不仅有着迷人的风光，也是众多令她心仪的诗人和作家居住的城市。皮扎尼克大学毕业时，已经出版了两本小书，除了《最后的天真》以外，还有一本诗集《遗忘的奇遇》（1958年），《时间》一诗便收入其中。这两本诗集的反响相当不错，皮扎尼克初步建立起了诗人的声誉。

在南美诸国，中产阶级向来有送子女到马德里、里斯本或巴黎留学的风气（这种风气一直延续至今，接近于所谓的"教育旅行"，只不过后来添加了一个可以选择的目的地——美国，那更像是一种"语言旅行"），加上皮扎尼克的双亲本来就来自欧洲，自从26年前移民新大陆之后两人再也没有回去过，又有一个伯伯居住在巴黎，可以在生活上给予照应。因此，当皮扎尼克提出要去巴黎留学时，他们欣然同意了。

1960年秋天的一个早晨，皮扎尼克乘坐一艘客船从布宜诺斯艾利斯港出发，开始了她梦寐以求的横渡大西洋的旅行，那也是那个年代大多数南美知识分子要走的路线。相比之下，皮扎尼克选择的航路与前辈诗人博尔赫斯和聂鲁达有所不同。博尔赫斯和家人一起，首先抵达伦敦（他的祖母是英国人），然后才渡过英吉利海峡到巴黎，而他们真正的目的地是日内瓦（父亲要在那里治疗眼疾）。

聂鲁达是智利人，他先要坐火车横穿整个美洲大陆到达布宜诺斯艾利斯，再从那里坐船去里斯本，然后乘坐火车经由马德里到达巴黎，那一定是他故意绕弯了，因为他最后的目的地是缅甸的仰光，只需要从地中海滨的马赛港出发。根据聂鲁达的自传记载，他乘坐的德国轮船曾停靠巴西的里约热内卢港；博尔赫斯写有一首诗《达喀尔》，或许他乘坐的轮船停靠过非洲的塞内加尔。而皮扎尼克的轮船有无停靠站我就毫不知情了，通常女性乘客缺乏地理概念，她留下的文字里也未提及。不过有一点可以肯定，她抵达的法国港口并非早年中国留学生必到的马赛。

那是在破晓时分，乘客陆续醒来，显得迟缓和疲惫，然后他们开始收拾好行李，早早地来到甲板上。在雾中皮扎尼克第一次看见了法国（也是欧洲）的海岸线，轮船到达的是塞纳河的入海处——诺曼底的勒阿弗尔港，准确地说，隶属于上诺曼底区的滨海塞纳省。在第二次大战以前，勒阿弗尔是从北美和南美到巴黎的航船抵达的主要港口，就像亚洲和北非的船只首先抵达马赛一样。

即便在今天，位于英吉利海峡的勒阿弗尔仍是法国仅次于马赛的第二大港，有通往英国和爱尔兰的定期航线。值得一提的是，当年德军入侵安特卫普之后，比利时政府曾一度南迁至此。对皮扎尼克来说，勒阿弗尔不只是巴黎的外港，也正是从这个港口，她的父母（还有母亲肚子里的姐姐）匆匆登上了去阿根廷的一艘货船。稍事休息，她和其他乘客一样，换乘吃水较浅的客船，沿着塞纳河去往巴黎。

巴黎最初给皮扎尼克的印象非常美好，她时常一个人或与朋友一起在塞纳河边徜徉，或到卢浮宫或其他美术馆消磨时光。说起艺术，她在大学时便师从一位名师学画，并一直坚持创作，她的画作受到超现实主义的影响，尤其是瑞士画家保尔·克利，后者倾向于客观世界可以识辨的形体，例如飞鸟和鱼、树木和人体，以及远乡的风光。与出版过画册的美国女诗人毕晓普相比，皮扎尼克的绘画无疑更为抽象和现代。在抵达巴黎两年后出版的小册子《戴安娜之树》里有一首诗就叫《克利的一幅画》，在另一首献给西班牙画家戈雅的诗中，皮扎尼克这样写道：

皮扎尼克自画像

黑夜里的一个窟窿
突然间被一位天使闯入

诗中的那位天使既可以是戈雅画中的，也可以是皮扎尼克本人。无论如何，诗人当时愉快美好的心情显露无遗。

拉丁前辈的呵护

巴黎从来都是人文荟萃，云集了世界各地来的作家和艺术家，对拉丁美洲各国人民来说吸引力尤甚。究其原因，法国与阿根廷、墨西哥这些拉美国家有一种天然的亲近感，它们属于同一个拉丁语系。在拉丁民族这个大家庭里，老二意大利个性鲜明,才华出众且独往独来;老小罗马尼亚从小被过继给斯拉夫民族;老三西班牙和老四葡萄牙子女众多,却不尽责;唯有长子法兰西享有威望,照顾和影响着弟妹们的后代。

皮扎尼克在郊外的伯父家里小住一段时间以后,搬到了市中心靠近圣米歇尔广场的一座公寓。她在索邦大学选修了几门课程,同时很快结交到了一批来自拉美的志同道合的朋友,包括墨西哥诗人帕斯和阿根廷小说家科萨塔尔。值得一提的是,其时与皮扎尼克年龄相对接近的哥伦比亚作家加西亚·马尔克斯刚刚返回南美,他和皮扎尼克一样,不经意在巴黎逗留了四年。

1914年,奥克塔维奥·帕斯出生在墨西哥城的一个知识分子家庭,早年就读于墨西哥大学期间开始文学创作,

巴黎时期的皮扎尼克

1937年经聂鲁达推荐到马德里参加世界反法西斯作家代表大会，此后来到巴黎，参加超现实主义运动。40年代他作为外交官出使法国、瑞士、日本和印度等国，60年代初再度来到巴黎，担任墨西哥大使馆的文化参赞，直到两年后出任驻印度大使。

帕斯当时的太太叫艾莱娜·伽罗（Elena·Garro），并非北岛见到并在其散文集《失败之书》里展示过玉照的那位法国女人玛丽·何塞（Marie·Jose）。皮扎尼克和帕斯夫妇一见如故，他们不断相聚在饭店或朋友家里，这类聚会通常进行到深夜，逐渐形成了以帕斯为核心的小团体。

有时他们也举办以巴黎为主题的绘画或诗歌展，来的人眼花缭乱，有拉美各国的文人、学者和外交官，以及他们的亲朋好友。根据一位曾担任驻阿根廷大使馆文化参赞的女士回忆，她是在自己家里举办的一次聚会上认识皮扎尼克的，陪同她来的是一位热爱她诗歌的小说作者。这位女士认为皮扎尼克个性活泼，风趣幽默，有一对让人羡慕的绿眼睛，让人怀疑她有阿拉伯血统。

帕斯非常欣赏皮扎尼克的诗歌和写作才华，亲自为她的诗集《戴安娜之树》作序，并赞叹她的诗歌是混合了情欲的失眠和冥想的清醒之后的词语的结晶体。皮扎尼克也赠送了一首诗给帕斯，"在河流的那一边坐落着紫丁香的花园/如果有人问起你的心何在，答案将是：/不在这里，而在那里，在河流的那一边。"在这里我想作一个简单的推测，这条河流正是塞纳河，皮扎尼克当时住在左岸，而墨西哥使馆是在右岸。

1968年,帕斯在墨西哥城奥运会期间,因为抗议政府镇压学生愤而辞职。他和皮扎尼克在巴黎共处的时间只有两年,相比之下,另一位与帕斯同年出生的阿根廷小说家胡里奥·科塔萨尔早在1951年就移居巴黎了,他在写作和生活的各个方面都对皮扎尼克有很多帮助。科塔萨尔出生在布鲁塞尔,父母都是阿根廷人,他在阿根廷接受了完整的教育,而后担任中学老师并从事文学翻译。作为拉美"文学大爆炸"的主将之一,他的代表作包括有两种阅读方式的开放式长篇小说《跳房子》。

值得一提的是,科塔萨尔二十岁出头便与大文豪博尔赫斯过从甚密,被人视为后者最得意的弟子,两人曾共同编辑《幻想文学作品选集》。或许为了避免某种不必要的尴尬,科塔萨尔承认在学识方面从博尔赫斯获益匪浅的同时试图澄清:"如果说到博尔赫斯的创作和意图的话,我很早就和他相去甚远。"他并指出,"博尔赫斯给人的伟大教益是他的严谨,而不是他的主题。"

当然,也有批评家出来支持这一观点,博尔赫斯"从根本上说是怀疑论者,不过他相信一切理论的美",而科塔萨尔却满怀希望,把他的怀疑论留给了理论。"当博尔赫斯通过不可知论中向他的美学逃逸时,科塔萨尔却在现实的弯道上、在人的心灵的角落里、在意识的疲劳中不屈不挠地寻找。"相比之下,科塔萨尔对皮扎尼克的感情毫无保留,他曾在一篇文章里,津津乐道她所使用的奢华的纸和铅笔,而在一首献给皮扎尼克的激情奔放的诗中，又把她的突然出现比喻成引人致幻的宝石。

一席流动的飨宴

对于我们这些从未见过皮扎尼克和科塔萨尔的人来说，是无法了解他们之间的深厚感情的，两人相差二十多岁，一个写简短的诗歌，另一个写长篇小说，却有着内心深处的那种知性的一致。一位与皮扎尼克一起乘船来巴黎的阿根廷人亲眼所见，科塔萨尔有一次去波士顿参加一个笔会，特意到文具店为皮扎尼克选购笔记簿，那是一种黑封皮的、内部是纯白的纸张。那时，她在索邦大学学习法国宗教和文学史，还是一位清纯的大学生。

在写诗、参与编辑杂志、与拉丁文人交往的同时，皮扎尼克也结识了一些法国诗人，包括超现实主义领袖安德烈·布勒东。从大学时代开始，皮扎尼克就翻译过布勒东和他的战友艾吕雅的诗歌，如今他已处于生命的暮年。来到巴黎后，皮扎尼克又喜欢上阿尔托、米肖、塞泽尔和博纳夫瓦的诗作，并着手翻译。与布勒东同年出生的阿尔托多才多艺，不仅是诗人和作家，也是演员和剧院创建者。他的见解对后辈剧作家如让·热内、尤内斯库和贝克特的荒诞派戏剧影响重大，也是皮扎尼克精神上的父亲之一。

遗憾的是，阿尔托终生被精神疾病折磨，曾数度被送进精神病院，在皮扎尼克来巴黎之前十二年便已谢世。需要补充的是，阿尔托也是超现实主义的理论家，后来因为布勒东加入共产党才愤而与之脱离关系，从此以后，他把精力投入到戏剧和电影表演，并亲自创建了一所剧院。从皮扎尼克所翻译的诗人名单可以看出，还是超现实主义最让她感到可亲，这种从她少女时代起就注入头脑和身体的新鲜感和影响力在她与那些主要代表诗人的亲身接触中丝毫没有减少。

　　超现实主义的革命性贡献并非自动写作，而是那种把生活转化成诗歌的激进姿态，是对布尔乔亚僵化的社会习俗的挑战，打开了潜意识和梦的大门。这一极度、虚幻的自由指引他们抵达了"超现实"的炽热时刻，取消了主体和客体、内部和外部、生活和诗歌的距离。这种自由既为皮扎尼克提供了一种理想的美学图景，同时也诱导了她的青春期反习俗的个性。

　　不过，对皮扎尼克来说，更多的时候，巴黎是一艘失控的船只，一块与外部世界隔离的土地，皮扎尼克在这个孤独的领地里自由栽种，有时一整天不吃饭不外出，关在屋子里写作或阅读，直到天明。在那些漫长的周末或一个人关在小屋子里的失眠的夜晚，她是那样的孤独。那段时间她除了大量地阅读以外，就是写诗、散文和日记。陪伴皮扎尼克后半生的失眠症大概是从那个时候开始的，幸好那时皮扎尼克住在巴黎的中心圣日耳曼区，靠近圣米歇尔广场。

　　在我的记忆里，圣米歇尔广场附近的街道和店铺令人着迷。令皮扎尼克难忘的是一家叫花儿的咖啡店，正是在这家咖啡店里，她被一双美丽的蓝眼睛给迷住了，那双眼睛归一位叫乔治·巴特勒的年轻画家所有。他们时常在塞纳河畔徜徉到黄昏，或到卢浮宫或其他美术馆消磨时光，可惜好景不长。在我看来，那种孤独和情侣交相陪伴的生活是艺术家最需要的，也是最富有激情的，可以说是一种近乎完美的生活。皮扎尼克后来承认，她在巴黎度过了一生最幸福的时光。

在皮扎尼克的朋友中，流传着她的一句口头禅：unjoven sellísimo，意思是：一个绚烂的年轻人，这通常被用来指那些对她来说有吸引力的男孩。从这一点我们不难看出，她当时的心态是比较开放的。另一方面，从她留下的为数不多的照片来看，皮扎尼克并不属于美女这个范畴，这从她的朋友的评价也可以看出，可是一旦当你与她接触和交流，领略到她的才智和目光之后，你就会被她深深地吸引住。

关于皮扎尼克巴黎时期的爱情和性生活，我们无法细致地了解，这里我想抄录她在巴黎期间写的一首小诗：

    一枚鲜艳的花朵
    离黑夜不远
    我无言的躯体
    急切地打开
    朝向露水的娇嫩
      ——《情人》

20世纪50年代，旅居巴黎的欧内斯特·海明威在写给友人的信中说，"如果你够幸运，年轻时在巴黎待过，那么它将永远跟随着你，因为巴黎是一席流动的飨宴。"

重返阿根廷

1964年，皮扎尼克返回了阔别四年之久的布宜诺斯艾利斯，与巴黎活跃的先锋派艺术气氛相比，她的故乡更像是一个布尔乔亚社会，其时英国甲壳虫乐队的歌声正飘扬在这个城市上空，姑娘们变得大胆放肆了，超短裙在街头似隐似现，时髦女郎和模特骄傲地把大腿展露。可是，在文学、戏剧和绘画领域，新精神只是露了个脸，尚无法与巴黎相比。虽然三年前，博尔赫斯因为获得福门托奖蜚声欧美文坛，不断地接受邀请出访欧洲。

那年春天，博尔赫斯先是在从前一位女学生的陪同下，去西德参加国际作家代表大会，同行的有危地马拉小说家阿斯图里亚斯。接着，他来到巴黎，和翁加雷蒂一起出席由联合国教科文组织发起的莎士比亚诞辰四百周年纪念会。可是，皮扎尼克回到故乡时，却只是一个28岁的大学生，要是若干年以前，大概还属于博尔赫斯喜欢追逐的那类有几分姿色的文学女青年。当然，皮扎尼克也绝不是那种愿意为一点名利和虚荣心奉献自己的女人，她把诗歌和写作看成是一项神圣的至高无上的事业。

本来，皮扎尼克返回布宜诺斯艾利斯也是因为父母的再三要求,在母亲看来,她已经到了谈婚论嫁的年龄。原先,她一直把小女儿当成一个男孩子来看待,没想到文科教育和巴黎也没有将她改造成淑女,如今已经到了非"变性"不可的时候了。从皮扎尼克回家那天,婚姻的压力就使她喘不过气来。而她的父亲眼光更为敏锐,发现女儿不仅没有拿到新的文凭,神态里已经有了为诗歌献身的迹象,这使他感到深深的忧虑和愤怒,早些年的宽容大度逐渐变成了严厉和斥责。

皮扎尼克的内心陡然平添了无法承受的压力,因为经过了巴黎四年的生活,她已经属于那种完全把写作置于生活之上的人,尤其是在那些个虚幻的夜晚,为了探索知觉的前沿,从事波德莱尔所说的"天堂的艺术实验"。毫无疑问,皮扎尼克认为诗歌要求绝对的自由,1962年冬天,她在一则日记里这样写道,"诗歌与任何事情、任何地点都有关系,尤其可能与爱情、幽默、自杀或其他颠覆性的行为发生联系。"

幸好,在自己的家乡,皮扎尼克有像奥罗斯科那样真正关心她的前辈诗人和朋友,在她旅居法国期间,这位文学上的教母也曾来到巴黎。我见过两人在卢浮宫广场长椅上的一张合影,那种几乎一致的姿态和神韵表明两个人之间真诚的友谊和亲密。与此同时,皮扎尼克的诗歌也获得了圈内同行的认可和赞扬,《南方》杂志开始频频发表她的诗歌和散文作品。皮扎尼克的声望迅速攀升,尤其在年轻一代文学青年中,就像早年从欧洲归来出版处女诗集后的博尔赫斯一样。

尽管遇到与父母之间的冲突和种种不愉快，皮扎尼克的写作状态依然良好。同时，她也热衷于参加各种社交活动，咖啡馆和画廊的沙龙，乡间别墅的聚会，尤其是喜欢到佛罗里达酒吧街，那里云集着布宜诺斯艾利斯的各色面孔，从显贵人物到或单纯或堕落的少女，每个人都脱下了自己的面具。每逢周末，狂欢的年轻人把街道挤得满满的，令皮扎尼克不由想起巴黎的圣米歇尔广场。

皮扎尼克的内心是一个相互矛盾的多面体，虽然因为失眠和爱情的不如意等因素让她度过了无数个不眠或疯狂的夜晚，她的精力并没有被那些冷嘲热讽的激情和酒精耗尽。为了写作和独立生活的需要，皮扎尼克离开父母，独自搬到蒙得维的亚街980号，那是离开港口不远的圣尼古拉斯街区的一座出租公寓，继续不懈地实现自己的梦想。一方面，她难于拒绝周围事物的诱惑，另一方面，却愿意把自己的生命栽种到荒凉的土地——那些无处可以依托的词语之上。

皮扎尼克像牧师一样默默奉献自己的智慧，绝不像某些丑陋的诗人通过非法手段谋取名利。一般来说，一个真正的诗人在现今的世界里，在他或她自己的祖国，只受到很少一点点关注，其作品被批评家们偶然提及，或放置在教科书的某个不起眼的角落。幸好，还不断有年轻的一代诗歌读者出现，诗人才获得敬重。也就是说，诗人通过生命的消耗来树立声誉，但这必须建立在他或她的作品有价值的基础之上，在这个过程中，大部分同辈诗人会消失不见。

《工作与夜晚》

　　1965年6月,南美洲出版社推出了皮扎尼克的新诗集《工作与夜晚》。这部堪称力作的诗集一如既往地构建了灵巧的诗意空间,明亮可感触的词语获得了意味深长的效果,只是手法更加圆润了,如下面这首《遗忘》(Elolvido),这是拉丁人无法回避的一个诗歌主题:

　　在黑夜的另一头
　　爱情是可能的

　　——带我去吧——

　　带我到甜甜的蜜汁中
　　在那里你的记忆会逐渐消退

　　又如另一首献给女友爱娃·杜雷的小诗《从前》(Antes),诗人只用了短短二十来个字(在西班牙语里只有十个字),便把两个人之间的感情惟妙惟肖地表现出来。我阅读以后感受到一种特别的温馨,一颗烦躁的心顿时沉静了下来,且若有所思:

　　歌唱的树林

鸟雀隐约可见

我的眼睛是那
小小的笼子

  诗中最后一行里的"笼子"和《遗忘》里的"蜜汁"一样,是皮扎尼克诗歌中的亮点和必要的张力,这也是她的艺术特色。她经常通过一个分量重的词,使一首小诗获得一种平衡。

  从题材上看,皮扎尼克的这部诗集分成前后两个部分,第一部分是情诗,以上引用的两首诗便属于此列,这方面她可谓是一个高手。第二部分表现的是逝去的世界,或者说是死亡,因此所谓的"工作与夜晚"其含义实则是指"爱情与死亡",这让我想起威尔士诗人狄兰·托马斯,这位与帕斯和科塔萨尔同龄的坚定不移的酗酒者有一部力作叫《死亡与出场》,他在致一位友人的信中曾经提到,"任何想法,不论它是直感的还是理性的都可以形象地加以描绘,并且可以用身体的动作表现出来"。

  在笔者看来,皮扎尼克也有类似的自信,只不过她没有用身体的动作,而是用心灵去感应。例如,有一首别出心裁的诗《寂静》(Silencios)这样写道:

死神依然没有走远。
我在倾听他的说话。

只有我听见了。

这首诗仿佛是婴儿王国里传来的天籁之声,或幼孩在白纸上描出的美丽画卷。

在一首冠名《遗弃》(Unabandono)的诗中,皮扎尼克写到一片人迹罕至的土地,最后三行是这样的:

只有鲜红的音乐
敢于定居下来
在一个如此空旷的地方

正是"鲜红的音乐"这个突如其来同时又让人想入非非的词,赋予了整首诗歌以生命的活力。这是皮扎尼克给人带来惊喜的地方,可以说,皮扎尼克有些诗的主题产生于日常生活中唾手可得的地方,却被其他人忽视或遗弃了。

失眠的女人

无论是在巴黎,还是回到布宜诺斯艾利斯以后,皮扎尼克始终保持有童年的视角,她内心深处充满活力和敏感的那一小部分一直没有长大,明显属于有着"迟缓的童年"(infancia proiongada)的那一类人。正是这个鲜活的因素,使皮扎尼克的诗歌蕴含了一种神奇诡秘的想象力,并充满了幻觉、冒险和死亡的诱惑。在写作文本上,皮扎尼克致

力于表现对忧愁的调节和对死亡的谋划,至于形式则是次要的,如同她在一首名为《形式》的诗中所写:

> 不知是鸟还是笼子
> 是行凶的手还是年轻的死者
>
> 而张口如喷泉的女骑手
> 或许是街头艺人
> 或许就是站在高塔上的公主。

这些有着"迟缓的童年"的人,如同安东尼奥·阿尔托在评论凡·高时所说的,既是堕落的天使又是有洞见力的人,既是疯狂的人又是孩子,既是智慧的人又是杀手。

在很多诗人身上都出现了"迟缓的童年",中国诗人顾城就是一个例子。直到年近不惑,他仍生活在童话王国里,最后因为与现实世界的种种冲突,他在新西兰的激流岛上用斧头砍妻后上吊自尽,成了阿尔托所分析的那类杀手。曾到访阿根廷的奥地利小说家斯蒂芬·茨威格夫妇也有类似的结局,但那是在残酷的战争年代,且两人是双双服药辞世。

不仅如此,在皮扎尼克身上还有一种孤儿的宿命感,这也许是她孤独的真正源泉。1961年,她在巴黎的一则日记里这样写道,"我充其量是一个安静、耳聋的孤儿,下跪和摔倒的女儿。"也就是说,从婴儿时代起,死亡和个人化的主题就得以确立了。还是在《工作与夜晚》这部集子里，有一首诗《节日》（Fiesta）开头是这样写的：

> 我把孤儿身份打开来
> 在桌子上，像一幅地图

自从青春期以来，皮扎尼克就患上一种让她无法摆脱的周期性忧郁症。据说在上中学的时候，父母就带她去见过一个心理医生，可是这类有着艺术家倾向的精神异常是无法通过正常手段治疗的，唯有创造性的写作才能让她避免变得疯狂甚或崩溃。不过，一个好的心理医生可以通过灵性的交流让他的病人获得某种安慰。成年以后，皮扎尼克自己也感觉到这种需要，不过在巴黎期间这种治疗暂时中止了。

返回故乡以后，人们又间或看到她和心理医生在文人墨客云集的火绒草饭店（Edelweiss）里共进午餐或晚餐。在忧郁症发作期间，皮扎尼克通过写作或与朋友聊天来缓解病情，她羞于在公共场所露面，但却喜欢出席小型的朋友聚会，有时穿着一身灰色的长袍，手持一朵红玫瑰，发表一些让人捧腹大笑的夸张谬论，制造出一种轻松神秘的气氛，或即兴或有预谋。除了文人圈子的交往以外，她还与一位画家朋友在一座叫"工厂"的画廊举行了联合画展。

在皮扎尼克的心理医生里有一位是她的朋友的父亲，那个朋友叫马塞罗，也是个诗人，看起来他就像是皮扎尼克亲密无间的小弟弟（她身边这样的男孩不止一个），他们之间的共同点不仅在于直觉和阅读,更因为对超现实主义的酷爱。在超现实主义诗人的世界里,语言与现实世界分离了,事物表面的真实部分被谋杀或剥离了。在符号化的想象和词语的世界面前,语言和使用这种语言的人容易患上失眠症。与此同时,爱、痛苦与情感的冲突,过失和怨恨,也在蔓延。

俄国形式主义者、语言学家罗曼·雅各布森认为,诗人在挑选词语的组合时,容易产生两种错乱,即"相似性错乱"和"邻接性错乱",这两种错乱正是失语症现象的典型表现,而失语症与长期失眠密切相关。作为"语言的炼金术士"的诗人,"为赋新词强作愁"的诗人,首当其冲地容易被失眠所困扰。事实上,皮扎尼克与博尔赫斯一样,患有多年的失眠症。只不过,皮扎尼克的自制力差一些,药物对她来说是必不可少的(可能还有减肥药),以至于有朋友戏称她的公寓是一个药铺。

奢华的一族

博尔赫斯年轻的时候,布宜诺斯艾利斯有好几家并驾齐驱的先锋派杂志,如《马丁·菲耶罗》《船头》,而当皮扎尼克出道时,只有《南方》一家独秀了。皮扎尼克除了通过为《南方》杂志和某些报纸的文学副刊写稿、翻译得到一些少量的稿费以外,主要经济来源和赞助人还是她的父母。通过《南方》杂志,皮扎尼克与阿根廷的知识界和文化界保持密切的联系，包括一些国外著名作家的来访，如俄国诗人叶甫图申科和德国诗人恩岑斯贝格。

皮扎尼克巴黎时期的一个朋友曾经评论，当他初次看见她时，觉得她长相平平，但当她开始说话，她就显得迷人了，变得容光焕发，魅力无穷。她的声音、眼睛和从那里面发出的光芒，会在她的周围营造出魔术般的光环，仿佛洛特莱阿蒙笔下穿越梦幻风景的少女。这个有着迷人的黎明般的女子，懂得巴黎的时尚和社交礼节，被叶甫图申科盛赞为"奢华的一族"。可以毫不夸张地说，每一位接近皮扎尼克的年轻人或老年人，男人或女人，都会被她吸引。

在《南方》杂志社举办的叶甫图申科欢迎会上，阿根廷各界知识名流云集，英俊年轻的诗人被众人环绕着，但皮扎尼克还是获得机会，在众目睽睽之下和他单独聊了半个钟头。实际上，两个人的父辈都来自乌克兰，虽然叶甫图申科不是犹太人，但一直为这个民族遭受的苦难愤愤不平并大声呐喊，他的长诗《娘子谷》（1961年）便是为了追悼被纳粹屠杀的三万四千多名乌克兰犹太人，其中包括皮扎尼克家族的大部分成员。

因此，叶甫图申科与年小他三岁的皮扎尼克的共同语言就不只是诗歌了。此后不久的一个夜晚，叶甫图申科在布宜诺斯艾利斯失踪了。好奇和嫉妒的人们普遍猜测，这两位诗人之间有过一夜情。类似的情形还出现在德国诗人恩岑斯贝格（Hans Magnus Enzensberger）来访之时，后者既是当代德国最重要的诗人之一，又是一位颇有争议的随笔作家和政治思想家。有一天晚上，他突然人间蒸发了。后来人们发现，在皮扎尼克的书房里，摆放着一本恩岑斯贝格题献给她的著作，和一期刊发他作品的《南方》杂志，目录的名字被画上了着重号。

1933年，叶甫图申科出生在西伯利亚大铁路沿线靠近伊尔库茨克的一个小镇济马（直译为冬天），双亲是乌克兰流放者，他写成的第一首叙事诗就叫《济马车站》，那也是他的自传体长诗。叶甫图申科就读于莫斯科高尔基世界文学研究所，在斯大林死后成名。他一方面秉承前辈革命诗人马雅可夫斯基式豪放、粗野的语言，另一方面恢复了早期俄国抒情诗和爱情诗的传统。

叶甫图申科是俄罗斯新一代诗人的领袖，有很多机会到欧美旅行和朗诵诗歌。但当他于1963年在巴黎（那时皮扎尼克也在）出版《早熟的自传》以后，出访的特权旋即被取消，直到他为一座水电站的建设写下一首赞美诗，才获准再次离开他的祖国，他到阿根廷来正是这个时期。叶甫图申科既保持了对自己独立思考的态度（譬如谴责了1968年"布拉格之春"和驱逐索尔仁尼琴的做法），又不愿成为一名"持不同政见者"，这正是他内心矛盾和引发争议的原因所在。

相比之下，恩岑斯贝格虽然比叶甫图申科年长四岁，但却更具现代感。他出生在德国东部的巴伐利亚，在纳粹统治下的纽伦堡长大。曾经被多位中国诗人和学者引用的一句话，"诗歌不再是民族主义的，现代诗中的大师，从智利到日本，他们之间的共通之处远远超过那些炫耀民族精神的作家"便出自他之口（《现代诗的世界语言里》），明显是冲着德语文学的权威——歌德。

　　随着伊拉克战争的爆发，德国文坛分成了两个阵营，让人大跌眼镜的是，站在美国这边的援战派主将竟然是左派作家的领袖恩岑斯贝格。值得一提的是，恩岑斯贝格还是一位实验诗人，他曾为激光可视图像写作了两首诗《全息图》，第一首的德文开头是Dieser Satzhier liegtinder Luft（这句子躺在空中的此处），第二首的英文开头是It is easy to build a poem in sky（在天空建立一首诗是容易的）。这是一种试图让词语离开书页、进入到空间的新尝试。

2006年冬天，杭州彩云居

画家们

赵无极：朝向天空和云雾的心灵

> 变幻的水波中，一个阴影将它们遮掩，美丽的水中之居被笼罩。
> ——［法国］亨利·米肖

一

"我一生致力于绘画，我心中的绘画。""我每天黎明即起，进入画室。"这是法籍华裔画家赵无极先生（Zao Wou-Ki）在他与第三任妻子弗朗索瓦兹·马尔凯合著的自传开头写下的一句话，那年他已经快八十岁了。据我所知，赵无极是第一个依靠创作在法国居留下来的中国画家，其他在西方学习油画的同辈同行要么放弃了艺术，要么回到了中国（其中一部分改画国画），只有他和比他稍晚去巴黎的朱德群例外。在赵无极27岁那年离开杭州赴巴黎前夕，他的老师、时任杭州美术专科学校校长的画家林风眠先生曾经警告他，不要对在世界艺术之都——巴黎立足抱任何幻想。

第一次见到赵无极这个名字和他的油画是在20世纪80年代，我在H·H·阿纳森博士所著的《西方现代艺术史》这本书里看到的。此书原来的名字叫《现代艺术史》，由于书中没有提及东方艺术，译成中文后被出版社改了名字。在这本书的第23章《二十世纪中叶以来的艺术》里有一节叫"抽象绘画"，其中谈到了巴黎画派，涉及的画家大约有二十位，他们中有的来自俄国、荷兰、比利时、德国、瑞士、葡萄牙、加拿大，赵无极是唯一的一个东方人。这批画家为经历了二战以后变得萧条的巴黎艺术圈注入了新鲜的血液。

　　阿纳森用两百来个字的笔墨外加彩色和黑白图片各一幅来评价赵无极，称赞他是善于交替运用光和影的艺术家，创造出了一种浪漫的、有空气感的空间效果。事实上，赵无极和他的好友、居住在纽约的建筑师贝聿铭是这部著作里提到的仅有的两位中国人。今年有一段时间，我几乎同时在翻阅两部画家的传记：《弗里达》和《赵无极自传》，这两位来自西方阵营以外的天才分别用各自擅长的感性和理性创作，爱情的炽热和失意一直是墨西哥女画家弗里达·卡洛创作的主要动力，而给赵无极不断带来灵感的是那种蕴含着活跃的宇宙之气和万物的内在之理的中国式字符。

二

　　1921年，赵无极出生在北平（北京），祖父是前清秀才，每天早晨教他读一个时辰的书，主要是唐诗宋词和《论语》。这一严格而精心的教育,培养了赵无极锲而不舍的精神,至今他仍能一画数个小时。无极六个月大时,金融家的父亲调任上海一家银行做主管,他随母亲和祖父母迁居苏北南通。赵无极一家落户南通是他母亲的选择,她认为上海是一座吃喝玩乐的城市,对孩子的教育不利,而南通离上海并不遥远。当然,这种选择不仅对西方人(这本自传显然是写给法国人看的),对今天的中国年轻人来说也是不可思议的。

  笔者很早就注意到,县城长大的孩子出类拔萃的比较多,即便对艺术家来说也是如此。究其原因,他们比起省城或首都长大的孩子更有抱负,再往下比如在乡村长大的孩子需要接纳或更新的观念太多了。比赵无极年长六岁的电影演员赵丹出生在扬州,也是襁褓之中来到南通。从1921年到1933年,这两个从未谋面的赵家男孩均在长江边上的小城南

赵无极作品

通生活并接受教育，后来相隔两年分别考入上海美专和杭州美专。赵丹一家来到南通是因为做军人的父亲调防，早年的绘画生涯无疑增添了他的艺术气质。我对赵丹的尊敬比旁人多出一点是因为他的遗孀黄宗英改嫁他人，这应验了心理学家的观点，婚姻生活幸福的人在丧偶以后更容易再婚。而有些年龄相差悬殊的艺术家配偶却守寡到终，也使我怀疑其生前的幽默感和艺术成就。

赵无极最初开始画画是因为父亲的缘故，他早年参加过业余的绘画比赛，后来因为生活所迫，从最低的职员开始，一步一步成为金融家，并收藏了大量的古玩、碑帖和书法，他年轻时的抱负和后来取得的财富为儿子成为一名艺术家提供了保障。有意思的是，童年的赵无极最初临摹的对象竟然是钞票上的图案，不过很快他便进入了角色，开始享受绘画带来的无限乐趣。在赵无极的记忆里，涂涂抹抹的绘画热情是与一种身体上的不安全感相联系的，他的童年是军阀混战的年代，来到巴黎以后，又长时期地与亲人分离。因此，无论赵无极安家何处，他的画室都是盒子式的，与外界不通，只留一扇门。

三

1948年2月26日，在等待了两年终于拿到法国签证以后，赵无极偕同妻子乘坐一艘叫安德烈·勒庞的客船，从上海出发前往马赛，巧合的是，这正是35年前他的老师林风眠乘坐过的同一艘船。显而易见，赵无极不是喜欢旅行的那类人，途中停靠的五个港口香港、西贡、科伦坡、吉布提和塞得港每一处都令人神往，在他的自传里却草草带过。事实上，他从未对大海产生过太大的兴趣，对他来说那只是必须加以抵抗的外来侵略的同义语。可见，在民国年代，爱国主义的教育一点也不比现在逊色。轮船抵达马赛港以后，他迫不及待地跳上了去巴黎的火车，当他在愚人节的早晨抵达巴黎，放下行李后所做的第一件事便是去卢浮宫参观。

此后的一年半时间里，赵无极每天下午都在博物馆或画廊里度过。依照他的心得和观点，16世纪以来，中国画就失去了创造力，画家们只会抄袭汉代和宋代所创立的伟大传统。他认为，艺术不是技巧的一种堆砌，美和技巧不能混为一谈，而一旦章法和用笔都有了模式，就再也没有想象和意外发现的余地。不仅如此，在看过《蒙娜丽莎》和波提切利等画家的作品以后，他对意大利绘画的平面感和简单的色彩产生怀疑，更倾向于伦勃朗和戈雅作品里丰富的质感和运动的笔触。当然，最触动这个往日迷醉于西湖的波光涟漪和秋风山色的中国人的，还是野兽派的色彩和立体主义的空间维度，那如同一个中学生突然闯进了高等数学的世界。

赵无极想表现的是虚空和光，那种引人入胜的明亮和纯粹。他不愿再现自然，而是要将其形状排列组合，让人们从中看到平静水面上空气的流动。法国大诗人亨利·米肖为他初到巴黎的石版画写下了八首散文诗，诗中写道，"变幻的水波中，一个阴影将它们遮掩，美丽的水中之居被笼罩。"可是,等到三年以后赵无极在瑞士看到保尔·克利的作品时,立刻被他的符号世界撼动了,那自由的笔触和轻盈如歌的诗意令人倾倒,小小的画面在画家的营造下变得无限辽阔。接下来的两年时间里,赵无极的作品变得混乱不堪,他的内心里出现了追寻不到的焦躁和急切。

四

那以后,赵无极毫无顾忌地取消了细节,画出了那种让人联想到"炭火、水和海洋,天空和云雾"的抽象作品,"若即若离中显露出折断或颤动的线段,悠闲漫步的曲曲折折,缥缈梦幻的蛛丝马迹"。他认为,只有抽象才能带来最大的自由和力度。在我看来,他的作品仿佛是从遥远的太空

赵无极作品

用望远镜所见到的地球上的物质和生命。1975年，赵无极画展在法兰西画廊隆重推出，被认为是战后最重要的法国诗人勒内·夏尔在序言里写道："在那里，透着云游者俄耳甫斯琴声的魔力，空灵而有磁性，画面的各个构成因素相互联结，不断孕育着新意，好像夕阳变幻于天际的缤纷色彩。"三年后，贝聿铭先生在为纽约亨利·马蒂斯画廊的赵无极画展图片集所写的前言里声称："现在我可以毫不夸张地说，赵无极是当今欧洲画坛最伟大的艺术家之一。"

赵无极之所以能在巴黎立足并取得骄人的成就，显然有着多方面的因素。首先，他的父亲（虽然后来他再也没有见到）为他最初的生活和学习提供了充足的资金。其次，他善于结交朋友（即便是在失去两任妻子以后），尤其是和巴黎的诗人和画家打成一片，他本人说过，他珍爱朋友就像每天早餐时一边喝茶一边细心护理屋里的橘树和兰花一样。再次，法国人对中国人有着天生的好感，特别是那些有着可爱性格的中国人，他在巴黎找到了自己需要的地理和社会环境。最后，也是最重要的，他头脑里的现代主义艺术素养和天赋、不断吸取新事物的愿望和才华、那种延续了几千年的绘画传统仍在他身上（他比别的画家多继承了一种传统）。

相比之下，如今杭州中国美术学院里赵无极的那些学弟们，头上顶着博士或教授的光环，经常以小圈子之名，联合出现在当地晚报的艺术新闻栏目里。当他们偶尔聚在一起，谈论的话题不外乎某某的画价又上涨了，某某按揭买了新房或别墅，不一而足，很少有人会想起或提到那位失落在巴黎的校友。放眼全中国，个别留过洋的油画家以电影导演、服装设计师或时尚引领者的名义博取了名声，在同胞中的知名度远远高于赵无极，其显赫当然也是一时的。笔者也留有遗憾，虽然过去的十年间，我曾经四次到访巴黎，却一直无缘见到赵无极先生。最近，我的友人河清教授重访巴黎，带回来赵先生的采访录像，让我有机会目睹大师的风采和画室，那是巴黎西南14区的一幢二层楼房，离他初到巴黎下榻的蒙巴纳斯不远。宅第四周是一个草木生长的庭院，一百多平方米的画室果然没有一扇窗户。

朱德群：离乱未必失故乡

> 离乱失故乡，骨肉多散分。
>
> ——［唐］白居易

一

如果在百度上搜索朱德群和朱德庸这两位中国画家的名字，所得条目的差距是显而易见的。前者仅有3万多条，后者高达50多万条（如今这对数字分别为49万和124万）。可是，若论两个人的艺术成就和地位，却并非如此。台湾长大的朱德庸虽以系列漫画《双响炮》《涩女郎》《醋溜族》闻名海峡两岸，其知名度却局限于华人圈里，而大陆长大的朱德群则是享誉世界的抽象画大师、法兰西艺术院院士。初次听到两人的名字，还以为是兄弟或父子，可是他们却没有任何亲戚关系，年龄相差整整四十岁。两人仅有的相同之处是，朱德庸的祖籍也是江苏，而朱德群成年以后也曾在台湾居留。

朱德群作品：景昭肖像

  1920年，朱德群出生在江苏徐州西南萧县白土镇（如今隶属安徽）的一个医生世家，本名朱德萃。他的祖父是当地有名望的中医，父亲不仅继承了祖父高超的医术，同时还是一位有品位的书画收藏家，并擅长画中国传统的水墨画。朱德萃自小受到艺术熏陶，在徐州读完中学以后，他在父亲的支持下，于1935年考入杭州艺术专科学校（今中国美院前身）。有趣的是，由于他的中学毕业文凭迟迟没有发下，便拿了堂哥朱德群的证书去报名，结果是，哥俩终生使用同一个名字。

  两年以后，日军侵入中国腹地，杭州艺专也像同城的浙江大学一样不断西迁。虽然是在离乱中，这所堪称新艺术摇篮的学府却给了朱德群丰富的营养。事实上，在他呱呱坠地的时候，杭州艺专两位极其重要的人物正在法国求学，一位是后来成为首任校长的林风眠，另一位是为朱德群打下坚实素描基础、深得西方艺术精髓的绘画系主任吴大羽，这两位都专攻油画。还有一位赋予朱德群中国绘画精神的大画家——潘天寿，也已经崭露头角。等到朱德群来到杭州，这三位画家均已达到艺术的巅峰，他们亲自给学生授课和指导。

朱德群的同学中，也有几位日后与他并肩齐名的。其中，同样留学巴黎并成为抽象画大师、当选法兰西艺术院院士的赵无极比他小一岁却高一年级，而当今中国大陆身价最高的油画家吴冠中（在朱德群的鼎力推荐下成为法兰西艺术院的通讯院士）比他大一岁却低一年级。巧合的是，他们三人（都年近九旬仍笔耕不止）都是江苏人，吴早年也曾留学巴黎多年，只不过他在新中国成立后即回国了。有意思的是，吴冠中当年就读的是浙江大学附属高级工业职业学校电机科，在暑假军训期间他与朱德群结为挚友，受其影响，他弃工从艺，重新考入杭州艺专。

在将近十年的时间里，杭州艺专不停地迁移。朱德群在离乱中完成学业，留校做了助教、讲师，一直潜心创作。之后，他又转到同在重庆的中央大学（今南京大学）任教。1947年，他随中大返回南京。不幸的是，在沿长江乘船顺流而下途中（安庆附近）遇到了暴风雨，几乎覆舟丧生，随身携带的八百多幅画作全部浸泡在江水中，这是朱德群遭遇到的又一次艺术"失却"。此前，他留在家乡的早年习作也被日军的炸弹焚毁。之后两年他的作品同样未能幸免于难，在台北从事新闻业的妻兄的邀请之下，朱德群全家在解放大军南下前夕离开大陆，把全部画作托付给老同学，自然难逃后来的"文革"劫难。

二

在台湾，朱德群可谓是白手起家，除了担任师范学院艺术系副教授，还成功地与人举办了联展。此外，他还广交各界朋友，并遇到了后来成为他终身伴侣的学生董景昭，那是在1952年。三年以后，当朱德群去巴黎访学进修时，在船上再次巧遇董景昭，她当时是去马德里皇家艺术学院留学。在一个多月的海上漂泊中，这对年龄相差12岁的师生走到了一起。不过我认为，此类巧遇很有可能是事后约定的说法，为了减少对朱妻的伤害，他们也承认，申请签证那天两人曾在一起。结果两人一同去了巴黎，游玩之后，朱德群亲自送美人去了马德里。不到两个月，董小姐便耐不住思念之情，转学到了巴黎。尽管如此，由于离婚的复杂性，以及董父的坚决反对，他们直到1960年才举行中国式的婚礼。当然，这也成为朱德群在巴黎存活下去的原动力。

朱德群抵达巴黎时已经35岁，40岁再婚（正式公证结婚时他已经61岁），此后他的生活便固定不变了。无论是在中国大陆还是台湾，他画的都是具象的作品，即基于模仿为基础的绘画，而20世纪50年代的巴黎却早已是抽象绘画的天下。对现代艺术家来说,通过对共同经验的描绘直接与大众对话已经是不好意思的事情了。早在朱德群出世前的1910年,法学博士出身的俄国画家康定斯基便开创了抽象艺术,即那种没有任何可以辨认的主题的绘画,形成了一种非客观物体的画风。显而易见,朱德群想要在巴黎立足,非得要"转型"不可,这使得他又一次面临艺术"失却",这回他已是人到中年了。

在康定斯基的热抽象和蒙德里安的冷抽象之后,欧洲又相继出现了德洛内的色彩抽象主义(诗人阿波利奈尔称之为俄耳甫斯主义)和马列维奇的至上主义。二次大战结束以后,美国人波洛克开创了行动绘画,使得新大陆的艺术异军突起。波洛克首次将画布平铺在地上,分阶段把瓷漆或铝漆滴溅到画布上(令人意想不到的是,完成这样一幅画需数周时间)。可是,所有这些画家的作品均未能打动朱德群,倒是一位不起眼的小人物、生在俄国长在比利时的画家尼古拉·德·斯塔尔改变了他。

德·斯塔尔比朱德群年长六岁,十月革命以后,随家人流亡到波兰,不久他成了孤儿,由布鲁塞尔的亲戚抚养长大,后来被送进皇家美术学院。他也是到法国以后改变了画风,成了巴黎抽象主义的代表人物,不料刚过40岁便因为对艺术的迷惘自杀身亡。阿纳森在《现代艺术史》中称他能在保持形式抽象的同时点明主题,某些作品有空气感和神秘感。1956年,德·斯塔尔回顾展在巴黎揭幕,朱德群被一幅标题为《花卉》的作品迷住了。这幅画表面看起来是色块和线条组成的抽象构图，可是眯眼远看，一簇栽在盆里的花的景象蓦然显现。这使朱德群想起了老子的话：惚兮恍兮，其中有像；恍兮惚兮，其中有物。

那会儿，朱德群正经受社会地位的下滑和失语症的焦虑，加上经济拮据，虽有爱情但却得不到家人的支持，个人生活和艺术均遭遇了挫折。是老子的哲学和德·斯塔尔的作品让他重新确立了绘画的目标，和赵无极一样，朱德群发现，中国水墨画和书法中包含了无限的抽象性。比起德·斯塔尔来，他不仅更容易进入抽象的境界，且能出入自由，稳定的婚姻生活是他精神健康的保障。朱德群说过，"在抽象画中得到的自由感，确实令人痛快舒畅。"这应验了德国批评家冯·沃格特的说法，"自由只能从一些自我规定的新规则中才能获得和被建立。"当然，要享受这样的自由，危险性是始终存在的，德·斯塔尔自杀的第二年，波洛克也在一次酒后车祸中丧生。

三

相比波洛克和德·斯塔尔，朱德群比较幸运，他找到了可以持久创作的方向，即表现心灵沉淀以后的抽象风景，那样一来，他早年在中国持续不断的迁移就成为他灵感的源泉。他把记忆中的风景通过心灵"内化"，然后用彩笔表现出来，变成了"虚拟的风景"。同时他也从德·斯塔尔那里获得启示，"抽象并不排斥具象"。似乎早年的生活越久，

朱德群作品

日后的艺术生命也越长。通过锲而不舍的努力,朱德群终于在巴黎取得了成功,他尤其喜欢表现变化着的景色,例如大海、早晨、季候。最近,客居杭州的台湾收藏家徐承中先生送我一幅朱德群的石版画新作《金秋》(2006年),在客厅和书房里轮流摆放了一段时间以后,我仿佛看见金黄色的稻谷云层一般堆积在天空,而底下一堆细碎分离的物质则让我联想起动物的内脏。

久而久之,我从中感受到一种骨肉的散分之情,但却带着几许温馨和甜蜜,没有丝毫的乡愁。朱德群从小就接受良好的教育,饱读诗书。事实上,古诗一直也是他灵感的源泉,有将近二十年的时间里他沉湎于唐宋的秋意中,而这两个朝代之间的南方小国南唐的后主李煜则是他最喜爱的诗人。想必朱德群也熟记唐代大诗人白居易的下面这行诗:

离乱失故乡，骨肉多散分。

　　这首诗中所写的朱陈村在徐州北郊，离他的出生地萧县不远。值得一提的是，朱德群至今尚无叶落归根的意愿，在我看来，他注定要客死异乡。可是，半个多世纪以来，故乡从未失去过，一直萦绕在他的心头，盘踞在他的画布上。

　　与毕加索同时代的法国哲学家巴什拉在他的代表作《梦想的诗学》里这样写道，"一旦诗歌的形象在某一单独特征上有所更新，便会显示出某种原始的淳朴"。对绘画来说无疑也是这样，保尔·克利如此，霍安·米罗如此，朱德群也是如此，即使到了晚年，他的作品仍展现出孩童般的好奇、灵动、流淌的姿态。面对这样的作品并不需要人们以为的那样若有所思，而只需要拥有纯真、惊喜的本能和自然、发泄的倾向。18世纪德国浪漫主义诗人施莱格尔说过这样的话，"一气呵成的创造"，这与杜甫的"下笔如有神"同样指的文学，可是对朱德群那样的画家也不例外，这位身高1米82的东方人身上总有一股难以抑制的冲动，经常是躲进画室成一统。

　　20世纪80年代末，朱德群在接受一位台湾批评家采访时提到，他画画时感觉就像是在壮游，有时候，这种壮游埋在他的记忆里很久以后，才被画布唤醒。这不由使我想到十多年前接受央视东方时空节目采访时说过的一句话，"写作就像是故地重游。"看来对朱德群那样的画家也是如此，只不过他定居在异乡，早年的壮游更为遥远和丰富。他自己也大致说过这样的话,"自从60岁以后,我就画我的记忆,幻游我的记忆。"哥伦比亚小说家、诺贝尔文学奖得主加西亚·马尔克斯称赞朱德群的画是"生命和宇宙的魔幻现实主义",他们因为有一个共同的西班牙朋友而结下深厚的友谊。显而易见,加西亚·马尔克斯所说的宇宙即朱德群心中"虚拟的风景"。

2007年3月8日,杭州彩云居

戴圆顶礼帽的大师

> 一件艺术品应是为现实世界所增添的事物，而不是已有事物的反映。
>
> ——［美国］哈罗德·劳申伯格

一年前，当我第一次见到比利时超现实主义画家勒内·马格里特（1898—1967）的油画时，便被他的梦幻世界深深地吸引了。与此同时，我隐隐地发现了马格里特的绘画与我的自印诗集《幻美集》（1989年）之间存在着一种微妙的关系。直到最近读到苏子·嘉贝丽克撰写的一本薄薄的传记，我的那种感觉越发强烈，以至于不得不把它写下来。坦率地承认，我在本文的写作中部分采用了马格里特的对手——萨尔瓦多·达利喜欢的方式：自我宣传。

和达利相反，勒内·马格里特在超现实主义画家当中，可以算是一个不抛头露面的人，在这一点上，他比较接近米罗。他的生日是11月21日，正好处于占星术的天蝎宫——在这段日子里还诞生过小说家陀思妥耶夫斯基、雕塑家吕德、科学家居里夫人以及西班牙人毕加索。据说出生在天蝎座的人既不善于言说，喜怒哀乐也不溢于言表，这是识别他们的一个可靠标志（毕加索喜欢嘟嘟囔囔，但终其一生是个自言自语的人，他最讨厌的事是跳舞）。这些人一般对奇迹、怪诞、神秘、破坏和作恶有着特殊的爱好，他们的内心世界总为幽灵般的幻象所缠绕，具有永不满足的好奇心。

马格里特的童年是在外省度过的，他的出生地勒西纳斯是比利时最有法国风味、最具世界性的地方。和几乎所有的艺术家一样，孩提时代的马格里特对人文科学的学习颇感头疼。12岁那年的一个星期天上午，马格里特和一位小女孩在一处古老废弃的墓地上玩耍，突然他们在倒塌的石柱和成堆的败叶中看见一个来自城市的艺术家在那里作画。从那天起，绘画对他产生了无法驱散的魔力。1918年，他们全家迁居首都布鲁塞尔，两年后，他在布鲁塞尔植物园散步时，邂逅了中学时代的女同学乔治特·贝格，马格里特以他惯有的那种恶作剧式的幽默，即兴编了一个故事，说他自己正在看望恋人的路上，这深深地打动了乔治特。四年以后，他们结为百年之好，至此，一个艺术家的生活安排就绪。

1927年，马格里特离开布鲁塞尔，加入了巴黎的超现实主义活动圈子，他在巴黎的近郊定居，主要与诗人安德烈·布勒东、保尔·艾吕雅交往，他喜爱并敬仰的画家是德·契里柯和恩斯特。但马格里特与超现实主义的关系最好的时候也是暧昧的，三年以后，他即离开巴黎返回布鲁塞尔，起因于他与布勒东的一次口角。此后不久的一天晚上，马格里特怒气冲冲，焚烧了所有使他想起超现实主义的东西，包括信函和小册子，甚至还烧了一件上衣。照乔治特的说法，如果不是她的阻拦，马格里特或许会把自己也给烧了。可是马格里特自始至终是一个彻头彻尾的超现实主义者，他对超现实主义的理解是这样的："在我看来，超现实主义思想必须是构想的，但又不是虚构杜撰的——它的现实性与世界万物的现实性是一样的，但它必须是想象的。"

维特根斯坦证明了：作为一种虚构出来的模式，语言无需与现实完全一致。的确，从哲学意义上讲，一个观赏者是能够在同一地点处于两个时间的。马格里特用作品证实了这一点，在《光的帝国》里，他让夜晚的房舍和树林处于白昼的天空底下，为了加强夜晚的效果，马格里特特意安置了一盏倒映在湖水中的路灯。另一方面，一个观赏者也可以在同一时间处于两个地点的。在《田园的中心》里，窗户已经破碎了并正在坠落，但是户外风景的局部仍再现在室内的玻璃碎片上。类似的现象出现在《幻美集》中，比如在《以P.S.的风格》这首诗里，"我"在岸上看一个人游泳，在"看"和"游泳"的过程中，"我"和"游泳的人"不知不觉地互换了位置。

禅宗有句偈语：你能以手指着月亮，但千万不要把手指误认作月亮。马格里特认为：一个事物恰恰是被它经常出现的样子所遮蔽。他采取的方法之一是：改变对象的尺度、位置或质地，创造出一种不协调。比如，把一个巨大的餐盘放在一处海边风景中（《大餐盘》）。或者一个苹果占据了

马格里特作品：镜子的错误

整个房间（《收听室》）。《单人房间》则更离奇，他把衣橱、床、头梳、酒杯、铅笔、胡子刷等毫无比例地堆放在一起，而墙壁则是蓝天白云。这同样出现在《幻美集》中，在《村姑在有篷盖的拖拉机里远去》这首诗里，篷盖、麦田、围巾、脚丫在瞬间改变了尺度，犹如电影里的蒙太奇镜头。

按照波德莱尔的说法，物质讲着一种无声的语言，比如花、天空和日落，家具似乎在做梦，可以说蔬菜与矿物一样，具有一种梦游者的生命。马格里特用来表达物质语言的手段之一是孤立，即使对象与其本源脱离。在《比利牛斯的城堡》中，岩石像云彩一样高高地飘浮在海洋之上。《通往大马士革的道路》画的是一个赤身的男人，在他身旁一套西服和一顶圆礼帽凌空悬挂。在《幻美集》里有一首诗叫《绿风》，诗中这样写道，"风来自高楼的峡谷/经过有花瓶的窗台/将一束花的叶子吹落/而让另一束花只留下叶子……"

全诗无意识地采用了虚实相间的手法。

与孤立相反，把两个彼此独立的形象融合在一起，也是马格里特经常使用的一种手法。《欧几里得漫步处》描写的是一幅城市风景，画中有一条剧烈透视的宽大马路，这大马路看上去快变成一个三角形了，从而重复了相邻塔楼的角锥形状。画面唤起了某种巧合，或者说巧合产生了画面。正如伯特兰·罗素所说的，"当人们发现一对雏鸡和两天之间有某种共同的东西（数字2）时，数学就产生了。"顺便提一下，巧合的画面似乎与意象诗相近，比如庞德的《地铁站台》，但又有区别，马格里特的绘画无疑更抽象，更具哲学意味。比如《幻美集》中的一首诗《羽毛》，在那里，羽毛和帆船产生了巧合，而诗的主题则与时间有关。黑格尔在晚年发觉星光辉映的天空是阴沉的，他指出："人们能够把并不实在的事物的理念自我感觉成像实在的一样。"

马格里特无疑从德·契里柯开创性的形而上绘画和洛特雷阿蒙的长诗《马尔多拉之歌》中获得了灵感，后者的名言"美得像一架缝纫机和一把雨伞邂逅在手术台上"和前者作品中事物之间谜一般地联结一起，对他的艺术产生了决定性的影响。从1925年创作自认为是第一幅"实现了"的绘画《迷路的骑士》开始，马格里特运用人们熟悉的具体事物，以各种不规则的方式加以组合，创造出令人惊喜交加的效果，给我们以启示的震撼。由于他提出了作画的对象与真实的东西之间的含义和关系问题，使他成为超现实主义画家中最具哲学倾向的和最符合现代艺术精神的一个。为了使画面

马格里特作品：自由决定

内容的真实程度达到最大可能，马格里特采用了拘泥细节与故意显得平庸的技术。例如在《自由决定》这幅画中，一个年轻文雅的女骑手，穿过一片被树木分隔的森树。马被树木拦截成几段，而各部分安排得朦胧模糊，看上去既像是在树的前面，又像是在树的后面，这把我们引进到现实与幻觉的矛盾之中。

1951年，法国诗人蓬热与瑞士雕塑家贾科梅蒂谈起：我们是这一代中一些不得不推迟出现的人。对马格里特来说，他的姗姗来迟是他个人的选择。当别的艺术家都有意在生活中激起公众的批评，他却力图在外表上不引人注目。他最像他画中反复出现的一个头戴圆顶礼帽、身穿黑色外套的人。自从1930年离开巴黎之后，马格里特的艺术家生涯可以说已经告终。在回到布鲁塞尔之后，他越来越生活得像一个普通的中产阶级。他讨厌旅行，喜欢稳定，似乎是一个放弃了个性的人。他与世隔绝,冷漠的神情中蕴含着对平凡琐屑的蔑视和反抗。60年代初,美国的波普艺术家尊崇马格里特为这一艺术之父,被他坚决拒绝。他的傲慢孤僻,使人想起波德莱尔所说的"优秀的人",但他的想象力始终活跃着,直到生命的最后一年,他的艺术创造力依然旺盛。正如梅利在为英国广播公司拍摄的电影脚本《马格里特》里所写的:"他是一位秘密代理人,他用外表装束和行为讲话。大概多亏了他的隐姓埋名,他的作品才像冰山浮动似的,已经有了逐步的并且是压倒一切的影响。"我们有充分的理由相信,马格里特在艺术史上的地位到现在仍然难以充分地估计。

1990年12月,杭州

附诗:

绿 风

风来自高楼的峡谷
经过有花瓶的窗台
将一束花的叶子吹落
而让另一束花只留下叶子
风吹在她忧愁的脸上
她的眼睛显得迷惘
风轻轻解开她的衣裙
她的乳房多出一只
风倾压在她身上

村姑在有篷盖的拖拉机里远去

我在乡村大路上行走
一辆拖拉机从身后驶过
我悠然回眸的瞬间
和村姑的目光遽然相遇

在迅即逝去的轰鸣声中
矩形的篷盖蓦然变大
它将路边的麦田挤缩到
我无限扩张的视域一隅

而她头上的围巾飘扬如一面旗帜
她那硕大无朋的脚丫
从霍安·米罗的画笔下不断生长
一直到我伸手可触

羽 毛

白日是一条宽广的河流
黑夜的村庄坐落在彼岸

我看见有鸟翅在天空闪烁
随意飘下一根羽毛

一只帆船由远而近
消失在夜与昼的边缘

以P.S.的风格

一个人在海上游泳
他俯身于水面
双臂依次向前移动
我在岸边的沙滩上
看见他的脸侧转
露出水面或没入水中
便身不由己地摇荡
我好像一块冲浪板
在万顷波涛的海面
时隐时现
而他径直来到了岸上
在我此刻驻足的地方
饶有兴致地观看着

归来的厄尔·格列柯

> 艺术是通往过去年代的精神通道。
> ——［捷克］安东尼·德沃夏克

每个时代都有几位大师被遗忘或忽略,也都能挖掘出几位过去年代的大师。在20世纪归来的艺术家当中,最重要的一位恐怕要数文艺复兴后期的地中海画家、雕刻家和建筑师厄尔·格列柯了。去年夏天我在希腊漫游时,偶然发现雅典的国家美术馆里,正在举办厄尔·格列柯的作品回顾展。早在六年以前,我就在纽约大都会艺术博物馆里看见过格列柯最令人震惊的作品——《揭开第五印》,画家描绘了《启示录》里的一幕,圣徒约翰沉迷于幻觉,仰望着天国,以发表预言的姿势举起双臂。此画使我联想起四个世纪以后毕加索的《阿维尼翁少女》,那是立体主义的开山之作,不过,其时我沉湎于自己的旅行,并未对艺术家作任何探究,这次总算有机会对他的作品和生活深入了解。

大约在1541年,格列柯出生在克里特岛的最大城市伊拉克利翁，本名多明尼科斯·透托科波罗斯（Dominikos Theotokopoulos），厄尔·格列柯（El·Greco）在西班牙语里的意思是"这个希腊人"，或"那个希腊人"，显然这是一种贬称，暗示着希腊这方面的人才奇少，就像数学中的"孙子定理"被西方人称为"中国剩余定理"一样。位处东地中海的克里特岛是希腊乃至整个欧洲文明的发祥地，荷马史诗《奥德赛》里有这样的描述："在酒绿色的大海中央，美丽又富裕，人口稠密，90座城市林立在岛上……"20世纪初，英国考古学家伊文斯爵士在伊拉克利翁郊外发掘出的米诺斯迷宫提供了部分的佐证。可是，自从9世纪以来，克里特岛相继被阿拉伯人、威尼斯人和土耳其人占领，先后长达一千一百多年。

格列柯自幼在故乡接受拜占庭艺术的熏陶，主要画一些宗教题材的镶嵌画，20岁出头他就成为岛上享有盛名的画家。展览的第一部分表现了希腊的传统艺术，格列柯和同时代的几位画家的作品颇为接近，很明显，如果他继续留在那里，会成为克里特艺术的代表人物。但格列柯是个有抱负的年轻人，1568年，他来到当时的宗主国威尼斯求学，其时长寿的"威尼斯画派"领袖提香名声显赫，他在色彩和技巧上受到了影响，或许还在提香的画室工作过。格列柯迅速完成了从后拜占庭艺术家到西方艺术家的转换，两年以后，他离开威尼斯，一路游历维罗纳、帕尔马和佛罗伦萨，抵达当时世界艺术的中心——罗马，很快他便取得了成功，初步建立起一个肖像画家的声誉，被认为是"罕见的天才"而得到著

托莱多古城全景。作者摄

名的法纳赛家族的资助。

有意思的是,格列柯并没有被巨匠拉斐尔和米开朗琪罗所吸引,却倾心于比较怪异的卡拉瓦乔(其自画像出现在最高面值的意大利纸币上)和帕尔米贾尼诺(Parmigianino,1503—1540),欣赏他们夸张的人物造型和纷乱的构图。不仅如此,格列柯对西斯廷教堂壁画《最后的审判》的轻视招来了罗马人的敌意,促使其下决心在七年以后远走马德里,最后在古罗马时期西班牙的古都托莱多定居下来并度过余生。格列柯旅居意大利期间的作品,如《天使报喜》《正在治疗盲人的基督》,画面呈现出统一的金色调，建筑远景的透视关系都是提香式的，不过已埋伏下不稳定的因素。

在格列柯来到西班牙，特别是定居托莱多以后，情况发生了质的变化，伊比利亚半岛和克里特岛一样，曾经被伊斯兰文化统治和沐浴数个世纪，因此很自然地成为他的第二故乡。格列柯画中的人物被有意拉长了，仿佛缺少重力似的飘浮在空中；经典的透视法被抛弃了，代之以仰视和俯视交融的多重视点；人物造型几乎集中在脸部，追求极端微妙的精神表现。更具创造性的是在色彩的运用方面，强烈的戏剧性对比，就像烧红的金属经过淬火，或半熔化半结晶的宝石，整个画面呈现冷与热、暗与明、白与黑、漂浮与沉淀的紧张冲突，制造出神秘的宗教意味，令每一位观众不得安宁。典型的作品有《牧人的膜拜》《基督洗礼》《基督复活》《十字架上的基督》《三位一体》和《逾越节》。

格列柯的绘画艺术是那样地"现代化"，我们很难从中寻找那个年代的烙印，不过可以断定，当时的西班牙由于地理位置的偏远，在那里生活作画不大容易受到推崇自然完美的批评家们的攻击和骚扰；此外，中世纪的艺术观念仍然没有消除，人们对宗教有着不可思议的热情，这是其他地方难以见到的。在来西班牙之前，格列柯已经受到他认识的前辈画家丁托列托（Tintoretto，1518—1594）的影响。比提香年轻30多岁、同样定居在威尼斯的丁托列托很早就感觉到，不论提香怎样无与伦比地表现美，他的画倾向于媚人而非动人。换句话说，并不十分激动人心。

在绘画实践中丁托列托也身体力行，其一反常规的不平衡构图法使同时代的批评家兼传记作家瓦萨里大惑不解，他在《名人传》里扼腕叹息："如果丁托列托不是打破常规，而是遵循前辈们的美好风格，那么他一定会成为威尼斯最伟大的画家之一。"格列柯没有发现丁托列托的艺术有什么可惊讶之处，反而觉得它十分迷人，很合乎自己的口味，这一点至关重要。正如贡布里奇爵士在《艺术的故事》一书中指出的，"格列柯在大胆蔑视自然的形状和色块方面，在表现激动人心和戏剧性的场面方面，都超越了丁托列托。"尽管如此，这位20世纪最杰出的古典学者仍然没有充分意识到格列柯的艺术地位和价值，他的著作里只花费少量的篇幅阐述。

除了绘画以外，格列柯也像那个时代的其他艺术家一样，从事建筑和雕刻创作，可惜所有的建筑已毁，遗存的雕刻作品也不多，确认出自他之手的就更少，据说均是按照西班牙的传统，做成缩小了的彩色木雕。有一次，委拉斯凯兹未来的老师和岳父帕切科专程赴托莱多拜访艺术家，回到马德里以后逢人便说，格列柯让他看了亲手制作的满满一柜子黏土人像模型，用来解决作画时的疑难。据此我们可以推断，这位画家虽然擅长雕刻，不过其主要目的，却是为画中人物的体积感寻找依据。我对原藏普拉多博物馆的《厄庇米修斯与潘朵拉》和原藏托莱多城外博物馆的《基督复活》留有深刻的印象，两件作品都不足半米高，却充分显示了作者的出手不凡，其中基督的形象左腿前跨，右手前伸，翻手伸食指向上，几乎原封不动地出现在格列柯的同名绘画中。

从16世纪开始，西班牙每隔一百年向世界贡献一位超级天才，格列柯以后依次是委拉斯凯兹、戈雅，之后的19世纪是个空白，而到了20世纪，一下子又冒出来三位：毕加索、米罗、达利。不过从风格上讲，格列柯似乎应该在戈雅后面出现，由于他的作品怪异、多变、奢侈、想入非非，没有获得国王菲力普二世的赏识，大概正是因为这一点，再加上画家本性上的固执和傲慢，促使他始终不懈地努力，终于形成了独到的风格。虽说格列柯未能进入宫廷，不过也未招来太多尖锐的批评，国王的顾问们注意到了他。西班牙人乐于承认，格列柯对年轻的委拉斯凯兹有着重要的影响。

那个时候的西班牙王国鼎盛期已过，在美洲的殖民地不断丧失，人民的生活水平比以前有所下降。社会上冒险的风气盛行，流浪汉小说风靡一时，塞万提斯讥讽时代的巨著《堂吉诃德》也已经问世，他本人只比格列柯晚两年去世，这一切都是画家赖以创作和生存的前提条件。到了17世纪中叶，意大利文艺复兴的审美趣味才真正主宰了西班牙，人们开始批评格列柯画中的形状和色彩不自然，继而把他的画当作笑料，结果使得画家默默无闻了三个世纪，甚至连权威的《剑桥艺术史》都对他只字未提。

在幻想的探索方面，格列柯独自远远地走在时代的前面，直到浪漫主义的兴起，他才有了几位趣味相投的同行，而在上两个世纪之交，随着印象主义、象征主义、表现主义和立体主义等流派的出笼，尤其是在1907年，西班牙批评家科西奥对格列柯进行了天才的发掘,他终于有了一批虔诚的信徒,同时作为古典大师的地位得以牢固确立。科西奥那部划时代的著作第一章的标题就叫:关于厄尔·格列柯的生活我们不了解的还有哪些?看过格列柯的画展以后,我似乎找到了本世纪三位怪异的天才——西班牙人达利、意大利人莫迪利阿尼、法兰西人唐吉的绘画风格和精神的渊源,至少他

格列柯作品:穿绿衣的少女

们的独创性在我眼里减少了。

绘画是一种使空间变得可见的艺术，宗教绘画提供给人们的，应是受上帝影响或作用的某种空间存在。由于《圣经》的故事一代代相传，因此长期以来，圣洁、安详、真实和美成为历代画家反复的选择和共同的追求。另一方面，艺术又需要自由，没有什么能比真正的自由更重要了，而自由的获得却比我们通常想象的要艰难许多。正如德国学者冯·沃格特所指出的，"我们被错误地灌输了一种看法，即把摆脱旧的暴政看作是自由的本质，实际上那只是自由的属性，自由只能从一些自我规定的新规则中才能获得和被建立。"在格列柯那里，绘画是那种可以无限延展的光明的化身，可以通过相对隐晦、分割和变形的东西组成一个新的整体。

对于这样一类艺术家，美国人保罗·韦斯的话或许正好能够解释，他说："要使作品展现和表明上帝是无所不在的，那么现代抽象绘画应该特别适宜于作宗教艺术。"在大师归来的同时，有关他个人生活的谣言四起，如精神失常，眼睛散光，吸食印度大麻，等等。有人认为格列柯拉长了画中的人物是因为他的眼睛散光，知觉心理学家吉布森把这个现象称为"格列柯谬误"，因为画家所能瞄准的只是感觉的匹配而已，而非绘制地图。贡布里奇在《图像和眼睛》里则引用了美国画家惠斯勒的话反驳，他在回答一位宣称只画自己所见的事物的学生时一针见血地指出，"如果你真的看见你自己画的东西时，你会晕倒的。"

或许，格列柯是从帕尔米贾尼诺未完成的作品《长颈的圣母》中获得启示，画家想使圣母显得文雅优美，便把她的脖子画得像天鹅一样，同样修长的还有她的手指和天使的腿，而拿着一卷羊皮文稿的先知瘦弱憔悴，我们仿佛是通过一面变形镜来观看这一切。另一方面，与格列柯同时代的人并没有注意到他在精神或视力上有缺陷，他是个有文化修养的人文主义者，从那个时代的语言到哲学和文学潮流无所不知。在去世前五年，已近古稀的格列柯为一位修士画了一幅肖像，这幅现藏于波士顿美术馆的作品在逼真和神似方面堪与40年以后委拉斯凯兹的杰作《教皇英诺森十世》媲美。

在过去的一个世纪里，希腊、意大利和西班牙都在争夺格列柯，希望能为自己的艺术家名人堂增添一位耀眼的新成员，这种争夺呈现愈演愈烈的势态。不过，西班牙在这方面占有明显的优势，著名的马德里普拉多博物馆收藏的格列柯作品十分丰硕。事实上，普拉多把主要的三个展厅分别留给了格列柯、委拉斯凯兹和戈雅。至于离马德里仅有一个小时车程的托莱多，格列柯的艺术和博物馆、灵柩成为吸引游客的一个主要因素和景点。事实上，那座人口不到十万的小城堪称欧洲最佳的一日游目的地。

而据总部设在纽约的《国际先驱论坛报》报道，这次展出的作品是地中海沿岸三国的首度合作，画展的前两站分别设在普拉多博物馆和罗马美展中心，整个展览将历时十个月，跨越两个千年。在痛失一百周年奥运会的主办权以后，希腊人总算得到了一个安慰，格列柯的作品第一次汇聚在他的故乡。几十幅作品既让观众大饱眼福,又足以对一位艺术家作出判断,或许我们可以这样认为,在基督教和伊斯兰教文化的双重熏陶下,格列柯成长为第一个另类的古典大师,同时也是对现代主义运动最有影响的古典大师,即便在今天看来,他用来表达神秘、狂喜和自我的方式仍然具有很强的独创性。

2000年2月,杭州

作家们

闻所未闻的戈尔·维达尔

实际上是没什么希望，唯一的希望是美国在破产中垮台。

——［美国］戈尔·维达尔

一

年逾八旬的旅美作家董鼎山先生最近在《环球时报》上撰文介绍了他个人最欣赏的美国作家戈尔·维达尔（Gore Vidal），由头是适逢维达尔的79岁生日（10月3日）。这位欧内斯特·海明威之后美国最桀骜不驯同时也是最具影响力的作家，如今侨居在意大利的阿玛尔菲。文中谈到不久以前有一天晚上，维达尔在纽约一家书店演讲，董先生慕名前往，虽然提前了一个多小时，仍然找不到立足之地，最后只好抱憾而归。巧合的是，董先生写这篇文章的时候，我正好在柏林见到了维达尔，并做过一番交谈。

九月下旬，我应邀去德国参加第四届柏林国际文学节。上海小说家马原比我早到一天,由于他不讲外语,除了文学节事先安排好的朗诵和对话活动以外,专心于游玩,要不就是与客居柏林的前妻皮皮密会。我抵达的第二天,北京诗人西川也飞到,他见到我的第一句话是,这次有没有什么大人物?"没有,"我不假思索地回答,"去年他们还请来了君特·格拉斯,今年好像没有重量级的作家。"我接着补充道。

柏林文学节属于官方主办,每年受邀的作家将近150位,来自世界各地,报到以后也是住在东西柏林大大小小的旅店里。除了文学节指定的FRANZOTTI咖啡馆(那里每天

2004年,作者与维达尔在柏林

从早到晚提供免费的食物、饮料、咖啡和酒精），以及间或举行的几次晚宴（大多是在东柏林，那里物价相对便宜）以外，平常作家们不大照面。每个人应尽的义务少之又少，加上以前我又专程到柏林游览过，因此有许多空闲。幸好文学节期间，受邀的作家可以到柏林任何一家博物馆免费参观，而包括出租车在内的市内交通费又可以实报实销。

有一天下午，在参观过犹太人博物馆（这座建筑物的内外造型比展出内容更让我感兴趣）和同性恋博物馆（那里恰逢举办法国社会历史学家米歇尔·福柯的生平事迹展览）以后，我来到Ham burger Bahnhof，直译是汉堡车站，其实是一家艺术馆。当代艺术最大的收藏家之一Friedrich Christian Flick倾其所有藏品，将硕大一个博物馆占得满满的。这次展览与柏林文学节同一天揭幕，历时四个多月，无论在时间上还是在影响力方面都要略胜一筹。

我在汉堡车站的一个站台（展厅）遇见雅娜小姐——文学节主席乌尔里希·施奈伯先生的助手，她指着与我擦肩而过的一辆轮椅上的背影说，那是戈尔·维达尔。我没有在意，只是觉得这个名字有些耳熟。后来，我在另一个站台与他们再次相遇，这回看见的是一个头发花白的老人戴着墨镜，手持拐杖，虽身着便装，但气度不凡，且表情十分凝重，我依然没有上前问候。没想到三天以后，在柏林市政厅举行的欢迎午宴上，我又一次见到了戈尔·维达尔。

记得那天阴雨绵绵的，赴宴的作家寥寥无几，倒是来了不少附庸风雅的女士和外交官。鸡尾酒会开始以后，我和美国诗人艾略特·温伯格在聊天,他与移居海外的朦胧诗人十分熟悉(北岛新近出版的散文集《失败之书》里第四篇《纽约骑士》讲的就是他),加上我们俩都翻译过拉美诗人的作品,因而有许多共同的话题。就在这个时候,加拿大作家兼爵士乐歌手玛莎·布鲁克斯(她是文学节邀请来的最受德国媒体追捧的客人)走过来问我有无兴趣认识戈尔·维达尔。如同玛莎后来亲口告诉维达尔的,她想认识他是因为他的名声实在太大了,而她拉上我是想有个伴。

我没有表示反对,尤其在问过艾略特和在场的另一位美国作家一个相同的问题之后。我的问题是,约翰·厄普代克和戈尔·维达尔哪个更重要?没想到他们的回答迅速而一致,当然是戈尔·维达尔重要。我以往对小说家关心不多,但我知道约翰·厄普代克(六年前我曾在美国见过他)的每一部作品都被译介到中国大陆了,特别是他的兔子四部曲很受欢迎,可是戈尔·维达尔的作品至今仍未与汉语读者见面。

当我在惊讶之余把现场进行的民意测验和答案告诉维达尔时,他笑了笑说,如果在雅虎上搜索他的名字,可以找到30多万个条目。随后,维达尔把话题转向中国和孔子,他认为孔子是中国的耶稣,虽然孔子极少谈论神,却在道德方面和耶稣有着相似的影响力。维达尔还告诉我他的书籍明年就会在中国出版,可惜我忘了问出版社的名字。我后来亲自验证过,同时也搜索了约翰·厄普代克和诺曼·梅勒,他们的条目都只有维达尔的三分之二,尽管他移居欧洲已有几十个年头了。

二

戈尔·维达尔是一个多面手,他是小说家、剧作家、随笔作家、批评家、电影导演和演员。出身于纽约西点的军人之家,外祖父做过参议员,他本人既是前副总统戈尔的表哥,又是前总统肯尼迪夫人杰奎琳的义兄(他曾直言同时爱上希腊船王奥纳西斯的杰奎琳姐妹俩的关系是一种虐待与被虐待的关系)。可是骨子里维达尔却是个愤世嫉俗、玩世不恭的人,经常以文字挖苦社会,并以在电视访谈里机智嘲讽的言论著称,深受美国公众乃至欧洲公众的喜爱。

维达尔的原名叫尤金·路德·维达尔,外祖父托马斯·戈尔是俄克拉荷马州的民主党人,虽说与当时的总统弗

青年时代的维达尔

兰克林·罗斯福是党内同僚，却对这位白宫主人充满敌意，结果是保留了尊严失去了参议员的职位。戈尔参议员从幼年时代起眼睛几乎就全瞎了，疾病毁了他一只眼，一场事故毁了他另一只眼。维达尔十岁时父母离异，他的继父后来又成为杰奎琳·肯尼迪的继父。维达尔从小就奉命给外公读各种各样的书，这造成了他文字上的早熟。虽然他曾在奢侈的私立学校就读，但却没有上大学，他从军校毕业时遇上了二战，后来又长时期地在世界各地——欧洲、非洲和中美洲漫游。

成年后的维达尔用外公的姓氏戈尔充当自己的笔名，同时也继承了他老人家叛逆的个性，成为学院派智慧和权威人物的鞭挞者。维达尔早年在阿留申群岛服役，这段经历为他的处女作《维利沃》（Williwaw）提供了素材，这部作品发表时他才19岁，里面却见不到他个人的成长史。小说以一场海上风暴为背景，讲述了两个海员为争夺一名妓女闹得不可开交。很显然，从一开始他就与麦尔维尔和海明威这些擅长描写海上故事的经典作家分道扬镳。

让维达尔一举成名并树立起严肃作家形象的小说是1948年的《城市与盐柱》（The City and the Pillar）。这部小说讲述了两个青年男子相恋的故事，它的出版惊动了读书界。书中关于同性恋男子做爱的真实描写更令人震惊，他可说是这方面的先驱，比起"垮掉的一代"作家出道早了若干年，而今天的同性恋读者则把他奉若神明。说到这里，我觉得作为"同性恋之都"的柏林邀请他来做客非常合适，而用鸡尾酒会招待我们的市长先生的性取向也是人所共知的。

在一篇题为《粉红三角形与黄色星形》的文章里,维达尔批评纽约知识界对同性恋的歧视。而在另一篇名叫《女权主义与其不满分子》的杂文中,他又认为女权主义运动如果过分嚣张,结果必然会引起同情者反感。这个预言果然应验了。除此以外,维达尔还是马尔萨斯人口论的鼓吹者,以为世界人口过多,应该节制生育,并赞成同性恋也是节制生育的有效手段之一。

20世纪50年代以来,维达尔在商业上十分成功,他为米高梅公司撰写剧本并曾亲自执导,收入相当可观,成为美国最富有的作家之一。同时继续他的严肃创作,曾替百老汇写过几个剧本,与剧作家田纳西·威廉斯过从甚密(他们曾携手畅游欧洲)。以《欲望号街车》首次获得普利策奖的威廉斯(和同名影片的男主角马龙·白兰度一样)是一个公开的同性恋,有一个流传甚广的笑话,有一次威廉斯被维达尔带到肯尼迪的庄园共进午餐(那时他还不是总统),他们一起去打鸟。当肯尼迪举枪射击的时候,威廉斯羡慕地对维达尔说:"瞧他的屁股。"维达尔回答说:"你不能觊觎我们未来总统的屁股。""它太漂亮了,美国人不应该选他做总统。"

与威廉斯一样,维达尔的性取向也是人所共知的,不过,他是一个阳刚和勇气十足的同性恋,同时与许多年轻美貌的女子有过一夜情。据说维达尔长达半个世纪的同性伴侣是一位叫霍华德·奥斯汀的犹太人(尽管如此,他对美国右翼政府对以色列的偏颇一直持批评态度），他的母亲戈尔小姐年轻时也是一位放浪不羁的美人，嗜酒成性甚至与一位黑人出租车司机有染，可是当她得知自己儿子的性取向时仍勃然大怒，没想到次日便收到儿子的一封信，信里说只要他活在世上永远也不想再见到她。他果然说到做到了。

陪同维达尔前来柏林的是一位年轻英俊的意大利小伙子，一言不发，但始终守护在他的轮椅一侧，他的缄默让人无法开口与之交流。值得一提的是，20世纪美国文学史上有两起最著名的作家斗殴事件，一次是发生在海明威和大诗人华莱士·斯蒂文斯之间（1936年），另一次的主角便是诺曼·梅勒和戈尔·维达尔（1971年），起因于维达尔作品中的同性恋倾向和梅勒的大男子主义。当然，打架归打架，维达尔和梅勒依然是很好的朋友，他俩以及另一位尚且健在的参加过二战的名作家克特·冯内格（Kurt Vonnegut）被喻为美国文坛的三头巨狮，他们在蔑视权贵方面趣味相同。

三

近年来，维达尔更多地关注政治和战争，对美国政府的批评可谓直言不讳，他的访谈在以知识分子为主要观众的有线公共电视网里很受欢迎。不久以前，他在意大利的寓所里接受了瑞士一家周刊的采访，谈及他对美国政府、媒体及其他问题的看法。他认为，乔治·W·布什是美国历史上最愚蠢和最危险的总统，过去的政府虽然也有这两个特性，但是都没有达到现在这样的程度。在此以前,维达尔曾嘲笑西奥多·罗斯福是软绵绵的美国男人(有意思的是,总统夫人爱莲娜最喜爱的作家偏偏是维达尔,她在自己的专栏文章里对他赞赏有加),还揶揄罗纳德·里根始终不渝地"沉醉于防腐剂的艺术"(atriumph of the embalmer's art)。

维达尔同时谈到,美国媒体是受政府控制的,有线电视台(CNN)是白宫的一个论坛,《华盛顿邮报》和《纽约时报》都支持布什在伊拉克的政策。而NBC属于通用电气公司,这是一个向五角大楼提供核武器的公司,这就是为何它从不批评美国发动的战争或侵略政策。他还分析,美国之所以经常卷入战争,是因为战争是赚钱的手段。他甚至把美国的现任政府比喻成为"切尼——布什石油煤气政治派系"。说起白宫,这个他外祖父不屑的地方,经常在维达尔的小说或随笔里出现。

在长篇小说《卡尔基》(Kalki,1978年)里,维达尔让一个新的救世主传播瘟疫,结果把世界带到崩溃的边缘,唯有屈指可数的幸存者雀跃在空荡荡的白宫。他的政治三部曲《华盛顿特区》(1967年)、《波尔》(1973年)和《1876》(1976年)从反对偶像崇拜的观点出发交代了过去两百年来美国的历史,同时把宪法制定者和其他一些人的阴暗面公诸于世。作者一方面对本性难移的争权夺利一笑了之,另一方面对清教徒式的虚伪和容易轻信的选民表示愤慨。9·11事件发生以后,维达尔也表达了自己的声音,"几十年来美国传媒对穆斯林世界有一种挥之不去的刻薄诅咒",言下之意,他认为是美国咎由自取。

维达尔自己辩解说,"我经常有这样的感觉,政治是我个人的事情,但是我从来没有感到自己是某个机构内部的人。我谈论政治是想澄清事实。"当记者问起面对这种形势是否还有希望时,维达尔回答,"实际上是没什么希望,唯一的希望是美国在破产中垮台。"他还预言了美国破产的时间。事实上,早在1964年,即嬉皮士、反战、女权运动盛行的年代(也是"选举年电影"的黄金时代,如同今年有《华氏911》),由维达尔导演、亨利·方达主演的《华府风云》就把矛头指向美国的政治体制。

也正是从20世纪60年代开始,维达尔有了从政的欲望和行动。他先是在纽约州以民主党自由派候选人竞选国会众议员未果(他的一个引人瞩目的姿态是要承认中华人民共和国),70年代他担任"左倾"的人民党两主席之一,进入80年代以后,他再度在民主党内组织起竞选班子,这回是在加利福尼亚州角逐美国参议员,结果在九位候选人中名列第二,而没有继承外祖父的职位。维达尔称自己是"胜利的失败者",从此安心于写作,并间或出现在电视访谈节目里。可是,即便是在文学领域,维达尔也对美国深感失望。

在1970年出版的小说《姐妹俩》里,有许多令人赞叹的旁白,例如,美国"缺乏文明,为此亨利·詹姆斯被迫出走欧洲"。这大概是他本人移居意大利的主要缘由。这部小说的结尾是:"火,这就是世界的结局。"维达尔吸收的营养主要来自欧洲尤其是欧洲的古典文学,他不信任本国文学,"我一直认为,我国有名的小说家不过是些平庸的小说家"。他也没有放过美国的读者:"倘若我在美国还受到一些尊敬,那仅仅是由于我在公众场合不谈论文学。"

维达尔属于那种危险的动物:不仅善于主动出击,当他遭到攻击时,也很懂得捍卫自己。尽管如此,1993年,美国全国图书奖还是授予了戈尔·维达尔的随笔自选集《美利坚合众国》。这部著作收录了过去40年间维达尔写下的一百多篇随笔,包括美国政治、历史、文学的方方面面以及世界各国的文化,着重探讨了他本人与美国又爱又憎的相互关系,也有对他所熟悉的作家的批评,如司各特·菲茨杰拉德和田纳西·威廉斯,以及对同性性关系和法国小说的看法,其中相当一部分最初发表在《纽约时报书评》和《纽约书评》上,他本人是后一种期刊的主要作者。

四

1995年,随着戈尔·维达尔的回忆录《羊皮书》(Palimpsest)问世,他又一次引起公众的强烈关注,舆论公认为他是自马克·吐温以来美国最有才华的文学家,美国编年史将增添一个生动有趣的人物,他的多彩多姿的生活代表了那个时代的民族精神。维达尔的讽刺小说为美国文学填补了斯威夫特式的空白,虽然他的公众声望得益于戏剧和电影剧本的写作,但他的随笔和批评将为他在美国文学和政治史上占据一个永久的地位。甚至连维达尔鞭笞过的《纽约时报》也不得不承认,"自本杰明·富兰克林以来,还没有一位本土作家能够像戈尔·维达尔那样娴熟同时持之以恒地挖苦和嘲讽美国"。

批评家哈罗德·布鲁姆在《纽约书评》杂志上发表评论说,"维达尔在叙事方面的成就被学院派批评家严重忽视了,这方面的不公正大致抵消了他在随笔里对他们的攻击。"的确如此,维达尔作为公众人物的名望,以及非虚构文学领域的巨大成就掩盖了他的小说才华。这无疑也是维达尔本人的一块心病,在我看来,他最后会成为美国20世纪的一位大作家,还是美国历史上的一位大作家,关键取决于他小说地位的高下。

在新千年到来之际,纽约的兰登书屋推出了一部厚达一千两百多页的维达尔作品选集《必不可少的戈尔·维达尔》(The Essential Gore Vidal),这部巨著选取了维达尔历年来发表的各类文体的精粹,包括成名作《城市与盐柱》。可是,要从一个出版了24部长篇小说、六部戏剧和数以百计的随笔、电视和电影剧本、短篇小说的作家那里遴选文字,实在不是一件轻松的事,尤其因为维达尔拥有如此众多忠实的读者。事实上,仅仅以随笔为例,他涉及的主题之广包括文学、各种各样的人物或公众话题。

去年秋天去世的巴勒斯坦裔美国学者爱德华·萨义德也是维达尔的拥戴者,事实上,维达尔是他最心仪的两位知识分子之一(另一位是语言学家、哲学家乔姆斯基)。萨义德认为,他们俩的共同特征在于"全身心地投注于批评意识,不愿接受简单的处方、现成的陈词滥调,或迎合讨好、与人方便地肯定权势者或传统者的说法或做法";"这些特立独行者充满抗拒意识,不屈服于任何集体激情的组织,以个体的声音取代群体的话语"。或许,正是因为有了维达尔这样无所畏惧的批评者,美国才变得稍许可爱一点。

综观维达尔的整个写作生涯,他都拒不接受homosexual writer(以同性恋为写作题材的作家)这个标签。1981年,他在一篇题为《粉色三角形和黄色星形》的随笔中写道,"美国人是如此热衷于归类,已经到了要创造不存在的范畴的时候了。""并不是每个人都是非此即彼的,因为有的人是各种倾向的混合体,范畴会不断瓦解,随之会被荒谬接管。"这类别出心裁的观点有时也会引起非议,例如,他曾建议,"要在短时期来比较有效地减少毒品,最简单的方法是让它的销售合法化。"

自从20世纪60年代以来,维达尔大部分时间居住在意大利,他仪表堂堂,曾在费里尼的电影《罗马》里扮演他自己(也为好莱坞主演过一部叫《鲍勃·罗伯茨》的故事片),与意大利作家伊塔罗·卡尔维诺结下友谊并帮助后者出了名。维达尔在那波利东南阿玛尔菲的地中海边拥有一座濒临悬崖的豪华别墅,那里有着世界上最迷人的海岸线,间或他会偕同奥斯汀到世界各地旅行。今年,维达尔开始挂牌出售自己的别墅,他告诉人们,自己已经无法从那里走到比萨饼店了,他会把更多的时间留给罗马。

如同一位英国批评家所指出的,"维达尔像一只温文尔雅的食肉鸟，盘旋于落败社会的上空，那种遗憾、宽慰和愤怒的完美结合是他个人的独特风格。"用《最后的知识分子》一书的作者拉塞尔·雅各比的话来说，这是一个"不对任何人负责的坚定独立的灵魂"。有感于维达尔的尖锐和辛辣，以及散文创作的成就，我在告别之际问他是否也写诗，他回答说那是很久以前的事情。我随即和他开了一个玩笑，"看来我是比你更优秀的诗人"，这回我终于看见维达尔露出了憨厚的笑容。

2004年11月，杭州

奇异的旅行者：詹姆斯·乔伊斯

> 请不要再系那条束胸带了，因为我不喜欢拥抱一个信箱。
>
> ——乔伊斯致诺拉

一

2002年初夏，我应邀参加了苏黎世诗歌节，有机会得以首次造访这座欧洲物价最昂贵的城市。苏黎世位于瑞士联邦北部的德语区，是全国第一大城市和欧洲的金融中心。德国诗人、翻译家托比亚斯·布加特和他的阿根廷妻子乔安娜从西班牙文翻译了我的十首诗歌，并用英文译稿作了校对。这些诗作后来出现在《斯图加特日报》和柏林一家叫INKOTA的综合性杂志上，和中国一样，在欧洲报刊发表诗作稿费很少，影响力也有限。布加特深谙此道，他把我向苏黎世诗歌节作了推荐。不仅我荣幸地接到邀请，组委会同时也把布加特夫妇邀请到了苏黎世。瑞士人出手大方，除了报销旅费、提供五星的喜来登酒店招待以外,还有一笔朗诵费,可以让我在诗歌节闭幕后到邻近的奥地利和几个东欧国家游览。

与瑞士另外两座历史名城日内瓦和巴塞尔相比,我原以为苏黎世只是金融和商业中心,文化旅游资源相对匮乏,但事实并非如此。19世纪末,物理学家爱因斯坦在城东的联邦工业大学平静地度过了大学时代,他后来又在苏黎世大学取得博士学位并短暂执教。就在爱因斯坦大学毕业那年,精神病理学家荣格来到了苏黎世湖畔,行医并教书直到去世,他的学生和病人中有心理学家皮亚杰和作家黑塞。前者在现代儿童思维研究领域进行了一场哥白尼式的革命,并揭示了成人的思维是如何根植于其中的;后者被誉为"浪漫派的最后一位骑士",曾获得过诺贝尔文学奖。黑塞虽以诗歌见长,但其小说也影响甚远,在1960年代取代了海明威,在德语文学史上堪称一绝。

在来苏黎世之前,我的脑海里便浮现出两幅景象。第一幅是利马特河不远的伏尔泰酒吧。1916年,在第一次世界大战的隆隆炮声中,极端无政府主义艺术——达达意外地诞生在此。我曾经去寻访这家酒吧的遗址,发现它的四周被脚手架环绕着,一家新的时装店即将开业。很难想象,当年那里曾举办过疯狂的多语种诗歌朗诵会。另一幅是墓地照片,风烛残年的美国诗人艾兹拉·庞德站在老友、爱尔兰小说家詹姆斯·乔伊斯塑像前。乔伊斯光着头,戴着金丝边眼镜,交叉着腿盘坐着,左手托腮,右手拿着一本翻开的书,一支拐杖靠着大腿。那是1967年冬天，庞德已经82岁，他披着围巾、裹在大衣里，头戴礼帽、手拄拐杖，两人相距不足五米。令我印象深刻的是，乔伊斯的脑袋是如此小巧玲珑，使得整座雕像看起来像是一具骷髅。这幕景象我当然不会错过，而且不止一次造访。

即使在多灾多难的20世纪，犹太民族也贡献出了不计其数的杰出人才，以至于每一位伟大的作家身上都有可能流淌着犹太人的血液，但乔伊斯显然不是，他是庞德的朋友，后者是臭名昭著的反犹主义者。作为20世纪最有影响力的英语诗人之一，庞德也是一位著名的文学活动家，他对现代主义诗歌和小说的贡献就像德国数学家希尔伯特对数学和物理学的贡献一样。除了帮助意象派诗歌团体和小说家海明威等

雨中的乔伊斯。作者摄于都柏林

同胞作家以外，他还安排发表了乔伊斯的《青年艺术家的肖像》和艾略特的《荒原》，后者把这首长诗题献给了庞德，甚至年长一辈的叶芝也极言庞德对自己的教益。更让人高兴的是，部分是由于庞德的喜爱和推崇，中国的古典主义诗歌才在西方产生了较为广泛的影响，李白也成为迄今为止最具国际知名度的中国作家。

　　庞德的问题在于他关心的事情太多，甚至超出了文学的范畴，比如战争及其与欧美经济的渊源。他不仅发表了少量有见地的经济学论文，还在诗歌中广为应用，尤其是在晚年完稿于意大利的《诗章》，他对普遍意义上违反自然的高利贷进行了抨击，同时又对国家控制信贷体系表示赞赏。难怪英国批评家西里尔·康诺利调侃说，"《诗章》里的气候很像我们英国，大部分时间里都刮着一股夹着雨意的西南风，有时转多雾——经济学论文的雾，偶尔会露出几抹地中海地区灿烂的阳光。"《诗章》的开头部分原来是用布朗宁式的戏剧独白来嘲弄那些试图用欧洲的过去教化美国的企图，后来他参照奥德修斯故事中主人公对阴间的采访以及为了重返伊萨卡岛不得不挫败其战友和包括母亲在内的亲属的欺诈行为，用古英语的韵律进行了改写。这让我想起乔伊斯的《尤利西斯》，后者是希腊名字奥德修斯的拉丁译名。

二

　　爱尔兰仅有三百多万人口，居住在海外的侨民却多达三千多万,这一点比起印度支那的老挝有过之而无不及,后者的人口四百多万,旅居邻国的同胞却有两千多万。这两个国家的人民都喜好迁移,原因却不尽相同,一个被大海环绕,另一个远离大海。爱尔兰人和邻近的英国人虽然居住在欧洲的最西端,并没有成为地理大发现的先驱,或许,生活在海岛的人民更向往过安逸的日子。直到19世纪中叶,爱尔兰人才和英国人、德国人一起组成了移居美国的第一批欧洲人的主体,尤其在纽约一带较为集中,以至于爱尔兰的国庆日——圣巴特里克节——极其罕见地成为美利坚合众国的法定假日。同时,有一首曲调忧伤的爱尔兰民歌也传遍世界,歌名非常浪漫,叫《夏日最后的玫瑰》,它与20世纪80年代以来那支红遍全球的爱尔兰摇滚乐队U2的风格相去甚远。

正如奥地利人在音乐上的成就可以与德国人相提并论,爱尔兰人在文学上的成就也堪与英国人媲美。斯威夫特、王尔德、萧伯纳、叶芝、乔伊斯、贝克特、希尼,这一串闪闪发光的名字犹如北斗七星辉耀在天空,而爱尔兰的人口仅为英国的十六分之一(奥地利的人口不足德国的十分之一)。只是为了出人头地,这些作家先后来到伦敦或巴黎闯天下,并且使用英文或法文写作。除了患有梅尼埃尔氏病,一生伴随着周期性的昏眩和呕吐而不得不滞留岛上的斯威夫特以及尚且健在的希尼以外,另外五位都客死异乡。其中尤以乔伊斯迁移最为频繁,流落海外的时间最久,他22岁离开祖国,仅有两次(27岁和30岁)为了处理出版事宜回国稍作逗留,终其余生辗转生活在奥匈帝国的波拉、的里雅斯特、意大利的罗马，法国的巴黎、维希和瑞士的苏黎世等地。

　　1882年2月2日，詹姆斯·乔伊斯出生在都柏林郊外的一个中产阶级家庭，六岁时被送到一所耶稣会开办的寄宿学校，三年后由于家道败落，先后转学到一所慈善学校和一所走读学校读书。乔伊斯在学生时代开始写诗，出版过几部诗集，可是风格比较保守，语言过时、僵化，略显苍白，以至于1904年以后他再也不认为自己是诗人了。但他的诗人气质并未消失，而是溶化在散文作品——他的小说里了。18岁生日刚过，他就在伦敦的《双周评论》上发表了《易卜生的戏剧》一文，得到那位年事已高的挪威剧作家本人的赞许。两年以后，他在都柏林大学获得文学学士学位。同年秋天，乔伊斯进入一家医学院，却由于交不起学费而辍学。接着，他两度赴巴黎，试图以写书评和教英语为生，均未取得成功。

　　乔伊斯的内心就像易卜生戏剧中命运多舛的艺术家主人公一样，始终充满了"孤寂、沉默、出走和狡狯"。1904年，母亲去世以后的第二年，他在一次散步中结识了一位在旅馆做侍者的姑娘诺拉，当年6月16日，乔伊斯在一次郊游时向她倾诉了爱慕之情。他称这一天为"开花之日"，后来又成为以《尤利西斯》的主人公命名的"布卢姆日"。四个月以后，乔伊斯不顾父亲的反对，和诺拉一起来到欧洲大陆，当他们长途跋涉到达苏黎世，原来期望的教职却被人占了先。不得已他们转到亚平宁半岛，在亚德里亚海边的波拉安了家，乔伊斯在镇上一所语言学校教授英语，后来他们又迁到附近的里雅斯特，诺拉在那里生下一对儿女。乔伊斯的学生中有一个年长他20多岁的犹太商人，后来以斯韦沃的笔名发表小说，成为意大利第一个国际知名的现代派作家。

　　1915年夏天，由于第一次世界大战的缘故，乔伊斯一家离开隶属奥匈帝国的里雅斯特，来到他们青年时代向往的苏黎世，在那里做英语家庭教师。正是在瑞士居留的四年期间，他的短篇小说集《都柏林人》和长篇小说《青年艺术家的肖像》得以出版，同时在双目几乎失明的情况下，开始了《尤利西斯》的写作。1920年夏天，返回的里雅斯特没几个月的乔伊斯在庞德的劝说下移居巴黎，在法国一住就是二十年，其间《尤利西斯》几经波折出版，他还写成了《为芬尼根守灵》，后一部小说是怀着世界历史循环往复的信念完成的。1940年隆冬，纳粹侵入巴黎，乔伊斯夫妇逃离了法国，又回到了苏黎世。四个星期以后，他做了溃疡穿孔手术。术后未能恢复，于次年1月13日逝世。诺拉继续一个人住在苏黎世，直到十年以后去世。

三

　　乔伊斯并不是一位高产的小说家，可是他的每一部作品都为人们所关注。在我看来，《都柏林人》和来自加勒比海的英国作家奈保尔《米格尔大街》有着相似之处，这两部小说处女作均是通过少年的眼睛描写故乡的风情和个人经验的短篇集子。两位作家均来自海岛，特立尼达和多巴哥比之英伦在面积上与爱尔兰比之欧洲大陆的西部相差无几。他们后来的生活表面上大相径庭，实则殊途同归，奈保尔周游列国走遍世界，乔伊斯则在欧洲循环往复作小范围的迁移，他们都把个人经验成功地转变成了小说。乔伊斯不像莎士比亚那样善于假想别人的生活场景，只好运用自己早年在都柏林的有限生活和社会交往，在悠长的异国之旅中不断想象自己在过去年代漫步。所幸他的每一次迁徙都为自己营造了一个新的环境来做这样的回忆，同时，他还和斯威夫特一样是一位讽刺大师，这帮助他不断调节自己的风格，使之与新的主题相适应并给读者带来新鲜感。

多年以前，我看过一部叫《诺拉》的电影，讲的是从乔伊斯和诺拉相识直到《都柏林人》出版这12年的时光，这部书在出版商手里存放了9年。有许多水边码头和火车沿亚德里亚海边飞驰的镜头，使我想起不停地迁移的乔伊斯似乎从未乘坐过飞机。影片中的青年乔伊斯腼腆、胆小、多疑，性感、机智、勇往无前的诺拉给了他力量，但经济的拮据和现实的艰辛（乔伊斯屡遭退稿）又几次使他失去信心。他们之间的肉体关系和争吵是这部影片的主题之一，最激烈的一次发生在他们最后一次返回都柏林的时候，有一位昔日好友竟然厚颜无耻地宣称自己曾与诺拉有染（这一点让我明白他们当年出走的原因并非完全为了写作）。乔伊斯坚决遵守对诺拉许下的诺言，他们在1931年携同已有精神病预兆的女儿前往伦敦，在他父亲生日那天完婚，此时距离他不顾父亲反对与诺拉私奔已有27年，这件事本身就像一个传奇。

乔伊斯是一位运用神话的专家，这使得他的研究者人

乔伊斯之墓。作者摄于苏黎世

数众多,也使得读者对他提供的现实产生了距离,他们通过自己的想象不断修补这一距离。《尤利西斯》的每一章都根据荷马史诗的一个故事写成,并十分巧妙地写出了古代与现代的各种相似之处,作者清醒地意识到,虽然时光流逝,但是世界的本质和人的本质并没有改变。在这部巨著中,乔伊斯为了充分表现他那成熟的、结过婚的和"全面的"男子汉主人公,在流浪者奥德修斯身上找到了这个形象。而在《青年艺术家的肖像》中,乔伊斯利用了克里特岛上的神话,岛主米诺斯令巧匠代达诺斯设计好迷宫以后,想要杀人灭口。代达诺斯预感到这个命运,他用蜂蜡黏合羽毛做成翅膀顺利逃走,但他的儿子伊卡洛斯第一次试飞时却送了命。乔伊斯认为这样的跌落是一种"向上"的跌落,他用这个故事告诫现代艺术家,必须从家庭、民族主义政治活动和宗教的迷宫中逃离出来。

事实上,乔伊斯中学毕业以后就对宗教信仰产生了怀疑,后来他通过旅行和迁移彻底摈弃了天主教。1922年,乔伊斯40岁生日那天,《尤利西斯》的样本送到了他的手中。那年艾略特谈到乔伊斯时,赞叹他是一位"宣告了19世纪末日"的作家。事实上,正如《泰晤士报》文学编辑约翰·格罗斯所指出的,《尤利西斯》标志着一种社会制度的解体;在这种社会制度下,艺术家至少还可以通过某种有意义的方式与其认同。乔伊斯推翻了以前小说中那种循规蹈矩的虚构情节,尝试运用混杂的风格和突然的转折,从而为小说开辟了其他作家一直探求着的多种可能性。可是,与乔伊斯同年出生且同在巴黎生活过的加拿大画家、小说家、批评家温德姆·刘易斯却把他和柏格森、怀特海这类哲学家混为一谈，并对他那典型20世纪式的关于时间的烦恼大加斥责。

　　当然，乔伊斯本人也创造了一个神话，即布卢姆日（Bloom's Day），一部小说诞生了一个世界性的节日，这是乔伊斯最值得骄傲的一件事。《尤利西斯》讲的是布卢姆、他的妻子玛莉恩和一名教师迪达勒斯这三个人物在1904年6月16日这一天漫游都柏林街头所发生的事情。如今已成年轻人浪漫约会的日子，每当这一天来临，全世界不计其数的旅行者会涌向都柏林。当地政府和市民也会做好各种准备，让大家充分体验都柏林人一天的生活。在所有赞美之词中，有一个比喻最令乔伊斯兴奋，就是把他的小说与爱因斯坦的物理学相比较。事实上，两个不同方向的进展在时间上有着惊人的相似，1905年，乔伊斯把《都柏林人》的手稿交到了他的编辑手中，爱因斯坦则提出了狭义相对论，而十多年以后，爱因斯坦的广义相对论取得突破性进展的时候，乔伊斯也正在埋头写作长篇巨制《尤利西斯》。

四

　　诗歌节结束前的那天中午，猛烈的阳光照射着苏黎世，我独自搭乘公共汽车来到东郊弗鲁腾公墓（Friedh of Fluntern），找到了乔伊斯之墓。那里仿佛是一座清净的花圃，只有少量的碑石露出地面，颜色鲜艳的花瓣撒落在整齐的草地上，无须询问，紧临山坡的通道上，有一块石牌上刻着两行字。顺着箭头所指，我看到了那尊著名的雕像，比想象中的还要矮小，我顺便记下了那位无名作者的名字D.Hebald和雕刻时间——1965年，距离乔伊斯去世已经14个年头。墓的四周被低矮的灌木和草地环绕，诺拉、他们的儿子和儿媳合葬在此。草地边上有一行德文Bitte das Grab nicht betreten，意思是：请勿进入墓园。比较庞德的那幅照片，显然他是有违规则了，不过我可以设想，警示牌是后人放上去的，原因是乔伊斯的追随者众多。

在乔伊斯墓左侧七八米远处，坐落着另一位文学巨匠、保加利亚出生的英籍西班牙犹太裔作家伊利亚斯·卡内蒂之墓，白色倾斜的石碑上只刻着他的名字和生卒年。卡内蒂年轻时曾在苏黎世求学，他后来获得维也纳大学化学博士学位，用第三语言德语写作。1981年，这位"德语里的客人"荣获了诺贝尔文学奖，年轻时他是乔伊斯的崇拜者，晚年他从伦敦移居苏黎世，回到德语的怀抱。在我看来，伊利亚斯这个名字就像一个希腊神话中的人物，陪伴着乔伊斯。另一位诺奖得主托马斯·曼也在临近生命的终点，从加利福尼亚移居苏黎世，他被下葬在同属弗鲁腾区的基尔奇伯格乡村墓地，这位《在威尼斯之死》和《魔山》的作者被公认为是20世纪德国最伟大的小说家。

《尤利西斯》因为晦涩难懂和独特的性爱描写一度被列为世界性的禁书，后来又被奉为20世纪英语文学的扛鼎之作，乔伊斯本人也被誉为意识流小说的鼻祖。在"布卢姆日"诞生90周年之际,《尤利西斯》被中国作家萧乾夫妇翻译成中文出版,这本是值得庆贺的一件事。遗憾的是,译者本人并不欣赏这部作品。有一次,记者出身的作家萧乾在香港接受媒体采访时说,"我到瑞士苏黎世郊外拜访詹姆斯·乔伊斯墓那天,曾在他的墓前叹气,我觉得乔伊斯是个很有才华的人,可惜他把才华浪费了。"由一个既不喜欢又不理解乔伊斯作品的译者去译《尤利西斯》,这不能不说是中国文学界和翻译界的悲哀。我不想去猜测萧乾夫妇翻译这部作品的动因,他们只是触摸到世界文学的一座丰碑,其结果是译文不能唤起读者的共鸣。不过,考虑到此书的晦涩和过去年代译者的生活经历,这一点尚情有可原。

让我惊讶的是,这部由南京译林出版社隆重推出的三卷本小说正文前面,不仅把两则自编的附录置于正文之前,还在仅有的一幅乔伊斯肖像前后插入三整页萧乾夫妇及其"三姐"的合影、简历和"墨宝"。我认为这是对作者和读者的不尊重,凭这几幅照片我可以断定,这不大可能是一部好的译作,因为译者本人和出版者并不珍惜。我非常理解,不久以前上海译文出版社的代表到巴黎向米兰·昆德拉购买中文版权时,这位有着无数中文读者的小说家坚决要求,书中不能附加任何多余的文字和介绍,即便是勒口上的作者简历也只许出现以下几个字:米兰·昆德拉,捷克作家。最近,这套13本的选集以朴实无华的面孔与读者见面,销路通畅,这表明中国出版业的进步。

对于乔伊斯这样的作家来说,每一次旅行或迁移都意

乔伊斯在的里雅斯特街头,右为非洲女诗人。作者摄

味着对现实的一种暂时逃避,当他返回或安顿下来,新的现实又复活了。他的小说像一艘艘巨轮,载着他和他的读者驶向大千世界。对诗人们来说,这些巨轮几乎就是一场场灾难。乔伊斯是人类意识新阶段的伟大诗人,他借用具体事物表现了抽象的概念,把我们引入到一个个超越时空的国度,使得原先属于诗人的专有领地被强行侵占。乔伊斯出走以前,曾在都柏林的国家音乐节歌咏比赛中获得了铜质奖章(他唯一的儿子后来成为一名职业的男低音歌唱家),影片《诺拉》的导演也给了他一展歌喉的机会。正是乔伊斯那忧伤甜润的嗓音最后打动了诺拉,美妙的歌声为她勾勒出如梦如幻的奇异旅程,促使她下决心跟着他走到天涯海角。

2003年12月,杭州西溪

另一个布莱尔

——纪念乔治·奥威尔诞生100周年

> 正义是社会制度的首要价值,正如真理是思想的首要价值。
>
> ——［美国］约翰·罗尔斯

一

1903年6月25日,乔治·奥威尔出生在印度比哈尔邦北部邻近尼泊尔的小镇莫蒂哈里(Motihari),原名埃里克·布莱尔,当时的莫蒂哈里还是个小村庄,属于独立分治的孟加拉。布莱尔太太有着法兰西血统,成长于缅甸的一个柚木商人之家。布莱尔先生是鸦片管理部门的一位职员,比起加尔各答出生的英国作家、小说《名利场》的作者威廉·萨克雷的父亲来,地位要低一些,后者曾是东印度公司的一位官员。

小布莱尔四岁那年,随母亲回到了英国,比萨克雷在印度少待了一年，更比孟买出生的约塞夫·吉卜林少待了十年。不知道是否因为这个原因，当布莱尔长大成为一名作家以后，并没有追忆殖民地的生活。直到二次大战期间，他参加英国广播公司的印度组，才有机会与东方有了接触，例如，他曾多次邀请中国驻欧洲的战地记者萧乾做客并发表讲话。

1922年，正当现代主义的代表作——詹姆斯·乔伊斯的《尤利西斯》和T·S·艾略特的《荒原》相继在巴黎和纽约问世并风靡一时，布莱尔刚好从伊顿公学毕业。他依靠奖学金完成了学业，他的老师中有小说家奥尔都斯·赫胥黎，他的同学中最有才华的大多升入剑桥或牛津，包括后来成为批评家的西里尔·康诺利。而布莱尔却志愿加入了英国的海外机构——驻缅甸警察部队，在那里生活了五年。

值得一提的是，康诺利后来所著的《现代主义代表作100种》，不仅收录了老师赫胥黎的《铭黄》和《美丽的新世界》，也把老同学奥威尔的《兽园》和《1984》列入其中。不难推测，奥威尔下决心去缅甸，除了想成为一名作家以外，还可能与那片土地是他母亲的故乡有关。用时下流行的一种说法，他多少怀有寻根的念头。由于孟加拉与缅甸相距并不遥远，他或许在幼年时代就随母亲去过那里，对此我们就无法考证了。

可是，布莱尔一点也不喜欢缅甸的生活，他尤其厌恶殖民地的那些英国同胞摆臭架子以及他们对待当地文化的冷漠态度。1927年岁末，布莱尔终于无法忍受下去了，他辞去公职，永远离开了缅甸。这里我想插一句，就在这一年6月，比奥威尔小一岁的智利诗人帕勃拉·聂鲁达离开了故乡瓦尔帕莱索，踏上了漫长而不可思议的旅途，他于次年春天抵达仰光，开始了在缅甸的外交官生涯。这两位年轻人虽然没有在东方相遇（即使遇见在语言上也难以沟通），后来却双双成为社会主义的拥戴者。

　　布莱尔返回英国以后，即尝试写作小说。为了收集素材并了解英国工人是否和缅甸人受同样的苦，他不定期地与流浪汉生活在一起。布莱尔在酬金极低的私立学校教过书，

奥威尔在诺丁山的故居。作者摄于伦敦

从而亲身体验了贫穷。稍后,他又流落到巴黎,在那里度过一年半的时光,洗盘子,住贫民窟,与乞丐为伍,这些经历帮助他写成了第一部作品《巴黎伦敦落魄记》(1933年)。正是在这部处女作中,他首次使用了乔治·奥威尔这个笔名(Orwell是东英吉利一条河流的名字)。具有讽刺意味的是,奥威尔在伦敦诺丁山的旧居,一幢整洁的白房子,如今已成为小资们朝圣的地方。

1935年,奥威尔发表了自传体小说《缅甸岁月》,这本书具有反帝国主义倾向,因此常常被看作是社会主义的。次年,随着西班牙内战的爆发,奥威尔生命中的一个转折点来到了。他怀着一颗透明的心和满腔的热情,作为一名记者偕同新婚妻子前往伊比利亚半岛采访,结果拿起了武器,升任少尉并挂了彩,在直布罗陀海峡对岸的摩洛哥疗养了一段时间,写成了《向卡泰隆尼亚致敬》。可是,当年这本书的销路并不好。

今天,《向卡泰隆尼亚致敬》已被视为关于战争的经典著作,书中有对斯大林试图控制西班牙和整个国际左派力量的企图所进行的机敏驳斥。正是这段经历促使奥威尔从一个社会主义者转变成为反斯大林和极权主义的斗士,因为在反对佛朗哥的西班牙内战中,他看到了曾经是自己同盟军的苏联军队为了自身的利益毫不犹豫地调转了枪口。奥威尔受到的刺激一定是巨大的,后来,他相继写出了两部伟大的作品《兽园》和《1984》,对独裁统治尤其是当时的苏联政权进行了猛烈的抨击。

二

《兽园》嘲讽的对象是俄国革命，书中讲述了一群动物从它们的人类主子手中夺取政权的故事，最后好端端的革命被（斯大林主义的）猪所出卖。作者的预见性和独创性是明显的，因为该书写作期间，苏联和英国正并肩作战，而出版那年正是盟军取得第二次世界大战胜利的1945年。最近，这部小说的俄文译者玛莎·卡尔普回忆了她在20世纪80年代的苏联第一次阅读时的情景：

"我至今还觉得那像是在犯罪。奥威尔的作品在苏联是被禁的，别说在书店买这本书或者在图书馆借这本书，即使提到奥威尔的名字都是犯罪。当时流传着一本异议人士翻译的《兽园》，英文原版书也在地下流传。但你一定要包上一个封皮。即便如此，你也总是担心会被别人发现。"

在《1984》里，奥威尔就人类可能遭受的悲惨命运发出了警告，该书写的是到了1984年，世界上只剩下三个超级大国，主人公温斯顿·史密斯（与当时的英国首相丘吉尔同名）所在的国家在一个以"老大哥"为首的独裁制度统治下，人们的日常生活（从恋爱、写日记到思想活动）受到严密的管制和监视，最后人性泯灭、六亲不认，谎言被当作真理，自由被完全剥夺。

英国作家罗伯特·哈利斯评论说："如果把《1984》只看成是反斯大林主义的作品那就错了，尽管它的主要讽刺对象的确是斯大林式的独裁统治。这部作品的真谛以及它能够经受时间考验的精华之处就在于它所揭示的道理：如果你控制了语言，你就控制了人们的思想。"如此看来，这本书的价值在今天仍然存在，奥威尔以反对集权统治、呼吁个人权利而受到广大读者的欢迎，他无愧于被称为"一代人的良知"。

奥威尔之所以在年轻时成为狂热的社会主义鼓吹者，很大程度上与他的出身有关，"没落的中产阶级"，这是最容易产生叛逆人物的一类家庭。在早期作品《通往维根码头之路》中，他这样描述满脸煤污的矿工所面对的恶劣环境："从各方面来说，这里都是我想象中的地狱。它汇集了地狱所需的各种丑恶与恐怖：闷热、混乱、黑暗、难闻的气味、刺耳的噪音，尤其令人无法忍受的是那狭小的空间。漆黑中只有汽灯和电筒的微弱亮光在一团团翻卷的煤烟中可怜地晃动。"

不仅如此，奥威尔本人就生活在贫困之中，他由于伤病和营养不良而身体孱弱，第一个妻子病故后他又再婚，可是两次婚姻均没有留下孩子。奥威尔后来领养了一个儿子，以他的父亲的名字理查德命名。或许，正是因为对饥寒交迫和下层社会的深切了解，才使奥威尔发明了"冷战"（coldwar）和"老大哥"（Big Brother）这些字眼，它们后来成为世界性的通用词汇，必将载入史册。

不仅如此，《1984》还在很大程度上影响了英国公众对政府权力的态度。例如，"老大哥正在盯着你"这句话已经家喻户晓,它描写政府利用现代科技无时无刻不在监视着每个公民的行动。当然,这两本书并非为了证明革命是不可能的,而只是以讽刺的方式提出警告:如果为权力而追求权力是一种什么后果。正是这一点,使它们超越了政治而成为20世纪的经典文学作品。

与此同时,反对奥威尔的也大有人在,奥威尔主义(Orwellism)一词应运而生,专指为达到宣传目的而篡改并歪曲事实,只是,克格勃并没有像霍梅尼对《撒旦诗篇》的作者萨尔曼·拉什迪那样下达通缉令。不过,奥威尔从来都不是一位厌世的作家,他在《1984》中表现了这样一种思想,如果有情人能够维持相互间的信任,那么,即便在酷刑之下,能够被摧毁的也只是他们的肉体而已。正是这一点,使他的作品充满了人情味,从而有着顽强的生命力。

三

2003年6月24日,正好是乔治·奥威尔诞辰100周年的头一天下午,俄罗斯总统普京乘坐的专机抵达了伦敦希思罗机场,会见了另一个布莱尔——英国首相。不可思议的是,普京居然是过去130年间首位访问英伦的俄罗斯首脑。不过,布莱尔和普京避而不谈乔治·奥威尔和他的那两部作品,甚至BBC和《泰晤士报》在发表奥威尔的纪念文章时也没有和普京的到访联系起来。

可是,事实却是无法回避的,就在三个月以前,比奥威尔刚好晚半个世纪出生的托尼·布莱尔与乔治·布什联手发动了伊拉克战争。这场战争把美英"新帝国主义"的面目暴露无遗,布莱尔的外交顾问罗伯特·库珀公然坦承:"这样的机会在19世纪也曾出现过,这可能又是开拓殖民地的一种需要。现在,一种崭新的帝国主义呼之欲出。"布莱尔本人也宣称,他们有权对某些主权国家采取任何军事行动,显而易见,他缺少奥威尔的同情心,他的政府如今深陷于一场假情报的政治危机。

另一方面,我也注意到,就在布莱尔和普京在唐宁街见面的同一天,印度总理瓦杰帕伊和中国国家主席胡锦涛在北京举行了会晤。伊拉克战争刚刚开始,在乔治·奥威尔的出生地,一部分人便开始担忧,他们会不会因为拥有核武器而成为下一个打击的目标?大国之间的政治关系奥妙无穷,正是这一点在短时间内迅速拉近了疏远已久的中印关系,这大概也是奥威尔热衷于政治写作的一个原因吧。(出于不同的政治目的,布莱尔最近又来到了北京。)

奥威尔的文字蕴含着一种独特的幽默,例如,他通过描写癞蛤蟆的交配习性和廉价商店出售六便士玫瑰花的技能来嘲笑某些狂热的读者,其语言朴实、流畅、易懂而又准确,在严肃和随意、悠闲和激动等语体之间变化自如。正因为如此,连那些赞赏奥威尔直言不讳地批评共产主义的人士也相信,他的价值观曾经是并且依然是彻头彻尾的社会主义的。

已故的美国思想家约翰·罗尔斯在他的著作《正义

论》中写道,"正义是社会制度的首要价值,正如真理是思想的首要价值。"的确如此,最深刻的思想常常是为了解决最简单的难题,社会正义就是这样一个难题。罗尔斯认为,社会正义必须基于的两个原则之一是,每个人都享有和其他人同样的基本权利和自由。这个权利和自由首先应该包括对所处社会公共事件真相的知情权。

乔治·奥威尔最憎恨的现象是,政府对公民的严密监视和舆论的掌控。正如他的传记作家柯里克所指出的,"奥威尔认为,人们应当永远讲真话。检验一个政权的好坏就是看它是否讲真话。奥威尔总是拿出事实真相来揭露那些极权统治和独裁政府。"奥威尔本人也乐于承认,他是个痛恨"极权主义"、热爱"自由的社会主义"的"政治作家";他一生的目的就是,"把政治写作变成一种艺术"。

奥威尔努力的目标不仅是他生活的年代所需要的,他留给后世的是一笔丰富多彩的精神遗产,作为一名反独裁统治、提倡实话实说的战士,他将永远活在热爱自由的人们心中。在这个意义上,奥威尔让我想起鲁迅,另一位出身没落的中产阶级,热衷于表达社会正义的中国作家,最后也死于中年的肺结核。尽管两位作家所处的社会背景截然相反,他们都明白正义代表了最大的个人利益,它给予公民以自由的身份、独立的地位和安全感。

在现代社会里,各个国家的公民逐步认识到了,每个人都应该享有普遍的公民权利和自由,这些权利和自由在任何情况下都不能被剥夺,也不能用来交换经济或其他利益。

所不同的是,在艺术上鲁迅在中国文化界的地位也似乎至高无上,而比奥威尔出色的小说家和诗人却在英国无处不在,这或许是因为政治的影响力在中国无处不在(甚至影响到普通读者的审美情趣),或许说明了20世纪中国作家整体上的薄弱(但愿不是)。

2003年7月,杭州

诗人们

雅克·鲁波与乌力波

> 只有存在着的事物才会消失,不管是城市、爱情,还是父母。
>
> ——[意大利]伊塔洛·卡尔维诺

去年岁杪,上海有一家杂志要我推荐一本2015年度好书,说是写两百字以内即可。我遂想起一本白色封皮的美国出版的英文诗集,书名叫Some Thing Black,可以译成《黑东西》,作者是小写的雅克·鲁波(jacques·roubaud)。任务完成之后,我觉得还可以写上一篇两千字的文章。

雅克·鲁波是法国诗人兼数学家,他曾是巴黎第十大学的数学教授兼法国社会科学高等研究院的诗歌教授,如今担任瑞士欧洲研究生院的诗歌教授。我在世界各地遇见数论同行时,尚没有人在我面前提起过鲁波,可能因为他不是我的数论同行,或者知道他却不知道他的诗人身份。

可是,当我遇见诗人时,他们常常会说到鲁波。最近一次是今年秋天的杭州,参加北岛的香港诗歌节的三位美国

2010年,鲁波在巴黎生活沙龙演说

诗人转道西子湖畔,与我等几位杭州诗友对话,他们又主动跟我聊起了鲁波。这说明在美国,鲁波的知名度很高,同时也说明,美国尚没有横跨数学与诗歌两个领域的人。

鲁波出生于1932年,今年84岁了。他是著名实验文学团体乌力波(Oulipo, Ouvroir de littérature poten tielle,潜在文学工场)的骨干成员,这是由作家和数学家组成的跨国团体,创建于1960年,成员里有赫赫有名的意大利作家伊塔洛·卡尔维诺。也有一些纯数学家,如克劳德·贝尔热(Claude Berge),他是现代组合数学和图论的奠基人之一。2012年,商务印书馆推出拙作《数字与玫瑰》修订版时,我用鲁波的肖像为其中的一篇文章《数学家与诗人》配图。

基于"形式上的限制能够激发想象力"这一事实,乌力波确定了自己的创作方向,即乌力波综合法和乌力波分析法,前者是指创造和实验新的"文学限制",后者是要挨个找出那些在作品中有意无意地运用过"限制"的老前辈,并戏称他们为"反向抄袭者"。多年以来,乌力波成员每月举行一次私人聚会,一般选择星期四。地点是巴黎的一处公共场所,从最初的圣皮耶市场到如今的法国国家图书馆密特朗分馆。

两年前,从瑞士来"上海国际写作计划"做客的法语诗人菲利普与我交上了朋友,他回国后我们保持通信。今年,菲利普买到一本新出的英译本《黑东西》,万里迢迢寄给我。这本诗集是鲁波对他突然逝去的亡妻阿丽克丝的怀念,书后附有她的17幅黑白摄影作品。这本集子里有许多诗歌写的是夜晚,有一半是散文诗。其中有一首题目有点特别,《1983年1月。1985年6月》,这首9行诗每节1行,其中3行是

　　　　当我醒来,依旧是黑夜

　　　　数以百计的幽暗的早晨

　　　　成为了我的避难所

另一首诗冠名《1985年5月8日冥想》用词简练,但意味深长。我试译如下:

> 夜复一夜
> 那束光穿越
> 同一扇玻璃窗
> 而后凋谢
> 夜晚
> 掩饰了一切
> 你在其中
> 隐身
> 改变了浓度

《泰晤士报》文学副刊对《黑东西》的评价是：一首彻底现代的"爱情诗"。我是否应该把它全译出来呢？至少可能的话，我想将来的增订版《现代诗110首》（蓝、红卷，三联书店）应留一首给雅克·鲁波。

一位美国诗人曾这样记述鲁波：有一回鲁波在普林斯顿大学作乌力波大师讲座时，我早到了二十分钟，他已经在那里了，正在黑板上书写莎士比亚的一首十四行诗。当他抬头看见我，扔掉手中的粉笔，握了握我的手。

"我是雅克·鲁波。"他说。

"我认识您，读过您的《伦敦大火》。"

他看起来有些惊讶，说自己年纪大了，抬胳膊在黑板上写字有些痛，英文也说得越来越糟糕。我回答他，恰好相反，您的英文毫无瑕疵。

"事实上，您说话像极了弗拉基米尔·纳博科夫。您有没有听过他说话？您与他有着一模一样的声调和嗓音。"

他举了举拳头，笑着大声说道，

"Quel compliment！"（法语，多好的赞美！）

2016年春天，杭州

我们必须相亲相爱否则不如死亡

——纪念W·H·奥登诞辰100周年

> 我早把生死加上了引号。
>
> ——［俄罗斯］茨维塔耶娃

奥登和艾略特是20世纪英语诗歌的两位巨人，可以说是大西洋两岸最负盛名的英语诗人。两人都是大学里的才子，除了写诗还都是文章高手，都出自故国的最高学府，艾略特就读于哈佛大学，奥登则毕业于牛津大学。有意思的是，奥登最初主修的是生物学，而艾略特一直主攻哲学。同样有趣的是，艾略特出生在美国，26岁移居伦敦，并加入了英国籍；奥登出生在英国，32岁移居纽约，并加入了美国籍。还有一个对诗人来说并不常见的事实是，艾略特在英国皈依了天主教，而奥登则在美国皈依了新教。

1907年1月21日，奥登出生在英格兰中北部临海的约克郡，他的父亲祖上来自冰岛的一个医生世家，这恐怕是他终生对疾病和治疗感兴趣的主要原因。1936年，奥登与同为牛津才子的刘易斯·麦克尼斯结伴去冰岛寻根旅行,他们合作写下了《冰岛书简》,这是一本令人愉快的游记。可就在奥登在冰岛逗留期间,西班牙内战爆发,他从那里直接去了伊比利亚,当起了救护车司机。虽然奥登并未亲自参战,但却写下了最优秀的战争诗《1937年的西班牙》,诗中把军事冲突描绘成为在历史的倒退和正义的寻求之间的重大选择。

说到奥登的出生地约克郡,在面积仅有13万平方公里的英格兰(共有44个郡),它也只占了很少的一部分,大约相当于中国的一个县或几分之一个县。可是,出生在这个郡的文化名人却不少,包括写出了《简·爱》和《呼啸山庄》的小说家勃朗特姐妹,大雕塑家亨利·摩尔,大批评家燕卜逊。此外,还有著名的探险家库克上校,他是所有航海家中最有学问的,曾当选英国皇家学会会员。笛福小说中的主人公鲁滨孙也出身于约克郡的一户中产阶级人家,而继奥登之后执英国诗坛牛耳的特德·休斯则来自约克郡一座山谷小村。

说到奥登的战争诗,我们还必须提到他的十四行组诗《在战争时期》。从西班牙回来的第二年,即1938年,奥登便与伦敦预科学校时代的好友、小说家衣修伍德(也是他的同性恋情人)一同前往中国。结果是衣修伍德完成了一部诙谐的旅行日记,而奥登则写了一组严肃、睿智且雄心勃勃的战争诗。其中有一些自由联想的美妙句子让人过目不忘,例如:

> "丧失"是他们的影子和妻子,"焦虑"
> 像一个大饭店接待他们……

又如:

> 天空像高烧的前额在悸动,痛苦
> 是真实的……

这容易让人想起面对医生时病人的表情。奥登是一位语言大师,他用简练的口语创作,却能做到意味深长,且有许多感人的句子,如"我们必须相亲相爱否则不如死亡"。1985年,我在查良铮翻译的《英国现代诗选》里首次读到奥登的诗歌,便留下难忘的记忆,其中过目难忘的还有下面两行朴实无华的句子,

> ……和那些头脑空旷得
> 像八月的学校的……

在去冰岛以前,奥登主要靠在中学教书维持生计,同时为电影公司工作,这使他有机会写作歌词和解说词。奥登是个热心肠的人,为了帮助德国作家托马斯·曼的女儿获得英国护照,他和她登记结婚,据说两人的第一次见面是在"成婚之日"。这则趣闻很久以后成为好莱坞的电影题材,片名叫《绿卡》(1990年),只不过主角不是一名男诗

人,而是一名女植物学家,由法国影星杰拉德·德帕迪约和美国女星安迪·麦克道威尔联袂主演,最后的结局当然是弄假成真。奥登与电影的另一次结缘则是通过他的诗《葬礼蓝调》,影片的名字是《四次婚礼和一次葬礼》(1994年),主演则是英国影星休·格兰特,据说这部电影的上演让奥登的诗集又一次走俏。

1930年,奥登在艾略特(此前他在替一家出版社审稿时拒绝了奥登的诗集)编辑的诗刊《标准》上开始发表诗作(1996年北京出版了同名刊物,可惜只出了一期便流产了),他也成为英国"三十年代诗人"中的领军人物,同时出道的还有麦克尼斯、刘易斯、斯彭德等牛津才子,被称为"牛津帮"(Oxford Group)或"奥登的一代"。30年代也是奥登的戏剧年代,这方面他力图向艾略特看齐,尤以与衣

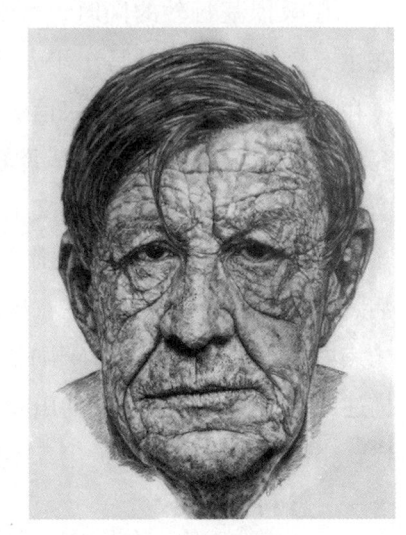

奥登的晚年

修伍德合作的三部诗剧引人瞩目。和他的诗歌一样，奥登的戏剧也表现出对当代社会和政治现实的浓厚兴趣。

1939年是奥登写作生涯的转折点，那一年他和衣修伍德携手去了美国，这一行动受到包括他的仰慕者在内的许多同胞的指责，因为他是以战争诗歌、谴责法西斯主义闻名的，却在英国反法西斯战争前夕离去。奥登本人早已厌倦并急于甩掉"左翼诗人"这顶帽子，但他内心未必能够心安理得，这或许是他不久便皈依宗教的一个动因。在生活上，奥登也发生了变故，先是遇到了年轻的美国诗人切斯特·卡尔曼，接着母亲去世。卡尔曼比奥登小14岁，他俩在纽约共同生活了20多年，并一起为斯特拉文斯基的多部歌剧撰写脚本（衣修伍德则在加州与年轻的美国画家大卫·霍克内共谱恋曲）。

在皈依基督教的同时，奥登也成为克尔恺郭尔式的存在主义信徒。结果是写出了一系列长诗，其中《双重人》（在英国出版时叫《新年来信》）是一首散漫的哲理诗，探究了人类的境况，并给予基督教的回答。《暂时》是一首圣诞颂歌，表现了教徒和人文主义者的心理及所处的窘况。《海之镜》是对莎士比亚戏剧《暴风雨》的评论，其技巧之娴熟、理性的光芒无处不在，展示了奥登式的机智和才华。《焦虑的年代》（1947年）则是他最后一部长诗，这是一首描述四个人的"巴罗克式的田园诗"，让人想起他的大学时代，牛津才子们的风光，第二年他获得了美国诗歌的最高荣誉——普利策奖。

二十世纪五六十年代，奥登的诗歌创作进入了最后一个高峰，其中《阿基里斯之盾》（1955年）被认为是奥登战后最为感人的诗集，并让他获得第二年的全国图书奖，此前他已把象征终生成就的波林根奖收入囊中，由此可见，美国诗歌界已完全接纳了这位移民诗人。可惜这部诗集和上面提到的那些作品一样，大多没被翻译成汉语。也是在1955年，奥登重返英伦，受聘担任他的母校牛津大学的诗学教授，为时五年，这对诗人来说当然十分难得。奥登不惜花费大量时间和精力来帮助那些有志于诗歌的学生（他在美国时也曾连续多年主持耶鲁大学的青年诗人丛书），并亲自撰写讲义。与此同时，他的诗歌创造力依然旺盛，一直到生命的最后阶段，仍源源不断地推出新诗集。

1965年，奥登和萨特、肖洛霍夫一起进入了诺贝尔文学奖的最后一轮。与两位竞争者相比，奥登是那个世纪文学形式的创造者，他的散文写作也证实了自己非凡的敏锐和创新精神。奥登的不利因素是他在战后加入了美国籍，而加利福尼亚出生的小说家斯坦倍克两年前刚刚获奖。果然最后一刻，奥登因为"创作高峰期早已经过去"被排斥掉了。瑞典文学院也因此遭遇到尴尬，两个主要竞争对手的另一个——法国人萨特获奖后拒绝了。次年，凭借着一部后来备受争议的小说《静静的顿河》，俄国人肖洛霍夫也登上了飞往斯德哥尔摩的航班，奥登却从此与诺奖失之交臂。

1973年秋天，奥登在维也纳的一次诗歌朗诵之后，因心脏病突发去世。所幸的是，奥登诗歌中的文雅、高贵、理性之光和爱的勇气使他立于不败之地。在不同的年代，奥登在中国都拥有一批推崇者，但却是难以效仿的，原因在于他同时兼有理性之光和爱的勇气，这也是我们今天纪念他的缘由。

2007年5月，杭州西溪

斯蒂文斯和无所不在的混沌

> 而相互关系在显现，
> 像沙滩上的云影，
> 像远山边的地形，
> 小小的关系在展开。
>
> ——《混沌鉴赏家》

上面这首诗的作者——美国诗人华莱士·斯蒂文斯逝世于1955年，享年76岁。这位毕生忠于职守的执业律师，一直担任康涅狄克州哈特福德市一家保险公司的副董事长，在他生命的最后几年里，才接连获得美国三种主要诗歌奖：波林根奖（1950年）、全国图书奖（1951年，1955年）和普利策奖（1955年）。而在他死后，其声望越来越高，被誉为"诗人的诗人""批评家的诗人"，并最终与艾兹拉·庞德、T.S.艾略特并驾齐驱，成为美国现代最重要的诗人。更有意思的是，他生前密切关注过的"混沌"研究的进展也成了20世纪后半叶数理科学方面所取得的最引人注目的成就之一。

　　什么是混沌（Chaos）呢？它既不是通常意义上的无知无识，也不是古人想象中的世界开辟前的状态，而是举世瞩目的一门新科学。其涵盖面广及自然科学与社会科学的几乎所有分支。混沌揭示了有序和无序的统一，确定性与随机性的统一。仅仅就物理学而言，它已成为继相对论、量子力学之后20世纪这个领域的第三次大革命。正如一位物理学家所说的，"相对论排除了对绝对空间和时间的牛顿幻觉，量子力学排除了对可控测量过程的牛顿迷梦，混沌则排除了拉普拉斯决定论中的可预见性。"

　　混沌开始之初，经典科学就终止了。现在这门科学正举目四望，看来混沌无所不在。上升的香烟柱破碎成缭乱的旋涡，旗帜在风中前后飘拂，龙头滴水从稳定样式变成随机样式。混沌出现在大气和海洋的湍流中，出现在飞机的飞翔中，出现在高速公路上阻塞的汽车群体中，出现在野生动物种群数的涨落，心脏和大脑的振动以及地下管道的油流中。经济学家发掘出陈旧的股票价格数据，用混沌的方式加以分析。混沌直接介入了对诸如云彩的形状、闪电的踪迹、微血管的缠结、星体形成银河星团的过程等等的再认识。混沌不仅改变了天文学家看待太阳系的方式，而且开始改变企业家作出保险决策的方式，改变政治家谈论紧张局势导致武装冲突的方式，等等。下面，我想就气象学、数学和物理学方面的三个问题加以阐释。

蝴蝶效应

牛顿物理学告诉我们，当你试图解释地球表面一张桌上一个球的运动时，完全不必要考虑另一个星系里某颗行星上一片树叶的飘落。因为，极小的影响是可以忽略的。因此，当物理学家们看到复杂的结果时，他们就去寻找复杂的原因。但是60年代以来，现代混沌的研究表明，小小的误差可能引起灾难性的后果，这种现象被称为"对初始条件的敏感性依赖"。在气象学中，这就成了人们半开玩笑说的"蝴蝶效应"——今天在北京有一只蝴蝶扇动翅膀，可能引发下个月纽约的一场风暴。事实上，蝴蝶效应并不是什么全新的概念。一首民谣早就唱过：

> 钉子缺，蹄铁卸；
> 蹄铁卸，战马蹶；
> 战马蹶，骑士绝；
> 骑士绝，战事折；
> 战事折，国家灭。

《韩非子·喻老》中也说，"千丈之堤，以蝼蚁之穴溃；百尺之室，以突隙之烟焚。"在科学中，也如同日常生活一样，一连串事件往往具有一个临界点，那里小小的变化也会放大。然而，混沌却意味着这种临界点比比皆是。它们无孔不入，无时不在。例如在天气预报中，虽然人们使用了飞机、卫星、海洋船只和超级计算机，世界上最好的多于两天的预报也只是推测而已，超过六天或七天的预报毫无价值，原因就在蝴蝶效应。

自相似性

混沌在数学方面最主要的工作是建立了分形几何学，经典几何学的研究对象是线和面、圆和球、三角形和锥。它们代表着对现实的有力抽象，它们启示了柏拉图式和谐的强大哲学。欧几里得借助它们建立了持续二千多年的几何学，至今仍然是绝大多数人学习过的唯一的几何学。艺术家在其中发现了理想的美，天文学家用以构造出宇宙理论。但对于认识复杂性，它们原是一种错误的抽象。数学家曼德勃罗提出了这样一个问题："英国的海岸线到底有多长？"他查阅了西班牙和葡萄牙、比利时和荷兰的百科全书，发现这些国家对于它们共同边界的估计相差百分之二十。事实上，无论是海岸线还是国境线，长度依赖于用来测量的尺度的大小。一位试图从人造卫星上估计海岸线长度的观察者，比海湾和海滩上的踏勘者，将得出较小的数值。而后者比起爬过每一粒卵石的蜗牛来，又会得出较小的结果。常识告诉我们，虽然这些估值一个比一个大，可是它们会趋近某个特定的值，即海岸线的真正长度。但曼德勃罗却证明了，任何海岸线在一定意义上都是无限长的，因为海湾和半岛显露出越来越小的子海湾和子半岛。这就是所谓的自相似性，它是一种特殊的跨越不同尺度的对称性，它意味着递归，图案之中套着图案。这个概念在西方文化中显得古色古香，莱布尼兹设想过一滴水中包含着整个多彩的宇宙。布莱克写道：

  一颗砂里看出一个世界，
  一朵野花里有一个天堂。

斯威夫特诗云：

  于是博物学家看到跳蚤，
  又有小跳蚤在上面跳，
  它们又挨小蚤咬，
  这样下去没个了。

最重要是曼德勃罗通过自相似性建立起新的几何学——分形几何学，这是有关斑痕、麻点、破碎、扭曲、缠绕、纠结的几何学，它的维数居然可以不是整数。分形几何学很快成为物理学家、化学家、地震学家、冶金学家、生理学家和概率论专家的有力工具。就美学价值而言，新的几何学把硬科学也调谐到那种特别的现代感，即追求野性的、未开化的、未驯养的天然情趣，这与后现代艺术家所致力的目标不谋而合。在曼德勃罗这样的科学家看来，令人满足的艺术没有特定的尺度，或者说它包含了一切尺寸的要素。作为方块摩天大楼的对立面，他指出巴黎的艺术宫殿，它的群雕和怪兽，突角和侧柱，布满旋涡花纹的拱壁和配有檐沟齿饰的飞檐，观察者从任何距离望去都能看到某种赏心悦目的细节。当你走近时，它的构造出现变化，展现出新的结构元素。

湍　流

　　湍流是历史悠久的问题，许多伟大的物理学家都正式或非正式地思考过。平滑的流体（液体或气体）碎裂成螺旋和涡流，这就是湍流。虽然有些时候，湍流的出现是有益的，例如在喷气式发动机里，混合越快燃烧越有效。但是在大多数情况下，湍流给我们带来灾难，机翼上的空气湍流消灭浮力。输油管中的湍流造成重重阻力，心血管系统的湍流导致心肌梗塞。确切地说，湍流是各种尺度上的一堆无序，大涡流中套着小涡流。然而，流动是怎样从平滑变为湍急的呢？像沸水一样，这里有个临界点，或湍流起点，越过这个起点以后，小扰动会灾难性地增大。这个起点，就成了科学的不解之谜。据说物理学家海森堡临终时宣布，他要带着两个问题去见上帝：相对论和湍流。他说："我相信上帝也只能回答第一个问题。"另一方面，早在1963年，披着气象学家外衣的数学家洛伦兹就发现了所谓的"奇异吸引子"，使这个问题的解决出现了一线希望，奇异吸引子是平面或空间中的无数多个点的集合，这个点对应于一个系统的无序状态。进一步的研究表明，湍流的产生可能很好地对应于奇异吸引子的出现。虽然奇异吸引子的数学理论十分困难，但它的艺术感染力是惊人的，它的几何图像非常漂亮，以至于经常被出版商们用来印制挂历。1978年，物理学家费根鲍姆模拟了湍流发生机制，建立了著名的普适性理论，从而使混沌科学确立起自己坚固的地位。他的发现表明，事物整体具有与某一部分相类似的结构，这类结果不仅有定性意义，而且有定量价值。这无疑是混沌研究的一项重大进展，并得到了一些实验家的证实。

　　以上我们通过三个例子介绍了湍流，远远不足以反映这门科学的全貌。如今全世界有成千上万位科学家，从事不同类型的混沌研究。这与相对论和量子力学仅仅由一个或少数几位物理学家创立的情况大不相同。目前，混沌已成为一场迅速发展的运动的简称，而这个运动正在改变着整个科学大厦的结构。到处都有混沌会议和混沌刊物，混沌打破了各门科学的界限，由于它是关于系统的整个性质的科学，它把人们从相距甚远的不同领域带到了一起。因此有人认为，正当科学陷入专业化越来越细的危机之时，混沌的出现使这一过程戏剧性地倒了过来。混沌适用于我们看得见摸得着的世界，适用于和人自己同一尺度的对象，日常经验和真实世界的图像成为合情合理的探究目标。长期以来人们就有一种感觉，只是没有公开表露，即理论物理学（虽然频频获得诺贝尔奖）已经远远偏离了人类对世界的直觉，谁也不知道，这是富有成果的异端，还是直截了当的邪说。于是，一些认为物理学正走进死胡同的人，把混沌看成一条可能的出路。

正如《纽约时报》科学记者詹姆斯·格莱克指出的,"到了二十世纪末,文化改变了,科学也随之而变。"

现在,让我们回过头来谈谈斯蒂文斯。一般认为,他的诗歌接近于纯粹艺术,富于形而上的思考。事实上,他的诗歌的主要主题是探讨艺术和自然的关系,即用抽象的意念和具体的事物相并列。对他来说,最重要的是向大千世界的繁复经验开放自己的感官,主动体验人生和自然的种种微妙经历。与物理学家们一样,诗人们为了表现复杂的人类社会,不得不选择了复杂的方式。于是,艾略特写下了《荒原》,庞德写下了《诗章》,威廉斯写下了《佩特森》,而斯蒂文斯则反其道而行之,他的名诗《坛子的逸事》《观察黑鸟的十三种方式》篇幅虽短,却蕴含着无穷的想象力和必要的张力,把读者吸引住。对斯蒂文斯这样的艺术家来说,很可能是童年的一段经历或少年时代的一场恋爱决定了一生致力于某一项神圣的事业,这也许是精神世界的"蝴蝶效应"。与此同时,诗人必定发现了物理世界与抽象的意

斯蒂文斯小道,石碑上刻着《看黑鸟的十三种方式》,康涅狄克州

念之间的"类相似性"。在他眼里,"词句就是思想",它们的奇妙组合会产生"湍流"一样的效果,激荡在读者的脑海里。

早在20世纪30年代,斯蒂文斯就感受过走在物理知识前面的世界,例如,他对于流有一种神奇的怀疑,它是如何一面变化一面又自我重复:

鳞光闪闪的小河流啊流,
从来没有两回同样地流;
它流过了这么多的地方,
却像是站在那里没有流。

迄今为止,这是人们对于物理学家关于流的工作的最佳描述。斯蒂文斯的诗篇经常透露出在空气和水中所能看到的喧嚣,它还传递着一种信念,即自然界中的有序具备看不见的形式:

在没有阴影的大气里,
对事物的知识就在近旁,
却又无法感知。

的确,在这方面似乎还没有人比他做得更好。1990年,美国最负盛名的诗歌批评家哈罗德·布鲁姆特意从斯蒂文斯的诗歌中编选出一本《我们气候的诗》。与费根鲍姆的理论"事物整体具有与某一部分相类似的结构"相应,斯蒂文斯表达得更为直接,"我是我周围的世界"(《原理》),"我是自己在其中行走的世界"(《在红宫喝茶》),"没有事物能依靠自身存在"(《最美的片断》)。也正是这种简单陈述性和极富暗示性的文风的混合所产生的奇特的艰涩,使得诗人的声誉姗姗来迟。而现在他的影响力几乎像混沌一样无处不在,记得在中国南方的一座城市,一个寒冷的冬日夜晚,一次小型的诗人聚会,游戏似地写下自己最钟爱的20世纪诗人的名字,唯有斯蒂文斯获得了两票。

1991年9月,杭州

朋友们

会见美国诗人

> 我喜欢瞧你们生活在这个世界里。
> ——［美国］昆多林·布鲁克斯

丹尼尔·霍尔

我最早认识的美国诗人是丹尼尔·霍尔（Daniel Hall），那是1992年的一个秋日，我们在杭州一家小酒馆里偶然遇见。丹尼尔刚刚获得了耶鲁大学诗歌奖，美国许多著名的大学都设有一年一度或两年一度的诗歌奖（这类奖项通常向全社会开放），耶鲁大学诗歌奖则因为曾经由英国大诗人奥登主持而闻名遐迩。丹尼尔只不过比我大几岁，看上去却有四十了，他从未上过大学，或者说不愿意上大学。与我熟悉的一些中国诗人一样，丹尼尔是个自由职业者，可他却幸运地获得了美国一家文学艺术基金会的资助，携带着耶鲁大学出版的处女诗集在亚洲和太平洋地区旅行。

几天以后，丹尼尔来到我的住所拜访，并带来了他的诗集（我已记不起书名了），只见精装的封面上赫然印着瑞士画家保尔·克利的一幅画，而他最喜欢的美国诗人也正是我所倾心的华莱士·斯蒂文斯。后来一次他又带给我斯蒂文斯的剧本和诗选《心灵深处的棕榈》，这本书的封面上有斯蒂文斯年轻时的照片，被我复印后分赠给外地的诗友。我依稀记得我们骑着自行车在杭州的大街小巷里闲逛的情景，丹尼尔住在一位既不会说英语又不爱好文学的朋友家里，他告诉我，几个月前他抵达北京，很快结交了一位热情的中国小伙子，接下来他就像一根接力棒似的被一个个素不相识的友人从一座城市传递到另一座城市。

丹尼尔的故乡在新英格兰马萨诸塞州的阿默斯特镇，马萨诸塞州是美国的文化之邦，阿默斯特镇位于波士顿以西一百多英里处。在彼得·琼斯著的《美国诗人50家》一书里

霍尔的处女诗集封面

谈到的美国诗人中出自该州的就有12位,其中包括爱默生、坡、梭罗、卡明斯、洛厄尔和普拉斯。爱米莉·狄金森小姐就是在阿默斯特镇出生,在阿默斯特学院受教育并在那儿度过了一生的绝大部分时光。在这12个诗人中间,我还没有把罗伯特·弗罗斯特计算在内,旧金山出生的弗罗斯特自从扬名欧洲返回美国后,一直担任阿默斯特学院的驻校诗人,直到22年以后退休。

当我和丹尼尔相遇时,他正热衷于"旅行和写作"。看得出来,他对中国并不是真正感兴趣,而只是把异国情调作为一种创作背景,这是获取想象力的一种有效方法。丹尼尔离开杭州时,我曾想介绍几位外地的诗人给他,他却显得热情不高,似乎更愿意和普通人交往。后来我在克利的一部传记中读到:"克利外出旅行时,从不拜访其他名画家;如果他们来访,克利除了能够展示其新作以外不能提供任何招待。"这使我比较理解丹尼尔了,我想起他接受我的唯一一次邀请是在大学食堂里共进午餐。

有意思的是,两年后的夏天,我也携带着我的处女诗集《梦想活在世上》在北美洲旅行,我充分体会到了那种类似于童年游戏的美妙感觉。一天,我乘坐一列从加拿大的蒙特利尔开往纽约的快车,大约午夜时分,火车经过阿默斯特停留了十分钟。我跑到月台上想给丹尼尔打电话,却找不到电话亭,只好想象着他正旅行到世界的某个国度,在一家中国餐馆里独自饮酒。快到纽约宾夕法尼亚车站时有人告诉我,阿默斯特如今已成为美国女同性恋的聚集地(男同性恋的中心在旧金山），显而易见，那不是男性理想的居住地。

　　附记：在互联网时代的某一天，我在雅虎上搜查了Daniel Hall这个名字，不仅找到他的处女诗集《隐士的风景》（Hermi twith Landscape）和新作《陌生的关系》（Strange Relation）封面，还发现他已任阿默斯特学院驻校诗人，那正是大诗人弗罗斯特当年担任的职位。我给他发去一个电子邮件，他回信告诉我，这个学期他去了意大利，夏天他的第三本诗集要出版。在相隔12年之后通过网络重新联系上，我们两人都非常兴奋，他说他很怀念杭州，并邀请我有机会去阿默斯特做客，一起举办诗歌朗诵会。

罗伯特·布莱

　　对当代中国诗人来说，罗伯特·布莱（Robert Bly）是现仍在世的最有影响的美国诗人之一，虽说这一点与他所获得的荣誉并不相称。布莱与早逝的詹姆斯·莱特是20世纪60年代美国"新超现实主义诗歌运动"的主要推动者，他的诗歌和主张对许多中国诗人都有过重要的影响。

　　1994年4月的一天，我意外而惊喜地发现了布莱来我正在访问的加州大学弗雷斯诺分校演讲的海报，便毫不犹豫地掏出五美元买了一张门票。当我和其校英语系诗歌教授查尔斯·汉斯立克一起走进学生俱乐部的大门时，只见能容纳八百多人的大厅已座无虚席，我正为美国学生的诗歌热情感到振奋，却见邻座的大多是些四十开外的中年人，原来听众绝大多数来自社会上。

据汉斯立克教授介绍，布莱近几年在美国声誉鹊起是因为他出版了一部畅销书《上帝之肋：一部男人的文化史》（1990年），在感叹现代社会男性启蒙教育的失却之余，集中阐述了那些疏远子女的父亲所造成的影响。即使是他（在老百姓中）的诗名，也是主要建立在越南战争时期写的几首"反战诗"之上。布莱出生于明尼苏达，双亲都是挪威人，他早年参加海军，后来曾在哈佛念书，与唐纳德·霍尔、艾德里安娜·里奇、柯尼斯·柯克、弗兰克·奥哈拉、约翰·阿什伯里等诗人同学，成为哈佛的黄金一代诗人，可惜布莱与其他诗人的关系相处得不算好。

那天晚上布莱演讲的题目是"文学遗产和传奇"，只见红光满面、身材高大的诗人不时用手指拨弄几下随身携带的曼陀林，并即兴朗诵了几首自己的诗歌。现场的气氛非常活跃，观众不时爆发出热烈的掌声，他本人则始终保持一副冷峻的表情。北岛后来说他朗诵时像个指挥，两只手忙个不停，好像听众是庞大的乐队，那一定是他忘了带曼陀林。看得出来这样的报告他已经作过上百次了，我不禁感到有些失望。可是无论如何，我毕竟在四月里见到了布莱，我记得他在《寻找美国的诗神》一文中曾经写道，"为了增加收入，我每年要离家外出三个月，一月、三月和五月。"自那以后时光流逝了整整十年，看来布莱的日子不如从前好过了。

布莱主要阐述了美国文学与英国文学的继承关系，一个多小时的报告之后，接下来的是回答听众提问，然后是长

布莱夫妇。安摄

长的队伍等待他的签名。这是出版商邀请他去全国各地游说的主要原因，美国的图书很贵，卖掉七八册平装的书就可以买一张往返东西海岸的双程机票。早在布莱到来之前两个多月，加州大学书店便印好他的简历和照片，在全市范围内到处散发，自然也少不了多订几册他的诗集。我走到离他五米多远的地方站着，冷冷地看着他和听众交谈，并随手拍下几张照片。

当最后一位要求签名的听众离去，已经是晚上10点半了，布莱疲倦地抬起头，看着我的眼睛，显而易见，眼前是一位既没有买他的书又不打算请他签名的听众。可我们似乎默然相认了，在沉寂片刻以后，布莱突然说出了第一句话，to be famous is totally an accident（成名完全是一场事故）。我望着老诗人的满头银发，告诉他中国年轻一代的诗人非常喜欢他的诗，他显得有些惊讶，说，invite me（邀请我吧）。我说当然欢迎您了，可能您得自个儿掏钱买机票。他听了笑了笑说，then come and visit me（那么来看我吧）。

四个月以后，我从芝加哥乘火车去往西雅图，途中在布莱的家乡——密西西比河上游的明尼阿波利斯逗留了三天，我住在明尼苏达大学的一位老同学家里。不巧的是，那个周末布莱和全家外出度假去了，我只好在他的录音电话里留下几句遗憾的话，并再次邀请他来中国访问。

附记：虽说布莱名声在外，1967年出版的诗集《身体周围的光》便获得了美国国家图书奖，但他从未得过普利策诗歌奖或桂冠诗人的头衔。但布莱在故乡受到尊崇,2002年,他被明尼苏达大学图书馆授予"杰出作家"荣誉。2006年,明尼苏达大学更是斥资77.5万美元购买了布莱的全部档案,包括8万多页手写手稿,跨越半个世纪的日记,以及大量的笔记、翻译手稿、通信、录音和录像带等。2008年,布莱被任命为明尼苏达第一位桂冠诗人。

菲力普·莱汶

早在我第一次到达美国的第七天,也就是1993年秋天,我就在我访问的加州州大书店里发现菲利普·莱汶的诗集特别多。翻开其中的一册,我从作者简历中获知原来诗人就住在弗雷斯诺,而且是作为州大英文系的教授退休的,热情的女店员帮助我从电话簿里找到莱汶的地址和电话。和布莱一样,莱汶的诗歌我最初也是从郑敏女士译的《美国当代诗选》和赵毅衡先生译的《美国现代诗选》中读到的。当天我便拨通了莱汶的电话,一位老妇人的声音告诉我他去纽约了,要到圣诞节前夕才回来,她还耐心地解释说,莱汶有两套住房,另一处在纽约,每年他都要在两地分别住上一段时间。

果真如此,在一个冬日的夜晚,我在电话里和莱汶进行了友好的交谈,双方都表示有机会应该见个面。后来我寄给他几首诗歌的英文译稿,他很快回信详细地谈了对译诗的看法和意见,他并向我介绍了他过去的同事、诗人查尔斯·汉斯立克教授和居住在芝加哥的华裔诗人李立杨。汉斯立克教授的办公室就在我的楼上,他是赛菲尔特的捷克同胞,已经出版过七本诗集,我和他有过几次礼节性的交往和接触。和布莱以及其他许多美国诗人一样,莱汶也是靠外出讲学和朗诵来增加收入。莱汶在信里谈到,他在过去的六个星期里先后去了内布拉斯卡、纽约、俄勒冈、华盛顿、弗吉尼亚、得克萨斯、印第安纳和加利福尼亚的几十个城市。莱汶说,I think this is foolish, but it's living(我知道这很蠢,但是为了生计)。

时间过得非常快,一晃到了第二年的初夏。我正准备一次漫长的旅行,收到了杭州诗人余刚的来信,信中问到"你一定和莱汶很熟了吧?"这句话提醒了我,我想起莱汶秋天是要去欧洲访问的,再不约见可能永远没有机会了。

莱汶在朗诵

于是我给莱汶打了一个电话，他当即约定第二天下午来我办公室。

莱汶比布莱小两岁，那年也有66岁了，他的头发已经花白，中等的身材略显消瘦。莱汶出生在汽车城底特律的一个俄国犹太人家庭，乡村（弗雷斯诺）和工业（底特律）是他诗歌的两个主题，莱汶属于独往独来的那一类诗人，他好像与任何诗歌派别都没有什么关系，却仍然在美国诗坛占有一席之地。有趣的是，我和莱汶都有会见古巴领导人卡斯特罗的愿望，这是在他阅读我的诗歌《美国，天上飞机在飞》时获得印证的，或许，桀骜不驯的气质容易诱发诗人的好感。我们谈到了长城和科罗拉多大峡谷，当我提起几年前艾伦·金斯堡曾经访问过北京和其他中国城市时，莱汶随口回答，Allen goes everywhere。

除了中国和美国以外，我们谈得最多的是西班牙，70年代莱汶曾长期旅居在那里。一次他和他的小儿子在巴塞罗那的地中海滨散步，一个当地人和他们攀谈起来，临别时开了一句玩笑说，你（指莱汶）应该向你儿子学习西班牙语，这句话促使莱汶很快返回美国。或许是和莱汶的这番交谈激发了我对伊比利亚半岛的向往，第二年夏天，我找到一次机会访问了卡泰隆尼亚。

附记：我见到莱汶的第二年，即1995年，他的诗集《简单的真理》获得了普利策诗歌奖，对于从未染指过诺贝尔文学奖的美国本土诗人来说，那无疑是一项至高的荣誉。又过了三年，我们在美国东海岸乔治亚州小镇爱森斯的一家酒吧里再次相遇，我向他表达了迟到的祝贺。那是一个冬日的夜晚，他被当地的一些诗人围绕着，我们不费力气地认出了对方。2011年，他被美国国会图书馆任命为桂冠诗人。2015年圣瓦伦蒂诺节，莱汶因胰腺癌在弗雷斯诺家中去世，享年88岁。

李立杨

李立杨（li-youngLee）是我在北美之旅中遇见的唯一一位用英文写作的华裔诗人。莱汶在给我的信里用marvellous（神妙的，罕见的，不可思议的）来形容李立杨，而用fine（精巧的，美好的，悦人的）来形容汉斯立克。当我在布莱面前提起李立杨时，布莱脱口念出他的一句诗，并称赞他是50年代出生的最好的美国诗人之一。莱汶向我推荐李是希望我能请他为我的诗歌的译文润色，因莱汶知道他会讲一口流利的中文。莱汶认为我需要一位懂中文的更优秀的译者，他用shine（发光，照耀，卓越，出众）这个动词鼓励我。我于是和远在芝加哥的李立杨通了电话和信，他显得非常热情，遗憾的是他和大多数华裔美国人一样只会说而不识汉字。

1957年李立杨出生在印度尼西亚的雅加达，两岁时全家离开印尼，先后辗转在中国的香港、澳门和日本等地，七岁来到美国，后全家入了美国籍。他的母亲是袁世凯的孙女，兄弟四人三个是画家，分别定居在芝加哥和纽约。李立杨曾就读于匹兹堡大学、亚利桑那大学和纽约州立大学,并执教于西北大学和爱荷华大学等学校,现在芝加哥的一家时装公司任艺术监制。李氏兄弟所取得的成就使我相信,人的遗传基因是错综复杂的,他们的一切努力似乎都在纠正某位祖先留下的印象。

李立杨的诗歌体现出一种对平凡事物和语言的挚爱,他有着精细的洞察力和不同寻常的谦恭,虽然他只会说中文而不能写读,但是字里行间流露出中国人的思维方式和对中国的记忆,他的父亲原来是印尼总统的医学顾问,后成为一名政治犯,最终又在宾夕法尼亚的一个小镇上担任基督教长老会牧师,晚年双目失明,悄无声息地死去。父亲一生的遭遇对李立杨的诗歌起了决定性的影响,父亲的形象常常如神话人物一般出现在他的诗歌里。

我是在1994年8月第四次也是最后一次路过芝加哥时见到李立杨的,当时我已经连续坐了两天两夜的火车,先是从佛罗里达的迈阿密乘"日落快车"西行至路易斯安娜的新奥尔良,再从那里北上到达芝加哥。其时我正醉心于"地图旅行",在美国,乘火车是比较"奢侈的",特别是在时间上,常常是整节车厢只有我一个东方人。我在西尔斯大厦附近的一家麦当劳要了一份午餐,便给李立杨打了一个电话,他正好在家。当他得知我在芝加哥停留的时间只有两个半小时,便立刻驱车赶了过来。我一边吃一边和他交谈,随后他又驾车带我去密执安湖边兜风。

立杨几乎剪光了头发,看上去十分虚弱,他向我诉说写作的痛苦，尤其是作为一名华裔美国诗人，他还问我在中国袁世凯的名声是否很坏。虽然立杨比我年长一些，但我不知不觉地说了许多安慰的话，立杨的性格比较内向，幸亏他的太太唐娜——一位白人姑娘对他体贴入微，殷勤备至，其结果是他们的两个孩子长得都不像东方人。四年以前李立杨曾应纽约一家出版社的约请，写作一部自传体的长篇小说，为此特意去了一趟中国的天津和印尼。由于他特殊的家庭背景和遭遇，特别是他独特的写作风格和题材以及诗艺上的创新，他甚至比同时代的其他美国诗人拥有更多的机会和更光明的前景。

我和立杨讨论了中美诗歌的现状和诗人的处境以后（他读过几位朦胧诗人的作品），问他谁是目前美国最有影响力的诗人。他回答说一般学院派比较推崇约翰·阿什伯利，而非学院派则喜欢罗伯特·布莱（他们是哈佛大学的老同学）。临别时，立杨邀请我下次来芝加哥时多停留几天，他给我安排住的地方。回想起来，我们两位纯粹的华人是用汉语交谈而用英文通信的。当我回到加利福尼亚，我收到了他寄赠的两本诗集——《我们恋爱的城市》和《玫瑰》。

1995年，杭州西溪

附记：2015年初，李立杨的回忆录《带翼的种子》由江苏文艺出版社出版。在此之前，编辑邀请我为此书撰写封底推荐语，我写了一句，"李立杨的散文一如他的诗歌,质朴、抒情,而又超现实。"那年我与李立杨互通了电子邮件,表达了彼此见面的意愿,他希望我下次去美国时联系他。不料2016年春天,我有机会重返美国时,他却写信告诉我,因为岳父母年迈,为了照顾他们,他和妻子已从芝加哥移居到宾夕法尼亚的匹兹堡了。

希尔伯特的书房

> 我们不知道
> 我们不可能知道
> ——拉丁箴言

去年九月的一天,正在荷兰乌特勒支大学笛卡尔中心访学的我,应邀重访了数学家和物理学家的圣地——德国哥廷根大学。为此我精心设计了旅行路线,去时乘火车经过小城阿默斯福特,在那里逗留了三个小时,那是抽象画家蒙德里安的出生地,也是笛卡尔唯一的女儿去世的地方,这位全才的法国人在荷兰——当时欧洲大陆唯一的资本主义国家——度过了学术生涯的黄金时代。他曾答应送女儿回法国接受教育,她却不幸在五岁那年夭折,他也从此没有返回祖国。接着火车经过了阿纳姆,那是神奇的画家埃舍尔的故乡,他在这里念完了小学和中学,但我没有时间停歇。

我在汉诺威再次换车以后,于当天夜里抵达哥廷根火车站,普拉达·米哈伊内斯库教授已替我订好旅店,我熟门熟路地步行着找到了。当天晚上我在附近的酒吧里喝了一瓶贝克啤酒,睡得很香,第二天早上起得较晚,因为我的学术报告安排在下午。那天我演讲的题目是:关于经典数论的若干问题。让我感到荣幸的是,报告安排在著名的克莱因-希尔伯特教室,那次来了四位教授和一部分研究生。我讲的五个问题中,有一个涉及到希尔伯特-华林问题,也算是向前辈表达敬意了。

很久以前数学家就已发现,形如4x+1的质数均可以表示成两个整数的平方和,比如,5是1和2的平方和,13是2和3的平方和,而4x+3型的质数则不能。1770年,法国数学

希尔伯特的阳台。作者摄于2010年秋天

家拉格朗日证明了同胞费尔马的猜想,即任意正整数均可表为4个整数的平方和。同年,英国数学家华林断言,任给正整数k,存在正整数s=s(k),使得每一个正整数均可表示成s个整数的k次幂之和。1909年,希尔伯特证明了上述论断,被称为希尔伯特-华林定理。但对给定的k,某种意义下最小值s的确定一直是热门的数论问题,至今方兴未艾,对数学家的吸引力甚至超过了费尔马大定理和哥德巴赫猜想。

报告结束以后,我独自一人在城内徘徊。两年前那会儿,我应哥廷根大学的官方邀请,做客数学研究所一个月,与卡普兰猜想的证明者、罗马尼亚裔教授米哈伊内斯库结下了友谊,并对哥廷根及其周边的环境也有所了解。这回我又一次去看了高斯的天文台和黎曼的故居,当我走到韦伯大街的希尔伯特故居前,看到里面的灯关着,但那辆我乘坐过的奔驰车仍在前院的停车棚里。我试探着按响门铃,当时的预感是,汤姆逊教授夫妇去慕尼黑看儿子了。出乎我的意料,过了半分钟之后,边门打开了,出来的是女主人莱阿娜。她很快认出了我,并打电话把在别处做客的丈夫叫了回来。

走进希尔伯特的书房,我看到临街有两扇几乎落地的大玻璃窗,其余三面墙壁摆满了书架。女主人泡了一壶红茶,还是上次那套茶具,后来我对比照片,发现教授脖子上系的领带也没变,生活是如此简朴美好。汤姆逊教授夫妇均是生物化学家,男主人还是哥廷根科学院的院士。40年前,他们从希尔伯特的保姆那儿买下这座当年希尔伯特亲自

希尔伯特的书房。作者摄于2012年秋天

参与设计建造的房子。原来,希尔伯特的独子故世后,没有继承人,按照遗嘱,故居赠给了保姆。保姆住了一段时间,不适应周边的环境,就把房子卖了。花园非常深,有近一百米长,里面栽了许多苹果树,还有一口池塘和几块古老的石碑。

汤姆逊教授告诉我,最近几年他每年都收到来自中国的讲学邀请,可他已年逾八旬,身体不便,只好谢绝了,但他很高兴有我这样的老朋友来访。两年前我曾在屋前徘徊,遇见浇花的女主人,便和她聊起来,后来她因为答不出我的一个提问把男主人请了出来,我们才得以相识。那次我被他们邀请到阳台上喝茶，并参观了花园。告别时，女主人还驱车送我到卑斯麦塔所在的东山上。回国后我们偶尔通信，他们认真阅读了我的一首写冬天的诗歌，是英文译文。他们回信认真谈到了感受，这次晤面又提到那首诗，我答应以后寄一首秋天的诗歌。

1861年，希尔伯特出生在东普鲁士名城哥尼斯堡郊外，是大哲学家康德的老乡，如今却是俄罗斯的一块飞地。希尔伯特成年后就读哥尼斯堡大学，那时的数学专业仍隶属哲学系，那也是老康德当年执教过的系。在那个年代，德国大学有一条规则，从第二个学期开始，学生可以到本国任何其他一所大学修课。希尔伯特选择的是哥廷根大学，因为数学王子高斯和他的伟大弟子黎曼的缘故。他在哥尼斯堡取得博士学位后，先是留校任教，1895年初春，被聘请到哥廷根大学任数学系主任。之后，希尔伯特与导师的导师克莱因联手建立起了著名的哥廷根数学学派。

1900年，希尔伯特在巴黎举行的世界数学家大会上概括提出了23个数学问题，涉及到数学的各个领域，他也被公认为史上最后一位数学全才。这些问题的提出为20世纪的数学研究指明了方向，每一个问题的解决或部分解决都引起轰动。1921年，希尔伯特60岁生日晚会的来宾合影中，前面两排聚集了十多位年轻数学家的夫人，那时的哥廷根已是世界的数学中心，可以说重现了高斯时代的辉煌。这一点从战争期间散布到美国的希尔伯特弟子那里可以得到证实，外尔在新泽西州帮助组建了普林斯顿高等研究院，库朗则在纽约大学创立了库朗数学研究所，这两个所与陈省身创建的伯克利数学研究所堪称美国的三大数学圣地。

我可以推测，23个数学问题一部分是在研究所的办公室里，另一部分则是在这间书房里酝酿的。至于希尔伯特为何没有把华林问题列入其中，我有些不解。无论如何，当我坐在里面喝茶，怀有一份激动的心情。我听主人谈起战争年代的经历，那时他们才上小学和中学，出乎我的意料，莱阿娜竟然是希尔伯特的老乡，她出生在哥尼斯堡郊外的一座小镇，后来全家颠沛流离迁移到汉堡附近。汤姆逊教授找到两本他收藏的中国古籍，是列子的《冲壶真经》和《金瓶梅》，民国年代的德文版。女主人兴致勃勃地朗诵其中壶子算命的故事，汤姆逊教授即兴把它译成英文。

又到了告别的时候。翌日上午，我离开了哥廷根，乘上了返回荷兰的火车。为了使我的旅行更加圆满，征得主人同意（旅费略有增加），归途我向南经过了法兰克福，绕成了一个圆圈。途中停靠了莱茵河畔的名城科隆，那是我前几次德国之行遗漏的城市，我逗留了四个小时，独自享用了一个比萨饼。我还徒步登上科隆大教堂，那是德国公众选出来的首要标志，位列柏林的布兰登堡门和巴伐利亚的新天鹅城堡之前。我拎着行李，沿着狭隘的石阶通道，攀上100多米高的顶端，出了一身大汗。

登顶途中我在墙壁上见到许多到此一游的留言，字迹模糊不清，世界各地的文字应有尽有。我忽然想起哥廷根的城市公墓里希尔伯特墓碑上的两行德文，那早已为全世界的数学家同行熟知，"Wir müssen wissen/Wir werden wissen"，译成中文便是，"我们必须知道/我们必将知道"。此语出自希尔伯特的退休演说，是对一句拉丁语箴言的改造，原文Ignoramus et ignorabimus，意思是"我们不知道/我们不可能知道"。

2013年秋天，杭州西溪

约翰和安的故事

> 她欠身,移步脱开了他
> 那从未逝去的突然逝去
> ——《美好的午餐·序曲》

诺贝尔奖之夜

贝洛伊特(Beloit)是美国中北部威斯康辛州罗克县一座风光秀丽的小镇,毗邻伊利诺伊州,离芝加哥仅九十英里。该镇位于罗克河和图特尔河的汇合处,人口约三万五千,有一所历史悠久并闻名全美的私立学院。虽然只有一百来个教员,注册的学生却多达一千两百多位,并且是清一色的本科生。

我的朋友约翰·罗森沃德和安·阿伯夫妇每年有三分之一时间在那里度过,约翰是贝洛伊特学院的文学教授,作为一位诗人和有着五十多年历史的《贝洛伊特诗刊》的编辑,他获得了院方赋予的一项特权,即把每年三分之二时间用于自我支配。通常约翰和安住在一千英里外缅因州的安多佛镇，在那里写作或编辑。他们习惯上把安多佛称为自己的家，而把贝洛伊特叫作工作地点。

新千年的第一个秋天，旅居海外的中国诗人北岛再次来到贝洛伊特学院，讲授"诗歌写作"课。北岛是应博斯院长的邀请来讲学的，在此以前，约翰曾多次安排他来院朗诵诗歌。他们初次相会在1992年的纽约，当时美国的亚洲学会邀请到了一批汉学家和几位主要的"朦胧诗人"到场。

除了北岛以外，那次还有多多、舒婷、顾城和杨炼，而他们的相知则要追溯到20世纪80年代的中国。约翰和顾城的交情也非同一般，顾城自杀前一年曾请求约翰翻译他最后的长诗《城》，在他自缢新西兰以后，约翰和安曾亲临位于奥克兰东面豪拉基湾的那座叫怀希克的小岛凭吊（Waiheke，即现在人们所称的激流岛），此行他们见到了顾城的姐姐，并就其侄子的抚养权之争的法律诉讼提出了建议。

10月9日晚上，来到贝洛伊特已有一个多月的北岛和约翰夫妇在院新闻办公室主任的家中用过晚餐之后，三人来到北岛的寓所闲聊了一会儿。这是一个特别的夜晚，对贝洛伊特学院的一些人来说尤其如此，在十多次进入诺贝尔奖候选圈以后，北岛和另外两位中国作家终于触摸到那顶看似诱人的桂冠。

除了博斯院长和新闻办主任以外，邻近的《芝加哥论坛报》（Chicago Tribute）和不远万里来的《德国之声》

约翰和北岛。安摄

（Deutsche Welle）的几位记者也在其中，他们在小镇守候采访的最佳时机。大约10点钟，为了把最后一段时间留给北岛独自细细品味，约翰和安起身告辞了。谁也无法猜度，北岛是如何消磨掉那个夜晚的，加西亚·马尔克斯曾把那段恼人的时光称为"和幽灵做伴"。

翌日上午，约翰像往常一样，来敲北岛的门，他们要到附近的一幢教学楼共同主持一堂写作课。约翰和安共进早餐之际，无线电波里重播了一条消息，"瑞典皇家文学院决定把今年的诺贝尔文学奖授予旅居海外的中国作家……"在听到最后那个陌生的名字以前，他们几乎要跳起来相互庆贺。在通往教学楼的林荫道上，北岛望着正在飘落的橡树叶，轻声对约翰说，"现在，我又可以继续过正常人的生活，继续写诗了。"而约翰也舒了一口气，"现在，我暂时用不着一个人授课了。"约翰说到这里，我想起另一则故事。若干年前的一个诺贝尔之夜，北岛正客居欧洲，哥本哈根一家电视台的记者曾潜入他下榻的旅店房间安装录像设备，试图偷拍诗人获得喜讯时的瞬间场面，结果令他们失望。在标榜尊重个人隐私的西方，狗仔队的猖獗由此可见一斑。

约翰的故事

约翰自幼在芝加哥中产阶级的聚集地西斯普林斯区长大，他出生在奥克帕克的一家社区医院，恰好是一个世纪前欧内斯特·海明威降世的地方。成年后的海明威对那个有着一座座教堂、绿树成荫的街道和白色整洁的房屋的地区感到厌恶，而对邻近的西塞罗区那些破败不堪的旅店和罪孽滋生的小巷记忆犹新，在那里基督教的仁爱不见了。对此约翰也有着类似的感受，他少年时代经常利用假期到餐馆打工，结交了许多黑人朋友。不仅如此，使他成为诗人可能还有其他某些偶然的因素。

约翰降生的时候身上流淌着一种坏血，俗称blue baby，需要不断输送氧气才能存活。虽然约翰的父亲是一位出色的化学家，食物保鲜的先驱之一，可那时正值二战最困难的时期，汽油非常短缺，家里的汽车抛了锚。对于过惯中产阶级舒适生活的父母来说，根本没有想过要步行十几英里去医院看望儿子，因此有好长一段时间，约翰是由护士照料的。他后来又患上小儿麻痹症，由于医治及时幸免于难，奇迹般地没有留下残疾，反而造就了一副运动员的体魄。

或许是幼时经历的种种波折，约翰从小就比同龄人成熟，他总是有自己独到的见解。约翰后来在厄巴纳-尚佩恩的伊利诺伊大学接受了高等教育，先学医后从文。那是在60年代初期，美国大学里兄弟会（fraternity）和姐妹会（sorority）盛行，这类始于18世纪的联谊性组织以一个或几个希腊字母命名，成员大多是些party boys（热衷于派对的男孩），其中也不乏纨绔子弟。

为了装潢门面，像约翰这样出身良好、学业优异、风度翩翩又兼有组织才能的人（他一直担任伊大剧院的经理）

成为各兄弟会竞相邀请的对象。这些人不仅吃住在一起，还经常举办晚会，引诱漂亮女孩，在醉酒狂舞之余什么出格的事都做得出来（有时甚至放出一头母猪）。而约翰这个在white suburb长大的年轻人，却拒绝此类诱惑，一直住在学生公寓里，他的室友中有犹太人、黑人、伊朗人和欧洲人。

1965年，22岁的约翰获得了英语文学的硕士学位，同时得到富布赖特奖学金前往德国的图宾根大学，在那里他遇见一位德国姑娘并坠入情网。一年后两人双双返回美国，结婚并生下一个女儿。与此同时，约翰来到北卡罗来纳的最高学府——杜克大学攻读博士学位。北卡地处南方和北方的交会处，黑人占有较大的比例，那时候民权运动正在美国如火如荼地展开，约翰不由自主地投身其中。约翰看到当地黑人每小时的工资只有43美分，便下定决心和同学们一起罢课，从而部分实践了他早先写下的一篇题为Being a black（《做一个黑人》）的檄文的诺言。

就在约翰毕业前后，正当巴黎大学的学生把阿瑟·兰波的名言"生活在别处"刷在校园的墙壁上，美国发生了震惊世界的两件大事：一是马丁·路德·金博士在孟菲斯遇刺身亡，二是俄亥俄肯特州立大学的四位参与民权运动的学生在校园里遭警察枪杀。相比之下，对于越南战争，约翰总是能够适时回避，先是作为学生，后来新婚燕尔，继而又做了父亲，按照美国法律，他始终被免服兵役。

约翰是在马萨诸塞州中部的伍斯特认识他的现任太太安的，这座在中国知名度并不高的小城市在20世纪之初接连诞生了美国现代史上的三位重要诗人：斯坦利·库尼克、查尔斯·奥尔森和伊丽莎白·毕晓普。其时约翰在该市的一所教会学院里教写作课，而安是他班上的学生，虽然他与前妻已经分手，在有着多重道德标准的美国，约翰和安的这场师生恋直接导致他在该院任教五年以后失去了唾手可得的金饭碗（tenure）。院长给了一年的薪水让约翰走人，可是他仍然留在伍斯特，一边写作，一边陪伴女友，直到她完成了学业，因为那对她来说实属不易。

安的故事

安比约翰小十二岁，出生在缅因州的西部小镇墨西哥，如同得克萨斯州的巴黎和纽约州的罗马一样，这个名字在一般地图上不会出现，甚至美国人也很少知道。不过，若是提起隔河相望的另一座小镇拉姆福德，却是尽人皆知的，在很长一段时间里，那座mill town都拥有全世界最大的一家造纸厂，包括《国家地理》这样用纸精良的杂志均是它的客户。

由于污染严重，墨西哥镇的几乎每户人家都有人死于癌症，其中包括安的外祖父和姨母，当地人戏称之为"癌谷"（cancer valley）。安的祖辈有许多人长年在造纸厂工作，虽然作为质量检查员的父亲收入还不错，母亲也在银行谋得一职，可是笃信天主教的他们既不避孕也不堕胎，接连生下了13个孩子（仅有七个活下来，包括一对半双胞胎），结果造成全家经济拮据，无法满足每个孩子的求知欲望。

上中学以后，安便利用暑假到造纸厂做临时工，英文叫a spare，当不同工种的工人外出休假一周半月，她便顶替上。有时难免冒着被断裂的纸张击中或手指卷入机器的危险，幸亏父亲利用工作之便经常在各个车间转悠，无形中保护着女儿。15岁那年夏天，为了筹集上大学的费用，喜欢幻想的安又只身来到九十英里以外的港口城市波特兰，那里有一艘游船"芬迪王子"，每隔一天发往加拿大新斯科舍省的雅默斯，她在船上做服务员。

即便是上学期间，安也常在周末去船上打工。晚上9点从波特兰起航，次日上午7点到达雅默斯，9点返回，连续两次往返以后，安被父亲接到家中已是星期天深夜了。巧合的是，我不仅到过安的出生地，甚至也搭乘过那条海上国际航线，这也是我们一见如故的原因之一。不过游船已经换过一艘，叫"苏格兰王子"，那是一次难得有趣的航行，我曾在一本书里做过描述。安的海上生活结束于第二年夏天，她被一个流氓水手强暴了。

许多年以后，安在上海开始写作自传体的长篇小说，她的爱憎游荡在sea（大海）和men（男人）之间。这部长达六百页的作品叫作About Time，一个很难翻译的书名，它甚至让我想起英国物理学家斯蒂芬·霍金的著作。在这部小说的第85章，有这样的描写，

如同你们已经了解的，有一条纸浆的河流

流经造纸厂。一旦机器上滚动的纸带断裂,发出一声巨大的噪音,随后造成的混乱被称为broke paper（一文不名的纸）。它们回收以后被放进一个地洞,那里有一把尖利的刀刃将其重新切割成纸浆。

这段富有质地的文字表明,作者有着诗人的细腻和洞察力。实际上,安从少女时代就开始写诗,这是她和约翰走到一起的主要原因,而他们截然相反的家庭背景则构成一种互补。现在,安又摆弄起了照相机,一些名作家和普通人相继走进她的镜头。

安没有自己的孩子,这个从偏远小镇走出来的女子,注定要把自己的一生献给自己喜欢做的事情。她使我相信,上帝挑选某人做某件事情的时候是不问缘由的。有意思的是,安·阿伯（Ann Arbor）这个名字恰好是密歇根州东南部的一座小镇,那里与汽车城底特律相距不远。因此,当去年夏天北岛在信中把约翰和安介绍给我时,我还以为他弄错了呢。

arbor这个词的原意是果园里的"棚架",后来我查了有关的典籍,发现该镇最早的两个英国殖民者（其中一个名字也是约翰）的妻子都叫安,她们自己动手,改良野葡萄获得了成功,她们的丈夫（大概把主要精力用在打猎或栽种谷类植物吧）就把那块葡萄地称作Anns' Arbor,意即"安的棚架"。当我把这个故事告诉约翰和安时,他们在惊讶之余异口同声地回答:"我们应该搬到那里去住呀!"

到中国去

约翰的母亲出身于殷富人家,从小在明尼苏达州的圣保罗长大,她的街坊里有一家日本人开的杂货铺。这家小店除了出售日制小瓷人等玩具以外,还经常摆些印有汉字的物品,例如茶杯什么的。这些东西有的被小姑娘买回家中,被视作宝物得以珍藏,后来又成为陪嫁。虽然时光变迁,老人家今年已经91岁高龄,它们仍完好地保存在她威斯康辛的家中。

约翰从小受到母亲的熏陶,长大以后又自觉投身于民权运动,他对毛泽东的中国产生浓厚的兴趣就不足为奇了。约翰和安初试云雨的那个夜晚,相互问对方最大的愿望是什么,安的回答是:Maine woods and white farm house(缅因的森林和白色的农舍)。约翰的回答则是:"到中国去!"Are you crazy?(你疯了吗?)1987年,复旦大学校长谢希德访问贝洛伊特学院,她此行达成的最有意味的协议是,约翰作为交换学者于当年秋天被派往中国。

就这样约翰和安来到了上海,其时这座中国最大的城市尚未焕发出蕴藏的活力。复旦外文系主任孙骊为约翰安排了一门美国文学的课程,而他则希望能够学习汉语,同时接触一些当代的中国诗歌。不料有着深厚古典文学修养的孙骊却为此犯难,他认为当时的中国没有诗人,亏得在高中念书的女儿找来一本《朦胧诗选》，于是这就成了约翰和安的汉语读本。

外文系几位想练口语的学生自愿做了他们的老师，他们一边学习语言一边翻译诗歌，不久，这支队伍逐渐扩大，连孙骊教授本人也参加了进来。最后，书中的一位作者、当年上海最有影响力的青年诗人王小龙出现了，他的代表作《纪念航天飞机挑战者号》被译成了英语。通过王小龙，约翰接触到许多上海诗人，同时与包括芒克、舒婷在内的几位主要朦胧诗人取得了联系，他们纷纷寄来自己的作品。

约翰返回美国以后，编辑出版了英文版的朦胧诗选《吸烟的人》，受到了读者和同行的广泛关注。入选的诗人多达十位，包括多多、顾城、北岛、舒婷、芒克，译者除了约翰、安和孙骊以外，还有五个复旦学生。约翰在题为《遭遇中国诗人》的长篇后记中写道，当时中国没有个人隐私，堂堂的复旦外文系主任竟然与七位同事共用一间办公室。

约翰还提到有一个周末在复旦，他们和王小龙等诗人举办一场朗诵会，碰巧学生诗社也在校园的另一处地方举行朗诵会，结果这两项活动均取得了成功，共吸引了校内外一千多位听众，那是美国诗人无法想象的。两年以后的夏末，约翰只身再次来到复旦（这回贝洛伊特学院停发了工资），他遇见了一位极富语言天才的学生——陈彦冰。此时，中国诗歌与读者短暂的蜜月已快要结束，幸好陈及时移居美国，他成了约翰翻译中国诗的主要合作伙伴。除了北岛、顾城那一代诗人以外，他们还翻译过不少后朦胧诗人的作品。

之后，约翰作为一名富布赖特教授和安先后四次来到复旦、南开、浙大（两次）。到今年夏天，他们在中国大学任教已满八个学期，他们教过或听过他们讲座的学生已逾万人。在杭州，约翰和安不断接到邀请去酒吧、茶馆、浙西南的私立学校，或担任演讲比赛的评委。至于越来越流行的西方节日期间他们就更加忙碌了，约翰浓密雪白的胡子活脱脱一个圣诞老人。可是，大多数夜晚，他们各自打开一台笔记本电脑，在不同的房间里备课、写作。间或，他们接受从前某位学生的邀请，坐火车或飞机去上海、苏州、天津、厦门做一次讲座，顺便度过一个周末。

约翰和安是如此地热爱中国，他们试图理解这个国家发生的一切，至于自己在美国的文学地位，早已被抛在了脑后。约翰给我看过一首他写于中国的诗《1990，一个中国家庭》，讲的是他的学生梦丹和她在"文革"中身心受到摧残的母亲的故事，充满观察和细节，带有教士的情怀，不容易翻译。在9·11事件发生后不久，南京大学的一位名叫富布赖特的教授因为对中国缺乏了解和本人的身心脆弱，急于立刻返回美国。而对于约翰和安这样的"中国通"来说，他们非常明白，此时此刻的中国才是最安全可靠的一块土地。

2008年7月，杭州

新诗选

最高乐趣

请客人们旅行吧
美丽的金斑蛾
鼹鼠绯红的手

开蜡花的灌木丛
小溪的喧响之流
青草在身后起伏不定

人们在树上涂抹糖浆
罗得之妻在逃离时回望
顷刻化为一根盐柱

夜晚不知道夜晚的吟唱
孤独不知道孤独的美妙
没有时间的最高乐趣

11/1993，加利福尼亚

棕　榈

躯干高大、挺拔
用来营造房屋
绿色的枝丫和长叶
用来搭建篷顶

果实的颜色
由浅灰变殷红
再转紫或黑
用来喂母猪和公牛

小小的草丛
用来储存雨水
粗壮的手臂，支撑起
一个穷苦的国家

11/2000，古巴索莱阿

从　前

从前那些我游历过的城市
在机翼下方依次闪现
就像一串故友的名字
被一位陌生人逐一提及

而大海如同久违的母校
培养出了众多杰出的人才
——那些散落在岸边的港口
给世界带去了温暖和繁盛

10/2013，墨西哥城-波哥大

故乡的美人

多年以后我返回了故乡
在一口古老废弃的水井边
遇到了从前镇上的美人
她少女一般轻盈的体态,以及

从舌尖发出的哧哧的笑声
既让我惊讶又感到亲切。我想起
那些游历过的地方,想起
那些妇女,她们相异的舞姿

犹如波浪把时光分隔,把我们
分隔。恍忽之间,她已经
转身离去,只留下一个背影
又教我想起她年轻时的丰韵

05/2000,麦德林

罗马古道

从前我曾走过这条路
风景依旧历历在目
隧道、小溪、葡萄园

铁道线弯来又绕去
同样是上上下下的乘客
只不过会说英语的人多了

亚平宁的雨斜落在玻璃上
时光犹如暮色中的炊烟
飘走了又被风吹回来

但那只是偶然的相聚
如果你遇见旧时的恋人
最好把她当成一次回忆

10/2005，罗马-佛罗伦萨

诗人的心

一片些微的亮光突然
在乌云密布的天空出现
给湖水添加了一丝蓝色

诗人的心也理应如此
拨开忧愁的迷雾之后
在黑暗中开启一扇窗子

07/2007，瑞士日内瓦湖

卡瓦菲

他在地中海滨一座空旷的房子里
为一幅小小的铅笔素描陷于迷惘
他那可怜的伊梅诺斯以放荡闻名
近乎病态的敏感和脆弱一览无遗

我在非洲大陆另一头的沙滩上
读他简练如洗的诗歌沉入遐思
长桥下面冲浪的男孩前赴后继
向岸上的少女送去一个个秋波

05/2003，南非德班

乞力马扎罗

当我早起想见到它
天空乌云密布
随后公鸡的啼鸣四起

当我将其遗忘
它却蓦然显现
在村舍的屋顶上方

那山巅的积雪微暗
与浮云难分难舍
无法用肉眼识辨

多少年后雪会融化
在硬汉海明威的文字里
却永留我的脑海中

10/2012，阿鲁沙

夏　天

夏天又一次如期而至
她依然灿烂如花
只不过改换了地点
我们相见时彼此矜持

一身蓝衣，披着白色的纱巾
耳垂和秀发包裹得严严实实
可我依然一眼认出了她
散漫的睫毛犹如耀眼的红土

我是没有船只的水手
只有天空、海洋和辽阔的风
还有一颗自由自在的心
沿着戈壁寻找玫瑰和刺

07/2004，贝鲁特

谢灵运

公元四三三年春天
花都之名尚未享有
你被流放至岭南
脚下已没了谢公屐

你尝试着获取自由
知府接到皇上口谕
将你斩首街头示众
遗骸仍漂落异乡

三百年后的盛唐
李白和杜甫相继入浙
他们匆匆看过西湖
便乘船向始宁而来

梦游天姥吟留别

只为朝圣你的故乡
而千年之后我在广州
寻思为你劫一次法场

12/2015，广州

访谈录

"父亲准备了一套木工家伙想让我做徒弟"

——蔡天新vs禹宏

小回忆

禹宏（以下简称禹）：您15岁上了山东大学，24岁博士毕业，31岁任教授，能否简述一下您的学习秘诀？

蔡天新（以下简称蔡）：我从未跳过级，只是那时学制短，上学早而已，这也使得我适时保存了体力和好奇心，在大学时代才发力用功。我在《小回忆》中提到，鉴于如今孩子们遇到的学习困境，如果让我选择，我还是愿意在"文革"中度过童年，当然以后来的改革开放为前提。

禹：您童年时的梦想是什么？有没有想到过，您以后会成为数学家或是诗人？

蔡：好像只有白日梦。比如在中学校拉练途中，希冀被一辆军用三轮摩托赶上，警卫员从后座上跳下来，走到我面前立正,"报告师长,军长请您到军部去一趟。"此事让同学们艳羡不已。至于数学家或是诗人,都是没影儿的事儿。

禹:在您成长过程中,有什么人或事对您产生过重要的影响吗?原因是什么?

蔡:1972年2月,美国总统尼克松首次访华,他还来到杭州。这件事触动了我,我在简易笔记本上描下他的访华行程图。那时大人们都说美帝国主义是中国的头号敌人,突然要夹道欢迎他们的总统,我实在想不通。乡亲们还传说美国人的飞机大得很,杭州笕桥机场降不下来,临时把附近人民公社的土地拿来扩建了。这件事令我惊讶……那以后我开始关注世界了,可以说是后来"周游列国"的纸上预演。

禹:从您的经历看,您的童年时代颇为艰辛,也颇为放松。现在还会回忆起您的孩时吗?有什么事情让您一直印象很深,愿意拿来和读者们分享,我看您的书里多次提到了河流和公路。

蔡:我已经写了一部《小回忆》(三联书店),现在该放一放了。为何在书中多次提到河流和公路?那是因为我们家乡没有火车和民航飞机……这可能也是对远方的一种向往,两者都是连接外部世界的通道。我喜欢画地图,主要原因是爱看电影,特别是《南征北战》和《渡江侦察记》那类打仗的电影,里面有军事地图,这也是白日梦的由来。早期是地图,后来是诗歌和绘画。

禹:您曾经是个叛逆的小孩吗?

蔡：我只是一个喜欢梦想的小孩，喜欢私底下记录一些事情，虽说多数是没有意义的。一般来说，前途比较确定的人容易叛逆，就像以前许多革命者是富裕人家出身，而我那时的未来是不确定的，父亲甚至准备了一套木工家伙想让我做徒弟。再就是怀疑，有一次，小学校的师生步行进城看电影，正好遇到县城第一次浇柏油路，我捡起一块柏油放在额发上，结果扯不下来，只好回家用剪刀剪断，后来拍毕业照时仍有空缺。如果说叛逆，那也是在精神方面的需求稍稍不同于同龄人。从某种意义上讲，这可能是一种真正的叛逆。

数字与玫瑰

禹：数学严谨、逻辑性强，诗歌跳跃、发散性强。数学家和诗人，这两个角色在常人心目中似乎是风马牛不相及的，甚至有些对立，您却同时将这两个角色驾驭得那么好。这也许是大家为何好奇，有一个除了你很少有人能回答的问题——写诗和研究数学，有什么相通的地方吗？诗人和数学家这两重身份是如何在一个人的身体里面和谐相处的？

蔡：我专门写过一篇文章《数学家与诗人》，收在复旦版《高中语文》读本里，也收在拙作《数字与玫瑰》和《难以企及的人物》里，且已被译成五六种文字。数学和诗歌都需要想象力，都简洁、智慧，且分别是其他科学或艺术门类不可或缺的因素，应用性广（或无用）。对我来说，最有吸引力的一点是，数学和诗歌是人类最自由的两项智力活动，因此二十多年来乐此不疲。我反倒觉得，假如一个人缺少了其中一样，身体的各个部位可能难以和谐相处。

禹：作为浙大的数学教授，在数学教学中，您最重视培养学生的什么能力呢？

蔡：发现问题的能力和对本专业的热爱。对古典大师原作的细读和研究，是发现新问题的源泉，最近几年来，我在这方面受益匪浅，取得了一些与众不同的结果。其中的一个原因，或许是我把诗歌和艺术的想象力用回到数学中来。

禹：一个人的精力是有限的，也有他擅长和不擅长的地方，而您却是个"奇特"的人，玩什么像什么，包括摄影，多重身份又能兼顾得完美，您认为，这是天赋，还是与什么关键因素有关？

蔡：我没有担任过行政职务，这节省了许多时间和精力。同时，我也很早学会了放弃和舍弃，或者说是把目标藏在心里。坚持是我的个性，到头来可能会演变成一种天赋。爱迪生说过，天才是九十九分汗水加一分灵感，而这一分灵感恰恰是最重要的。我想，他说的灵感就是你说的天赋吧。

禹：最近，华裔数学家张益唐在孪生素数问题上取得重要进展，能否跟我们讲讲这件事的意义？

蔡：这是项了不起的成就，令中华儿女感到骄傲，其意义难以估量。张益唐快六十岁了，处境维艰，仍对数学持之以恒。我有幸在三十年前就认识他，那时他的个性就与众不同了。我同时憧憬将来有那么一天，欧洲或北美的某个国度,那里的民众因为某一位数学家突破或解决了中国人提出的猜想而欢呼雀跃。

禹: 您爱读书,能不能推荐一本您认为的好书,还有您自己的作品。

蔡: 只要愿意,每个人都能找到适合自己的书籍。事实上,我童年几乎没有读过课外书,因为没有条件。幸运的是,我对书籍和外部事物的好奇心保留下来了。少年(大学)时代,我反复阅读了罗曼·罗兰的《约翰·克里斯朵夫》,这部成长小说是我前进的动力之一。至于我自己的作品,除了您问题中的小标题《小回忆》(童年回忆录)、《数字与玫瑰》(有四个中文版)、《飞行》(有两个中文版),还有《难以企及的人物》(增订版易名《数学传奇》)、《数学与人类文明》(有两个中文版)、《欧洲人文地图》等等。如果是数学特别好的同学,可以试读《数论,从同余的观点出发》或《数之书》。另外,由十来位中青年数学家编辑创办的《数学文化》是本不错的杂志,有兴趣的读者不妨关注一下。

飞 行

禹: 您的第一幅手绘地图在一次搬家过程中遗失了;后来,您成了一名四处游历的旅行者。您相信冥冥之中,事物存在着某种关联吗?

蔡: 我还特别相信无独有偶。比如说,某一个地名或人名,甚至活生生的一个人,你可能以前从未听说,但一旦遇上了,过不了几天又会再次撞见。

禹:我喜欢独自旅行,享受一个人走走停停、看看想想的小孤独,但又总是克服不了一些在此过程中莫名的伤感。您在旅途中又有些怎样独特的心情体验?

蔡:伤感是旅途的特征之一,用不着去克服吧。要是没有孤独,就不会有发现了。可以说,这是创作、灵感,有时甚至是力量的源泉。在我的旅途中,首先考虑的是摄影;然后是诗歌,那通常在歇息之时,尤其是洲际旅行的飞机上;回家照例先画一幅旅行地图,然后等待时机再来回忆(比如约稿),在我眼里写作是故地重游。

禹:旅行最吸引您的是什么?

蔡:不确定性。旅行里有即兴的东西会比较有意思,如果什么都安排好了,就变成了一个旅游者。我很少买攻略书,觉得没有它更富神秘感。就像我上次去东非事先并未安排,本是荷兰人邀请我去学术访问,遇到国庆节给自己放了假,我就用荷兰人给的钱买了机票。肯尼亚那边本来没有我认识的朋友,但我去过的南非诗歌节的主席跟那边熟悉,所以我刚到内罗毕就有一个笔会会长兼报社记者来访。然后他带我去见内罗毕大学的一位英文教授和一位法文教授,我刚好带着英文版和法文版的诗集,他们一看很喜欢,就邀我做了一次讲座和朗诵,把他们的学生和研究生都召来。这些是我事先未料到的。

后来记者又要带我去东非大峡谷采访,但那天他的车子出了问题,我就把这一行程取消,直接去了乌干达。后来证明这个选择是对的,因为之前我也没有想到能去那么多国家,结果时间充分利用起来了。在途中我遇到中国的维和部队,搭他们的车子从刚果返回布隆迪,连海关都不用过。回来时我也不走老路,从坦桑尼亚首都达累斯萨拉姆飞回阿姆斯特丹。在阿鲁沙,一位美国诗人为我开了一个诗歌朗诵会,来了不同国家的诗人和音乐家,还有很多听众。当坦桑尼亚人知道这是我游历的第一百个国家,他们也感到很光荣。我在坦桑尼亚拍摄了许多抽象作品,这或许是那次旅行最大的收获。

禹:您爱旅行,走了许多地方,拍了很多很有意境和耐人寻味的照片,我看过您的摄影展,觉得您的作品中充满了艺术气质。您是怎么想到拿旅行中拍摄的作品办摄影展的?

蔡:是深圳书城首先邀请我办个人摄影展,那是2008年春天,主办方给我买好了机票,我唯一要做的事是做两场讲座。后来(2009年)在杭州做了巡回展,在台州和金华(2012年)做了三场,在南昌也有个小尺寸的展览,多数是影展和讲座结合。接下来南京、无锡、苏州和上海方面也要做。

禹:走了那么多地方,您最喜欢哪里?

蔡:太多地方,太多故事了。《数字与玫瑰》里有句话:我以为,每个年轻人(包括心灵年轻的人)都应该在有生之年去一次欧洲。我本人去过欧洲20多次,从没有厌倦;

停留时间最久的是美国；还有拉丁美洲，那里有最美好的记忆；最难得的是，过去10年里，我曾6次到达非洲。

与中学生交流

禹：您赞成在中学阶段文理分科吗？

蔡：不赞成。因为文理科原本不可分割，更因为现在高中学的课程内容太多太深了，没有必要。有些内容如果做一两道题，会觉得很有意思，但做一百道题，会把美感和兴趣弄没了。这就像每天吃同样的菜，再好吃也会没味道。个人认为，应在难度方面适当减少，多学习一些课程。这对将来有好处，因为知识面广了，潜力也更大。无论如何，他们将来都是要学专业知识或经过职业培训的，没必要在中学时期过分探究。

禹：在我接触到的学生里，许多孩子会为文理分科的问题纠结。比如喜欢文科，理科也不错，但出于专业和找工作考虑，选择了理科，但心中总会存些遗憾。对这样的孩子们，您能说些什么吗？

蔡：确实遗憾。我觉得理科生可以也应该有人文情怀或梦想，文科生必须观察自然，了解科学的历史和进程。我希望孩子们能时时怀抱远方，或许在那里，理科和文科会相互融合。

禹：代表数学很差的同学们问个问题，为什么我们总学不好数学？仿佛大脑永远无法和那些数字和图形用同一种语言对话，怎样才能去开启这扇平等交流的大门？

蔡：我想是与他们小时候没有遇到一个好的数学老师，也没有读到一本好的数学书籍有关。我的建议是，从最简单的例子着手，理解概念和定义，掌握教科书里的基本内容和方法。此外，需要拥有（对世界和生活的）热爱、探究（自然和科学）、理解（别人和自己）之心，需要欲望和勇敢。而一名合格的老师，应让每一位学生都听懂，同时又能激发优秀生的潜能。

禹：诗歌与数学还有个相同点，就是它们看上去都不够"实用"。比如语文考试时，写作文往往要求"体裁不限，诗歌除外"，所以他们不需要去理解诗歌……

蔡：其实诗歌和数学不仅需要灵感，它们也能带来灵感，诗歌和数学比较好的同学会有特别的想象力。为什么数学好的同学找工作方便呢？因为他可以干别的事情。我还有一句话，大家可以自己琢磨：诗歌可以把我们带到想要去的地方。

禹：您有一对双胞胎女儿，今年应该十六七岁了吧。您自认为爸爸这个角色，您驾驭得如何？嘿嘿。

蔡：马马虎虎吧，现在她们在寄宿学校，晚自习后经常与我通话。虽然早些年，我在外面漫游的时间比较多，但我在国内的时候，外出并不多。读初中时，有一次老师要求同学跟爸爸、妈妈时间多的分别站队，结果她们都站到爸爸的队伍里了。

禹：作为一个父亲，当女儿们十八岁长大成人的时候,你可能会对她们说些什么?

蔡:还没到时候呢,现在还不知道。但我相信,应该是以前和她们说过的某些话,即要独立、自主,这样才能更好地体验完整的人生。这一点,我们应向西方的年轻人和动物们学习。

禹:您的人生还有什么梦想?

蔡:那还有不少呢。其一,希望我近年提出和研究的若干数论新问题,会引发各国同行的广泛兴趣。其二,每个大洲写的诗歌都能出版成册。其三,(像钱锺书先生那样)写一部学院派的小说。其四,希望能鼓动或协助某位大导演拍摄一部故事片《秦九韶》。秦是南宋的一位大数学家,其个人生活颇有争议,电影素材应有尽有:南宋、科举、战争、文人、冥想、发现、丁忧、火灾、洪水、桥梁、建筑、皇帝、宰相、贪婪、杀戮、乱政、边关。他是难得驰名世界的古代中国科学家,至今享有盛誉。他的生活和品德可按两种方式演绎,政敌的诽谤、著述中折射出来的理性之光。

(原载《长江日报》阅读周刊,2014年秋天)

一位漫游者的毕达哥拉斯与缪斯

——陈陌VS蔡天新

陈陌（以下简称陈）："一位漫游者的毕达哥拉斯与缪斯",关于这次采访,这是首先跳进我脑海的一个题目。数学、诗、游历,是你最广为人知的三个特征,这三者在你身上发生的化学作用,想听一听你自己的表述。

蔡天新（以下简称蔡）：我曾经说过,数学是一座坚固的堡垒,而诗是可以随身携带的家园。这两个词如今算是比较冷僻的了,而游历或远方则越来越热。对我来说,数学与诗在远方相互连接。

陈：如果把"数学""诗""游历"这三个词,编入一道数学等式里,我好奇你会用什么样的数学运算符号,让它们构成一个方程式？

蔡：与其用一个代数方程式,不如用几何学来说明。众所周知,在常见的几何图形中,三角形是最稳定的,而四边形包括平行四边形只是看起来对称规范,实则最容易变形甚或崩溃。

陈：作为一名少年大学生，你起步非同寻常，能向读者解释一下你的数学研究领域和主要成果吗？

蔡：虽然起步算早，我却是大器晚成。早些年的研究按部就班，就是跟着别人走，做人家的问题、改进人家的结果。45岁以后突然长进了，例如，我把加法数论和乘法数论结合起来，而以前它们属于两个不同的分支。那样一来，就把诸如完美数问题、费马大定理、华林问题、哥德巴赫猜想、孪生素数猜想等经典问题做了拓广和提升，被德国同行称为"阴阳方程"，我将它们写进由世界驰名的World Scientific出版社出版的著作《The Book of Numbers》，期待能够吸引国内外同行对它发生兴趣。事实上，其中我与学生合写的完美数问题与斐波那契素数的研究论文已成为专业名刊《国际数论杂志》史上读者最多的一篇。

陈：在你生命的重要时刻，什么人、什么事或什么书，对你构成了重要影响？

蔡：1972年2月，美国总统尼克松首次访华，他并来到杭州。这开启了我了解世界的窗口，那会儿教室后面的黑板上写着："打倒美帝国主义！"

陈：你涉猎多方，笔耕不辍，2016年也是你的出版大年，虽然每本书都是心血，但你最想向读者推荐自己的著作TOP5是哪些？为什么这么选？

蔡：这个选择很难。我的写作大致分三部分。一类是数学，数学文化三部曲《数字与玫瑰》《数学与人类文明》《数学传奇》，均是由其他社出版后转移到商务印书馆；兼有教科书和学术著作的《数之书》，无论中文版还是英文版都做得非常漂亮。二类是文学，个人诗集我想每个洲都可以编出一本，目前只出来写于美洲的《美好的午餐》，而译成外文版的诗集数量逐年增加，其中英文版和西班牙语版诗集可望拥有第二本和第三本；我主编的诗选集也有五册了，三联书店的《现代诗100首》系列和人文社的《冥想之诗》和《漫游之诗》；散文有童年回忆录《小回忆》和批评集《在耳朵的悬崖上》。三类是游记，《欧洲人文地图》之后正在写《美洲人文地图》，按国家或地区的游记已有四部，《英国，没有老虎的国家》《德国，来历不明的才智》《美国，天上飞机在飞》和《里约的诱惑——回忆拉丁美洲》，还有摄影集《从看见到发现》。只是，我的游记更多是把旅行作为一种写作线索。

陈：在你写诗的历程中，有没有哪一年是你的写诗大年？那是怎样一种情形？是什么激发了你？

蔡：当然有，1993年初到美国那一年，2007年做客瑞士笔会那一月，基本上每天都有，新奇和移动的风景激发了我。

陈：你的诗作中，明显的特征是，异国他乡的雪鸿泥爪诉诸笔端占了绝大篇幅，那是刻意为之，还是兴之所至？你愿意和大家分享其中某几首作品在写作的当时当地的情形吗？

蔡：三十岁以前，我写诗基本上是关在屋子里，那时最爱超现实主义，现在仍受它的影响。三十岁以后，我每次游历之后，或转换到另一个地方游历时，会是写作的高峰期，我会回忆过去一段时间发生的印象深刻的事情，有时是即兴的。例如,2007年夏天,我飞抵巴黎戴高乐机场,在一间电话亭旁回忆起一年前故世的母亲,写了一首诗《门》。

门

世界有两扇门
一扇为你敞开
另一扇已经合拢

我只能站在门外
想象你的面容
你的呼吸和嗓音
是否变得匀称了
你的心灵和梦
是否已获得宁静

如果你睁开双眼
你将会看见绿色
看见我来到巴黎
从前我曾在这里
在一座电话亭里
听到你爽朗的笑声

又如1993年冬天,我初次出国,在加利福尼亚第一次下高速公路，那份新鲜和刺激难以用平常的语言描述，产生了诗意的形象，写了一首《关于鱼的诗》，它讲述了一首现代诗的诞生过程。

关于鱼的诗

我喜欢把汽车看作单词
单词容易改变词性
比如打一个U弯
就可以获得形容词
它们相互撞击，在高速公路上
有时会产生全新的句子
把车开进太平洋吧
海水知道如何润色
我们侧身游出车门
顷刻发现一首关于鱼的诗

陈：你参加过很多国家的诗歌节，那是你游历的重要组成部分，你认为什么样的诗歌节是有价值的，什么又是无意义的？在诗歌节上发生过什么值得记取和汲取的事情？

蔡：我觉得诗歌节最重要的是交流，它需要有听众，不能只是诗人们自己在听；诗人之间必须有好的交流。其次，应该产生激情，写出诗歌或回忆的散文。如果只是拍些合影照，发发微博和微信，那就浪费了主办方的钱财。另外,我的诗歌译者大多是在诗歌节期间遇见的,他(她)或许不懂汉语,但都是诗人。

陈:诗人是人群中的小众,也可能是内部最分裂的小众,你怎么看待诗人的"独"与"群"?

蔡:当今中国诗人有许多小团体,这可能会获得一些利益,但我未听说李白、杜甫当年与哪几个诗人抱成一团。18世纪的英国历史学家爱德华·吉本说过:"对话可以增强理解力,但是孤独却是天才的摇篮。"无论瓦尔特·惠特曼,还是艾米丽·迪金森,他们都是孤独的天才。

陈:西方人有《圣经》,中国人有《诗经》,遗憾的是今天很多人在信仰上太妄自菲薄了,骑马找马,对新诗也普遍无知,你怎么看?

蔡:写诗的人与不写诗的人是不一样的,正如读诗的人与不读诗的人是不一样的。有人愿意放弃一种重要的观察世界和人类的方法,那就随他们好了。

陈:你会对你的孪生女儿们谈论"诗"吗?她们读诗吗?她们怎么看待作为父亲的你同时作为诗人的这一面?在一次诗歌活动中,我曾经见过你的女儿们,她们又是如何看待你身边的那些诗人们的?

蔡:这个我还没有问她们。不过,今年暑假我让她们尝试翻译几首短诗,然后与她们探讨更好的翻译法,我希望借此让她们理解生活,理解诗歌的微妙之处,同时也能提高外语能力。

陈:在你的教学生涯里,你会对学数学的学生进行诗歌启蒙吗？你的学生中有文理皆通、可以与你就诗文论短长的人吗？

蔡：还没有遇见。我上课时会讲些背景故事，包括数学家的轶事，在当有学生打瞌睡时。前不久我读到罗素的传记，他叹息数学同行里可以交流的实在太少。我与欧美诗人在一起时，他们有时会提到法国人鲁波，他也是数学家兼诗人，一位瑞士朋友寄给我他的新诗集，我写了一篇文章介绍。由此也可见，至少在美国，缺乏文理皆通的人。

陈：游历点燃了你的生命，而用一台老式傻瓜相机信手拈来的摄影构成了意味深长的时光留痕，你的抽象摄影尤其让人感兴趣，是怎样一个契机触发了你的灵感？又是怎么一路坚持下来？其中蕴含了你怎样观看世界的态度？

蔡：起初我也像其他旅行者一样，有些到此一游的纪念。后来因为约稿需要配图，才慢慢地重视起来。2008年春天，深圳书城邀请我去办摄影展，之后便开始认真地摄影了。抽象摄影开始于黑海之滨的敖德萨，那恰好是抽象绘画创始人康定斯基长大的地方。

陈：你的足迹遍布100多个国家，拜访过许多数学家、诗人和艺术家的故居，有哪些奇妙的记忆？还有什么国家和地域是你期待到达的？你的下一个目的地是哪里？

蔡：那恐怕太费时了，有兴趣的读者可参阅我的游记或其他书籍。自从1993年以来，我定下一个目标。每年至少去一个新的国度，下一个目的地或许是非洲。以往我已经六次去那了，东南西北中都到过，等我下次回来，就可以写本

"七下非洲"之类的书了。

陈：如果给你穿越的超能力，让你回到古代或近代，拜访一位数学家和一位诗人，你最想拜访谁？为什么？

蔡：数学家的话，我选17世纪的法国人费马或19世纪的德国人高斯。前者是"业余数学家之王"，他研究不图发表或名誉，后者是"数学王子"。他们都不喜欢出门，因此只能由我去拜访了。诗人可能是陶渊明，采菊东篱下，悠然见南山。一次我参加瑞典诗歌节之后，当地一位诗人邀请我去他的别墅小住，他是为了让我分享他收藏的各种版本的陶潜著作。

陈：你怎么看待今天的年轻人？对照你这位"曾经"的年轻人，今天的年轻人发生了什么深刻的变化？作为一个过来者，你有什么寄语？

蔡：由于社会分工的细化，今天很难再出现牛顿和莎士比亚式的人物了，但经济、交通和医疗等方面的改善，又为我们看世界提供了极大的方便。一边是工具和游戏，另一边是创造和思想，两种快乐的差别是巨大的。

陈：网络时代，诞生了许多电子儿童、电子青年，关于年轻一代文字书写能力下降的忧虑之言不绝于耳，就你在大学接触到的许多年轻人，你的态度怎样？有什么建议？

蔡：作为写作者，我不担心，因为我的纸质版图书似乎越出越多，越印越多。我猜想，不久的将来，电子儿童或电子青年的后代，可能又会像我这样喜欢纸质阅读了。

（原载上海《生活周刊》2016年9月）

火车上最富诗意的地方

口述/蔡天新　整理/陈李黎

2016年对蔡天新来说是个大年。就像2014年一样,他有七八本新书。分别是商务印书馆的《数学传奇》,人民文学社的诗集《冥想之诗》《漫游之诗》(注释读本,主编),游记《美国,天上飞机在飞》(浙大社)、《里约的诱惑——回忆拉丁美洲》(海豚社)。还有英文版的数学著作《The Book of Numbers》,亚美尼亚文版的诗集《回想之翼》。还有三联书店的童年回忆录《小回忆》增订版,希望能够顺利。

从这份新书单可以看出,蔡天新的这一年,包含有诗歌、数学、旅行……"昨晚熬夜看欧洲杯,严重缺乏睡眠。"蔡天新点了一杯拿铁,抿了一口,推了推夹在鼻梁上的眼镜。我没有看出,他不仅是球迷,从前还是名不错的足球前锋,曾经在一次大学教工联赛中赢得金靴奖,场均进球1.4个。"其实平时作息还是很规律的,虽然年龄在增长,但总体来说,自己的状态仍然不错,在数学研究中,不断有新的发现,写诗也写得比以前多了,想去的地方一个个实现了。"

一

今年四月的世界读书日,蔡天新去了旧金山,在硅谷的亚洲艺术中心,做了题为《两种文化,科学与人文》的讲座,这类讲座是他在国外的主要旅行方式之一。虽说他以前春夏秋冬都来过旧金山,但距他上一次造访已有十八年。半个多月前的清明节,他就到了加州,在洛杉矶的一个读书会做了另一个讲座,并祭拜了不久前去世的大学老师。之后,他到了达拉斯参加一个数学会议,并被邀请到休斯敦举办他的个人摄影展,现场签售了十几幅作品,然后乘飞机去秘鲁参加利马诗歌节。

上大学以前,温州一直是蔡天新见识过的最大的都市。1972年,美国总统理查德·尼克松访华,从美国到上海、北京,再从北京到杭州、上海……那年蔡天新不满九岁,他看着报纸上登出尼克松在花港观鱼时的照片,开始拿笔用一亿分之一的比例画下了他的旅行路线,线路全是笔直的。他心里那扇通往外部世界的窗口,就这样被打开了。往后数十载,蔡天新亲身游历了这个世界的大部分地区,可以说超过了中国历史上任何一位数学家或作家。蔡天新不是第一次到南美,早在2000年,他就应邀到哥伦比亚的一所大学访问,既帮助这所大学取得了数学专业的博士点,同时又以数学和诗歌的名义游历了这个大陆的许多国家,巴西、乌拉圭、厄瓜多尔、智利、阿根廷,甚至中美洲的巴拿马和加勒比海的古巴。

利马诗歌节一结束,蔡天新就去了传说中的高山之国——玻利维亚,途经的的喀喀湖,海拔3800多米,从高空鸟瞰,宛如高原上的一颗明珠。抵达拉巴斯机场,海拔已上升至4000多米,这两处均比拉萨要高。去年8月,一位32岁的智利女诗人在此地转机前往圣克鲁斯书展时,不幸缺氧逝世。蔡天新咀着抵御高原反应的古柯叶,在玻利维亚的几天里,不吃肉也不饮酒。

蔡天新去过南美三次,也到过秘鲁,但他的旅行地图上面却一直没能添上马丘比丘这个美洲最吸引人的地方。这一次,他终于从的的喀喀湖边的一座城市坐上了前往印加帝国古都库斯科的飞机。换乘两小时汽车抵达马丘比丘大本营欧雁台已是傍晚,翌日早晨又花了将近100分钟坐火车到马丘比丘山脚下的热水镇。一路上,满满三车厢游客,只有蔡天新一人是散客。他心里寻思着:不知当年聂鲁达是怎么去的(这位智利诗人因为写了一首《马丘比丘之巅》获得了诺贝尔文学奖),更无法想象耶鲁大学教授宾汉姆是如何找到那片废墟的。

从热水镇再坐45分钟大巴,蔡天新终于登上马丘比丘之巅,比想象中规模更大。大概是秘鲁和智利关系紧张,仅在顶上小屋中见到一张聂鲁达肖像纪念。聂鲁达在《走向世界之路》中写道:"在我们青春岁月最任性的时刻,我们总是在黎明时分,总是毫无睡意,总是囊中分文不名,便突然登上一节三等车厢。"蔡天新在二十来岁的时候,曾在日记中写下:"在车门两侧相对而立,这是火车上最富诗意的地方。"

最多的时候,蔡天新一年能去二十多个国家旅行,但这个数量在逐年递减,时光流逝,精力总是有限的,一直想去却未去成的地方也在逐渐减少。可是他不会停止旅行,"长大以后我才发现,我们绚丽多姿的生命是由一次又一次奇妙的旅行组成的。即使是最容易让人慵倦的春天,一旦有了计划中的一次旅行,心情也就完全不一样了。"

而每次出门,蔡天新总要带上的,除了地图和相机,就是诗歌。"除了诗歌以外,我旅行时从未想到要写点其他什么。"

二

草地上的圆圈 / 尤其是在山巅草地上 / 有一种温暖的感觉

我们初次见面 / 围坐下来自我介绍 / 谈诗并念及故乡

钢琴声从客厅里飘出 / 女主人捧上水果 / 白孔雀在后院开屏

多少年以后我们重来 / 牧场或许已有新人 / 圆圈仍存在记忆中

世界读书日，蔡天新在旧金山硅谷做讲座。在采访和讲座之间，中午有一大段空隙间，突然有人提议，"不如举行一个小型的读诗会。"于是，十五六位从未谋面的朋友自发驾车来到山巅小屋外面的一个大草坪上，围坐成一个圆圈，开始轮流朗诵蔡天新的诗歌。

这个场景深深地印在了蔡天新的脑海里，他说，现在写诗的状态特别好，有的时候一天能写好几首，比从前更能捕捉生活中的一切有意思的画面。

回到杭州之后，蔡天新便写下了这首《圆圈》。

蔡天新的第一首诗写在1984年。那时，他还在山东大学念书，已经提前一年写完了硕士论文。从前不比现在，可以直接攻读博士学位，所以那一年时间里，他几乎是"无所事事"的。

除夕夜，蔡天新在一位同乡老师家里看完电视后，独自一人走回宿舍，突然，一个女孩儿激动地奔向他，后来才知道，原来她将他认成了自己的男朋友。当天夜里，蔡天新失眠了，辗转反侧，第二天早上仍念念有词，他把它们记下来，室友说，"这是诗歌呀。"这就是他的第一件作品——《路灯下的少女》。

三

24年前，19岁的美国女孩Anne Shepler是印第安纳大学戏剧系的一年级学生。彼时，她作为一名交换生到杭州学习中文。机缘巧合之下，Anne和蔡天新在一次聚会中认识。没想到，蔡天新今年去美国参加当地一场学术会议时，竟然遇到了Anne。

此时，Anne变成了一名大学数学教授，这次带了三个博士生参加会议。Anne说，因为当年认识了蔡老师，才决定专攻数学的。蔡天新听闻之后，惊讶不已。正如多年以前，蔡天新也没有想到，曾在深圳黄浦中学做的一个讲座，直接影响了一名在场的初中生，就这样，那名学生后来考上了浙大，并且选择了数学系。只不过后者的例子不算特例。

这几日，全国的大小媒体争相报道一名叫余建春的河南小伙子。不久前，蔡天新在微博上晒出了几张余建春寄给他的演算手稿，配文："上月我接到他三页用笔写满公式的信函时，以为他与其他数论爱好者一样证明了哥德巴赫猜想或黎曼猜想，随手撂一旁。今天展开细看，才知他推导出连续自然数立方和表立方数的一个通式，结论正确，可惜我在维基英文版查到结果已有外国同行做出。"

蔡天新用邮件回复了余建春，发现他正在下沙的一家物流公司当包装工，于是，把他请来自己的讨论班，与三个博士生、一个博士后和一个副教授一起讨论数论问题。

短短一个半小时内，余建春介绍了他的五个发现，他对蔡天新说，希望自己的发现能够发表。蔡天新对他说："你的判别式关键在于想象和猜测，其证明倒不难。由于论证的过程比较简单，不能作为一篇正式的学术论文发表，放进我的书里，大概是它最好的归宿了。有一个漂亮的公式流传，它的重要性有时候不亚于在有名的刊物上发表论文。"是时，蔡天新的英文学术著作《The Book of Numbers》（《数之书》）正在进行第三校，他决定将余建春的公式收录到书里。

常有人说，数学和诗歌是截然相反的，但在蔡天新看来，它们都是人类最古老的发现，"牧羊人计算羊的只数产生了数学，诗歌则起源于播种以后祈求丰收的祷告。数学家和诗人常常不约而同地走在人类文明的前列。虽然数学是发现，诗歌是创造，数学家运用了抽象的思维，而诗人的思维方式较为形象，但两者都是想象力的产物，都需要灵感，也都以简练著称。在一篇科学论文中出现一个优美的数学公式和在一篇文章或演讲中摘引几行漂亮的诗句，两者有一种惊人的对称。"

四

2014年，蔡天新出版了他的摄影集《从看见到发现》，里面收录了他17年间在50多个国家拍摄的150多幅作品，而这些作品全部都是他用一台老式的傻瓜相机拍的。

这些傻瓜相机拍的照片曾先后在深圳书城、杭州良渚美术馆、南京先锋书店、无锡百草园书店、苏州慢书房、上海季风书店和休斯敦艺术中心等地举办的蔡天新摄影展上展出。蔡天新特别为摄影集加了个副标题：一个人文主义者的摄影集。令出版社都没有料到，第二年年初，这本摄影集加印了。

去年年底，蔡天新去了一趟中亚。从杭州飞往乌鲁木齐（新疆是蔡天新之前唯一没去过的一个省份），月光下，飞机飞过天山，蔡天新写道："在那个洒满月光的夜晚，我初次飞越了天山山脉。一道道山脊上的不化积雪，仿佛X光片里的一块块肋骨。它们的周围是无边的黑暗，犹如没有始终的时间和生命。"

如期抵达天山西侧：杜尚别，塔吉克斯坦的首都。数学会议之余，蔡天新便拿着他的傻瓜相机上街漫步。万圣节，山坡上的穷人区中，男孩在踢毽子，女孩在玩扔球。没有地下水管，各家废水沿小水沟汇流而下。经过一个卖猪肉的铺子，屠夫恶狠狠地瞪着他……

这一切，蔡天新都将其留在了自己的相机里。

如果写诗、数学、旅行这三件事只能选择一件，你会怎么选？

这种假设是不成立的，但如果非要从众多贴在我身上的标签中选择一个的话，我选择做一个旅行者，因为旅行连接着数学和诗歌，还有摄影。

你从80年代开始写诗，那时国内的诗歌环境和现在比有什么不同，会怀念那个时代吗？

其实差别也不是很大，现在不比过去差。相反，可能更好一些。以前大家生活中能做的事比较少，所以看起来好像诗歌比较受关注，但事实上，知名的诗人就那么几个，当时朦胧诗集的印刷量，也不比我主编的几本诗集多（蔡天新为三联书店主编的《现代诗110首》蓝、红卷已发行近三万套,与莎士比亚戏剧、《红楼梦》等一起,被杭二中等学校列为学生必读书目)。

有没有对你影响比较大的诗人?

没有具体哪一位吧,但如果我喜欢一位诗人,我会做些特别的事情:以前我办过一本民间诗刊《阿波利奈尔》,他是一位法国诗人。每次就印几百本赠送朋友,一办就是15年,总共出了13期。英语诗人毕晓普和西班牙语诗人博尔赫斯也是我喜欢的,我写过毕晓普的传记和《南方的博尔赫斯》,这两本书后来都再版了。

旅行、诗歌和数学对你来说意味着什么?

是对自由的一种追求吧,最初开始写诗,其实有一种对抗孤独的意味,慢慢就被它所需要的那种创造性所吸引,人生就是不断理解世界和理解自己的过程。旅行、诗歌、数学,我都离不开。

写诗和数学都需要强大的想象力,这种想象力会渗透进你生活中别的方面吗?

当然会,比如摄影、比如旅行路线的设计。甚至踢足球除了技能以外,也需要想象力,在特定的时间里出现在特定的位置。

欧洲杯支持哪个球队?

之前有一场比赛是克罗地亚对土耳其,这两个国家都翻译出版过我的诗集,都有要好的朋友,也都有我喜欢的球星,那一场我非常为难,到底该支持谁。其实参赛的24个国家和地区除了冰岛我都游历过,但我喜欢皇马和C罗,也去伯纳乌看过欧冠，我希望葡萄牙能摆脱困境，取得好成绩。

最近有写新书的打算吗？

还在计划，最近事情特别多。前几天北岛来杭州约我吃饭，他希望我能写一本《给孩子的数学故事》的读物。之前他编选的《给孩子的诗》比较成功，虽说20多年前我和北岛在巴黎时就认识了，但他仍然去做了调研，了解到全中国由我写这本书最合适，这是后来他在电话里告诉我的，因此我就答应下来。

（载杭州《行周末》2006年6月）

© 蔡天新　2017

图书在版编目（CIP）数据

轻轻捎了她几下／蔡天新著． -- 沈阳：万卷出版公司，2017.2
ISBN 978-7-5470-4340-0
Ⅰ．①轻⋯ Ⅱ．①蔡⋯ Ⅲ．①散文集—中国—当代
Ⅳ．①I267

中国版本图书馆CIP数据核字(2016)第270569号

出 品 人：刘一秀
出版发行：北方联合出版传媒（集团）股份有限公司
　　　　　万卷出版公司
　　　　　（地址：沈阳市和平区十一纬路25号　邮编：110003）
印 刷 者：北京汇林印务有限公司
经 销 者：全国新华书店

幅面尺寸：145mm×210mm　　　装　　帧：软精装
印　　张：12.75　　　　　　　　字　　数：255千字
出版时间：2017年2月第1版　　　印刷时间：2017年2月第1次印刷
责任编辑：杨春光　　　　　　　　责任校对：李志宇
封面设计：徐春迎　　　　　　　　版式设计：张　莹
ISBN 978-7-5470-4340-0
定　　价：45.80元

联系电话：024-23284090　　　邮购热线：024-23284050
传　　真：024-23284521　　　E－mail：book_light@sina.com
腾讯微博：http://t.qq.com/wjcbgs　　网　　址：http://www.chinavpc.com

常年法律顾问：李福　版权所有　侵权必究　举报电话：024-23284090
如有质量问题，请与印务部联系。联系电话：024-23284452